U0437313

不在线告白

舍曼 著

下册

青岛出版集团 | 青岛出版社

第九章
离线请留言

一场雨后,天气就入了秋。刚至九月,正是初秋的时节,阳光不再毒辣,天地之间失去了通透感。清晨的雾霭像是隐形衣,远远地看去,千银二十层以上的楼层尽数地隐没在天际之中。雾越浓散得越快,到了中午阳光定能穿云破雾,顶端反光的玻璃会露出来。

千银电子的内部常年恒温,员工们不觉得寒冷。况且今日特殊,是他们酝酿许久的对明年手机新产品线的概念决策的评审会。各种方案角逐到这个阶段,竞争已经白热化了,就剩下两个方案,一个是折叠手机,一个是游戏手机。他们公开地汇报和竞争,所有高层的领导都参与评分。大型会议室里的氛围很热闹,主持人说"散会"了,里面的掌声还未停歇。

金潇低头看手机的微信,父亲给她发了一个"骄傲"的表情。会议室的门被推开,一群人走出来。

"组长,厉害了。"

"我们以后要叫你'老大'了。"

"冥王星游戏手机"和"卡戎游戏手柄"的合并方案通过了,正式地立项,从今以后进入开发的阶段。金潇从工业设计的前瞻创新方向组的组长,一跃成为明年新产品的总负责人。虽然金潇在法国的分公司里工作了几年再回来,算不上千银的新人,迈的步子却不可谓不大。目前ID的总设计师另有其人,如果人家跳槽了,她有主打的产品,冲下一个ID总设计师的可能性就很大。

金潇比了一个噤声的手势,轻笑:"低调点儿。"

"恭喜。"

金潇能在会议上看出大伯是很遗憾的,转身点头:"谢谢大伯。"

折叠屏手机提案的组长是大伯培植的亲信,最近被他插进来的曲书白还不断偷偷地汇报金潇这边的项目进度。好在父亲不问管理,却重视研发。以往的风气只是上行下效,管理层是可以影响整个企业的文化的。人才培养、绩效制度,千银学院里的专家讲座都围着市场的主题打转。这无可厚非,追着市场的风气即便成绩平平,总归是挑不出错的。但产品未必适合千银,此风气之下,新概念难以萌生。若打破市场约束的方案被毙,千银离创造力枯竭、被对手甩开的下场不远了。

好在千银还没烂到骨子里,对产品决策的评分标准不会被轻易地撼动。折叠屏机在短时间内通过可靠性测试的难度太大,量产的风险更是远高于游戏手机的量产风险。它除了跟风毫无优势,决策的意见是等待明年技术更成熟后再研发它。

金潇收集了组员的一切工作成果。她要做的唯有坚持到底,敢于承担不追随市场的风险。他们今日见到了收获,在公平的评审会上最终略胜一筹,并且被允许有堪比苹果手机那么长的研发周期。

他们回到工位上,看见周围的全是自己人,总算小规模地欢呼起来。

金潇大方地道:"晚上我请客,大家都有空吗?"

"必须有哇。"

为了概念决策的评审会,大家夜以继日地熬了近一个月。方案好不容易尘埃落定，无人加班了，他们到了下班的点就准时地收拾东西去聚餐。

金潇晃了晃车钥匙："谁跟我走？"

林冉茶第一个蹦出来。

金潇笑了，说："巧了，我正好有事麻烦你。"她从座位下抱出一个箱子，"你帮一个忙，把箱子给对面的那个……"

金潇指了指窗外大世界商城的方向，顿了顿，说："刷机的大神。"

"这是什么？"林冉茶咬唇，有一丝雀跃，"我能看看吗？"

得到金潇的应允，林冉茶打开箱子，看见二三十部游戏手机躺在里面，惊讶地问："这是大神的东西？"

"对。"金潇把箱子交给她，用周围人都能听见的音量说，"我借用了他的手机一段时间，画了几十遍稿子。现在确定了产品的形态，我已经很熟悉机型了，就物归原主吧。"

林冉茶点头："好呀，那我去跑腿，一会儿咱们在餐厅见。"

于是金潇带上大金走了。方案立项以后，这就不是一个外形概念组的事情了，整体的方案会被各部门多次讨论，金潇把所有可能打交道的组长都叫上了。大金听说林冉茶去大世界商城里还手机，大为遗憾，说："你不早说，我去送手机呀。鑫哥够意思，仗义呀。我发微信问他问题，他可热心了。"

金潇勾唇："冉茶想去，就让她去吧。"

今晚的聚餐来了三四十个人。两桌人坐在一个大包间里，金潇主动地开了一瓶香槟酒："我不多说感谢的话了，最近大家都辛苦了。"

"爽快。"

感慨最多的还是他们的组员——

"我们是要感谢你圆了宅男做游戏手机的梦。"

"对，平常打游戏时天天骂手机发烫及游戏闪退、掉线，每次骂完老子就想说以后研发一部厉害的游戏手机，没想到吹的牛有实现的一天。"

"金潇，我是真服你！你知道吧？你刚来没几天，服装的制度就改了。大家以为你镀镀金就飞升了，没想到你跟我们一起熬。只不过我们熬秃了，你没有。"

金潇嗔怪道:"我给你们谋福利,你们反倒怪我了?那我明天去申请再改一改服装的制度,咱们统一穿制服好了。"

"别,千万别,我自罚一杯。"

在最近的一个月里,大家都殚精竭虑地工作,相互之间熟稔不少,听得出金潇在开玩笑。不仅在电脑上改了几十上百次的概念图,金潇还带头整理了市面上其他游戏手机的参数,做了一个模型数据库。她每天跟他们一样熬着,比他们更没有夜生活,晚上十一点下班,早上九点上班,连健身都在公司的健身房里进行。到了最后两天,洗手间里多了不少一次性的牙刷。她一个企业的继承人都这么拼,其他人自认是天之骄子,没理由输给她。而且他们看得到方案通过审批的希望,铆足干劲儿,拼尽全力。

包间的门被推开,林冉茶打车刚到,欲言又止地把箱子又还给金潇了。

金潇疑惑地问:"'大世界'关门了?"

"没关门。"林冉茶尴尬地说,"他不在了。附近的店主说他从'大世界'搬走了。"

她遇上鑫哥怎么总是办事不利?结局不是他的密集恐惧症犯了,就是人去楼空。林冉茶生怕金潇不相信她,给金潇看了一眼拍的照片。程一鑫的店铺那里贴着一张"旺铺转租"的通知,他留的确实是自己的电话。

金潇愣了片刻,一个月没联系他,他是遇到什么事了?

大金离她们近,听见了林冉茶的话,扭头安慰道:"没关系的,我回头发微信问问他,帮你找东西。"

林冉茶入座,金潇也重新坐下。庆功宴总是围绕着主题举办的,从明天开始到明年的春季发布会是产品研发的TRA1-TRA4阶段。未来的三个月内,他们会通力合作,讨论出手机的整体方案,最终锁定图纸。春节后产品开始试制,经过几个月的试制迭代周期、小批量的量产、大批量的量产,在秋季发布会的时候会满足全球发货的条件。

庆功宴一直到凌晨才散场,金潇报了调休,第二天他们到上午十一点才上班。行政人员拿过来金潇的新工牌,把它放在桌面上——"冥王星负责人"。他告诉她,她可以搬到后面的办公室里,也可以继续在开放式的办公区域中工作,方便团队合作。金潇选了后者。

对面雾气弥漫，大世界商城都模糊了，程一鑫搬家搬得可真够彻底的。金潇去茶水间的时候遇见了大金。他昨天没少喝酒，一副萎靡不振的模样，估计早就忘了问程一鑫的去向。见曲书白又凑到茶水间里跟她聊天，金潇转身回到工位上，转头跟行政人员说她后悔了，终究搬到了办公室里工作。

在独立的办公室里工作就是效率高，金潇梳理了研发阶段的工作计划，把计划发给各个小组。他们在概念策划的阶段时就犹豫到底要做几个按键辅助打游戏，另外还想把充电口挪到手机的侧边上，以便横屏打游戏时能充电。但他们到底是只设计侧边的单充电口，还是在侧面加尾插的位置设计上两个充电口？这是本阶段他们必须确定下来的设计问题。

金潇在夜幕降临后回家。朦胧的月光洒下，城市的光亮太强，她几乎分辨不出月光的清辉。车在飞驰，路灯在倒退，流光似的奔着。今夜又是细雨迷蒙，为数不多的暑气被风刮走，天气彻底入秋。整个小区的路上显得格外安静、冷冷清清，地下车库的入口处还有一道蜿蜒的水迹在"潺潺"地流成小溪。

有人在地下车库里等她，一个瘦瘦高高的人影在她的子母车位上躲着。他们这里的治安很好，按理说连外面的野猫都应该溜不进来，她不知道他是怎么躲过保安的追查的。

金潇急刹车，开窗就忍不住骂人："程一鑫，你干吗？"

程一鑫等她半天了，弯着腰缩在车位上。来来往往的保安巡逻得很频繁，他生怕被发现，还得蹲在她没开走的那辆有剪刀门的跑车后。蹲到后来，他干脆盘腿坐下打游戏，现在猛地直起腰，有眼冒金星之感。程一鑫将手腕搭在她的玻璃窗上，不让她关上车窗，指尖垂进她的车窗内，不自觉地颤了颤："让我靠一下，腿麻了。"

这人不知道带一把伞，在这么冷的天气里就穿了一件卫衣。他肩头还被淋湿了，声音"瓤瓤"的，带着鼻音。他低咳一声，说："我听说你来找过我？"

金潇拉了手刹，轻靠在座椅的靠背上："你是怎么进来的？"

上次程一鑫问过她，知道她没搬家。原来他还清楚地记得她家的地址，甚至连车库的位置都没忘。说来讽刺，滨市不大不小，他们分手这么久，他同样没搬家,两人却一次也没见过面。有缘千里来相会,他们就是无缘吧。

程一鑫敲了敲车窗:"这重要吗?"

金潇淡淡地说:"不重要。"

车身是湿的,金潇不知道他为什么要靠着车,他肯定越靠越冷。最近的一个月里她在为概念决策的评审会而忙碌,美甲早就脱落了。她把美甲卸得一干二净后再没涂上,干干净净的指尖像高中的时候一样。她按了按钮,车内红色的灯亮起。程一鑫感觉到车内最近的出风口里吹出来的是暖风,风暖着他的手腕,玻璃上瞬间起了一层薄雾。

在下雨天,地下停车场里的气压格外低,蜻蜓难受极了,四处低飞。一种冰冷的、缺氧的、令人沉默和窒息的气氛在他们之间凝固了,像有了实质的雾混在车内外交织的冷暖空气中不断下坠,丝丝缕缕地沁入肺腑,折磨他们的心肝,最后堵着他们的唇,令他们都难以开口说话。

金潇还是开口了:"不是我去找你的。"

程一鑫没想到她会矢口否认,闻言"哦"了一声,慢慢地直起身子,不再歪靠着她的车门,低骂一声:"这帮孙子耍我。"

铺位周边的几个店主当然不愿意给他介绍生意。但凡有人问起他,他们都统一了口径,说他不知去向。好在林冉茶报了千银的名号,最后还是有人把程一鑫搬走的事告诉她了。

昨天拿回来的箱子还在副驾驶座上,金潇摇下车窗把箱子递给他:"是我让同事去的。这是之前你帮我收的游戏手机。"

程一鑫沉默片刻。两人隔着不存在的车窗对视,此刻的场景太像一个月前那一晚的场景,他在车外弯腰吻驾驶座上的她。某种记忆在苏醒,车窗内散发的幽香和她身上的香气一样淡,漫不经心地撩拨着人。程一鑫掐了掐虎口,搬家真的挺难的,是一个双向的过程。他是狠心地搬走了,却难请金潇从他的心里搬出去。

"你……"

"怎么?"

金潇提醒他:"千万不要说什么'我不收你就丢了'的话。"

程一鑫嗤笑,说:"你高看我了,谁会跟钱过不去?下雨天我没法把它们带回去,先把它们放在你那儿吧。"

金潇再次打量他,他两手空空,连伞都没带。他在她的车门上靠过后,卫衣更是湿透了,牛仔裤的颜色都深得像麻袋的布料。她问:"你的车呢?"

程一鑫摊手:"卖了。"

金潇看他几秒钟,确定他没开玩笑,示意他:"上车吧。"

他的舌尖在嘴里荡了一圈。他瘦得连腮帮子都很薄,她能轻易地看出来他的动作,知道他是忍下了一句想说的话。最后程一鑫什么都没说,绕过去坐在副驾驶的座位上。车灯照出他消瘦的影子,把一个寂寥的灰色长条投在墙上。他默认金潇送他回家了。

夜色茫茫,金潇把车驶出地下车库。雨水"淅淅沥沥"地敲着车窗,每颗饱满的雨滴都像是一个小世界,折射出一片光晕,映出车外的一对对撑着伞并肩走着的情侣。肩膀宽阔的男生被淋湿了半边的身子,女生倚靠在他的身上。

车内的两个人静默不语。程一鑫吸了吸鼻子,就差没打一个喷嚏,鼻音浓浓的。雨声里,他略显粗重的呼吸声传入金潇的耳朵里。她多少觉得有些躁热,简直想重新打开冷气了。

细细密密的雨丝落下,像布了一道天罗地网,将他们锁在这一帘幽梦里。如此狭小的空间里太容易滋生暧昧了。霓虹灯的光被拉扯得扭曲了,落在她握方向盘的手指上。上个月,她曾像猫一样在他的脊背上抓出红痕。程一鑫的喉结滚动着,他目不转睛地注视着窗外的雨。雨刷器来回地摆动,从他的这边刮过去,又从她的那边刮回来,来来回回,不曾停歇。

车驶入主干道里,四周都是车流,车速卜来了。

金潇问他:"你遇到什么事了?"

她感谢他彻底掐断了一切关注的途径,包括微信、微博、游戏、电话。一个月的时间刚好比二十一天多了一周,刚好让她养成一个忘记他的习惯。

可是他今天又来了,还关了店,卖了车。

金潇轻声问道:"需要帮忙吗?"

程一鑫正用手拨弄着空调的出风口,热风吹着手心,上面放的是车载扩香器,原来车内的幽香是这么吹出来的。动作顿了顿,他问:"怎么,你又要给我十万块钱？"

他顶了顶后槽牙，嗤笑一声，腮帮子酸得慌。

金潇语气轻松地说："可以呀。"她努嘴，"包在你的腿侧，你随便地从里面拿一张卡。密码你是知道的。"

程一鑫闷声说："我哪里记得？"

"1608……"

其实他怎么会不记得密码呢？密码还是他陪她设定的。金潇收到滨大的录取通知书的同时，也收到一张有着初始密码且与校园一卡通绑定的新卡。在"大世界"楼下的那家支行里，程一鑫陪她一起设置了新密码。金潇那时灵光一闪，说要把所有卡的密码都改成他们的纪念日。他没想到她至今还用着那时的密码，她拿着真金白银说着初恋和真爱，真够讽刺的。

程一鑫根本不想听密码，嘲讽她："真够大方的。"

金潇打着方向盘转弯，趁此瞥他一眼："你值这个价。你那天的目的不就是这个吗？"

程一鑫随着车子晃了几下，点头同意："是，那你呢？"

谁比谁更摆烂？金潇的眸子一片坦然，她说："你不是都知道了吗？我和你的想法一样。"

程一鑫被她气笑了，拽着腿侧冰凉的链条，把她的包放在腿上。他不说话，就去翻她的卡夹，里面一排漂亮豪华的卡让人头晕目眩。他抽出了一张借记卡，用指尖夹住它轻轻地晃动，自嘲地一笑，说："多谢。"

"客气。"

程一鑫皱起眉头，话里有难以掩盖的戾气："你对前男友们都这么大方？"

金潇偏头："你在说什么？"

他说："比如，你找我就是为了给你前男友做的系统找刷机的漏洞。"

他总算把憋了许久的话说出来了。他拥有过她，又失去了，现在比没拥有过她更难受。这里没有了夜店的氛围，他们没有了酒精的保护，也没有在漫天的纸屑里转身一起逃跑的孤勇。他们太容易恨对方了，认定不负深情是一纸荒唐。

金潇平心静气地阐述事实:"第一,在你以后,我只有一段感情经历。第二,我跟他没可能了。"

她越冷静,他越烦躁。程一鑫冷眼看她,说:"你也跟我说过,我们复合的可能性为零。"

此时此刻,他坐在副驾驶座上,他们还在送他回家的路上。他离她这么近,她几乎触手可及。一声尖锐的刹车声响起,两人在惯性的作用下齐齐地向前冲去。程一鑫撑着前面,侧头看金潇。她安然无恙,紧抿饱满的唇,唇色像烈焰玫瑰的颜色。她踩了刹车,还打开了左侧的转向灯,在路中间的虚线处急转弯掉头。

"去哪儿?"

"带你去一个地方。"

两人又一阵沉默。程一鑫从车前的地板上捡起来滚落的银行卡,用衣角拭去了灰尘,把它放回她的卡夹里。搭扣一声轻响,他重新合上她的包,深吸了一口气:"你真的挺会羞辱我。"

她比五年前更会羞辱他,总叫他一秒破防。这太像五年前的情景重演了——那时候他借了五万块钱,帮人收一批二手的手机,把手机放在家里准备拆机和验机,没问题的话就能交货拿钱,还上贷款。当天他正好接了一个单子,上门给别人维修手机,现在想起,那大概是一个圈套。

金潇去"大世界"里没见到他,就去他的家里找他。她没想到会撞见他的家里一片狼藉。程佳倩肿着眼睛坐在地上,瑟瑟发抖,哭得"稀里哗啦",说他们家刚被入室盗窃的贼洗劫一空,好在奶奶在医院里,没遇上歹徒。谁都知道继续待在家里不安全,金潇陪程佳倩报了警,警方说主要的资产损失是程一鑫刚放进家里的手机。对方消息灵通且有销赃的渠道,警方说要考虑程一鑫的同行报复他的可能性。

金潇陪着程佳倩收拾东西,带她回到自己的公寓里。程佳倩还处于受到惊吓的状态中,看到良好的治安环境,情绪有所缓解。她一直等到程一鑫处理完事情过来接她。程一鑫认识金潇快两年了,第一次知道她的身份。她的话中所谓的"小姨家"原来是她的单身公寓,是父母送给她的成年礼。

那几乎是程一鑫最狼狈的时候。他一贯在开哥的店里拿机,没有压机子的资金,结果迈大了一步,资金链完全断裂。这批顾客是大学生创业的游戏研发团队,经过同学的介绍,出于信任才来找他。几天过去,他们开始催他交货。他在民间的借贷同时到期,债主天天上门催债,利息滚起雪球。

他两头都给不了钱。

一个月前刚给奶奶做了手术,程一鑫和程佳倩的银行卡里空空如也。当时他还没在大世界商城里处下来黄顾这样的兄弟,体校的哥们儿要么在上学要么刚进入社会。他四处拼凑钱,最后还差三万块钱。走投无路,他冲着丰厚的奖金去跑了一场马拉松比赛。太高估自己了,他就是短跑的料,哪儿能创造那么多奇迹?屋漏偏逢连夜雨,他咬牙跑完马拉松就得了急性心肌炎、浑身无力、发烧、心悸、胸闷,站着都腿软。最终他也跟着奶奶住了院,看着住院费叹息。来探病的哥们儿看他急得火烧火燎、嘴角都起泡,挠了挠头,丢给他一张名片,不忍心地道只能帮他到这里了。

金潇默不作声地塞给程一鑫一张银行卡,里面足足有十万块钱。程一鑫躺在医院的病床上,不知该作何感想。

钱太多了。她是知道的,他就差三万块钱。关于剩下的七万块钱,金潇说了,他以前收的手机里有齐天给的赃机——虽然他当时并不知情,但后来知道了这件事,就应该报警,主动地上交违法所得的东西,再赔偿买到赃机的客户。两人早就争了几次这个问题,程一鑫说没钱,指了指周围,说她这么闲不如把整个"大世界"的六层全举报了。

没想到她直接甩钱让他"自首",程一鑫疯了——在她的心里,他到底是什么样的男朋友?他是地痞流氓,好让她做一场廉价的慈善。她劝人悔改,给他十万块钱是举手之劳,这比她的家人在慈善晚会上给她拍下来的项链便宜多了。

回忆像车轮滚滚,在湿漉漉的马路上掉头而行。

金潇把窗户开了一条缝,零星的雨点飘落,夜风灌进车内,令人头脑清晰。她不想再兜圈子,说:"所以你……"

程一鑫没等她问完就回答:"我出去单干了。"

金潇略显惊讶,对这个消息消化了片刻,由衷地道:"祝你生意兴隆。"

既然都说开了,程一鑫顺便解释:"我卖车也是因为以后不去夜市上摆摊了。"

金潇笑了笑，问："三层楼高吗？"

程一鑫也勾唇："让你失望了，只有区区一层楼。我的师傅以前带的徒弟，也就是我的师兄，他的女儿今年考上大学。他去北京陪读顺便再开一家店，就把店转给我了。"

两人之间的气氛忽然融洽了，程一鑫今天蹲在地下车库里等金潇几个小时，本来就不是为了跟她互相冷嘲热讽的。可惜所有的心理建设都在见到她的顷刻间土崩瓦解，程一鑫低下头，手贱地去抠牛仔裤上的破洞："我上次去'无人知晓'，是被哥们儿拽去的。"

"你不用说这些，"金潇轻颤睫毛，说，"我不想听。"

程一鑫没继续解释，忽然无来由地问她："你是不是挺恨我的？"

"恨哪。"金潇当然恨他，五年前和他分手时还没这么恨。那时候她天真，真以为他没那么喜欢她，只是黯自神伤罢了。直到他们这次重逢，他的眼神不似作伪，他明明还爱着她，却非要推开她。金潇反问他："你恨我吗？"

程一鑫咬了咬牙："说实话，也挺恨。"

他恨她以前不早些说实话。

他恨她没给过他努力的方向。

他恨她转身将爱分享给别人。

他恨她的出现让他见一次喜欢一次。

…………

金潇停车："下车。"

窗外有一排炫目的跑车，秋风和迷蒙的雨水带来萧瑟之意，更加重了眼前的场所中的杀伐之气——这是"风火"散打自由搏击俱乐部。金潇刷卡进去，轻车熟路地打开储物柜，把一套护具丢到他的怀里。

她冷眼瞥他，戴上拳套："有怨报怨，公平吗？"

标准的 $80cm \times 800cm \times 800cm$ 擂台上有一红一蓝的两个身影，两个教练在对练。十几个人穿着训练服，露出壮硕的身材，围着中间的擂台看热闹，同时呐喊助威。

"还是教练牛!"

"沾衣十八跌呀!"

"干他,干他!"

"漂亮!"

口哨声、呐喊声、拳风声、撞击声交织在一起,声声不息。男人天生的嗜血好斗的基因觉醒了,他们受环境的影响,肾上腺素狂飙,心脏加速跳动,血液澎湃地翻涌。三局之后,擂台上的两人决出胜负。

程一鑫忍不住跟着吹了一声口哨。

"风火"作为本土的老牌俱乐部颇负盛名,融合了泰拳、散打、自由搏击等项目,练体育的人几乎都知道这里。程一鑫高中时上体校,隔壁的宿舍里有练散打的同学。那个同学经常念叨以后有钱了要去"风火"加练。俱乐部的制度类似"无人知晓"的制度,顾客要交六位数的会员年费,光有钱还不行,储物柜是常年固定的。所以有人退出俱乐部后,新人才能加进去。

程一鑫没想过有一天能踏足此地,一时心驰神往。直到金潇丢给他一套护具,他下意识地接住它,听她说有冤报冤。

"宝贝。"程一鑫压根没碰过擂台,被她揍翻在此还有脸面吗?眼角抽搐,他直接认怂,说:"我不恨你了,突然发现我爱你爱得深沉。"

金潇的眼睛大而明媚,她一挑眉梢,眼里浮现出寒芒。她像刀口舔血的美人,肆意地一笑,说:"可是我想揍你,怎么办呢?"

金潇倒不担心他怂。程一鑫只是在口头上摆烂,眼睛里分明是亮晶晶的兴奋。再说,有他不敢做的事情吗?他浑身是胆,天生有一种难驯的野性。他十八岁就独自讨生活,没有一分钱就敢去华强北的门口空手套白狼,不孟浪却自有少年的血性。金潇曾见过夜市上有人找他的麻烦,他操着木板凳跟人拼命,说自己的烂命不值钱。

迎面走来一个年轻的男人,身材呈标准倒三角的黄金比例。他挑衅地接了金潇的话,说:"你揍我如何?"

来这里训练的人很少只有花架子,都追求拳拳到肉的痛快。男人明人不说暗话,目光中流露出几分切磋的热切。

程一鑫默默地挡了一下男人的视线,对金潇说:"你还是揍我吧。"

男人的家里人做房地产的生意,他是多年的风火老会员,和金潇认识很久了。男人神情倨傲,只当没看见金潇身边的这个人,讥讽地一笑,说:"哟,金潇,我听说你上个月去玩时摘了面具,你玩这么大?"

金潇又扔了拳套,冲程一鑫说:"你先去换衣服。"

"彼此彼此。"金潇向男人示意他的绷带,"我也听说你上周被人打了。"

男人抬起胳膊,用牙扯了扯绷带的一角:"啧啧,你好久不来,等会儿玩一把?"

"不了,"金潇瞥了一眼程一鑫的背影,"我有朋友来。"

"没劲。"

金潇从更衣室里出来时,有一个颀长瘦高的人影戳在门口。他把护具丢在旁边的凳子上,懒洋洋地把双手搭在空擂台的边绳上,正专注地盯着有人的2号擂台。肩胛骨从跨栏背心的边上顶出来,他光靠骨架撑起衣服,肩宽腰窄,短裤下的小腿瘦而紧实,肌肉的线条很流畅,皮肤白净得旁人能看见血管。他和此处生猛的画面格格不入。

程一鑫一扭头,暗骂一声。她穿了运动套装,有着盈盈一握的腰肢,肚脐漂亮,双腿耀眼。在男性居多的地方,她一出来,大家的目光就在她的身上打转。好几个人都认识她,远远地打了一个招呼,碍于程一鑫在她的身侧,没走过来。

她用拳套轻捶他一下:"戴上护具。"

"免了吧,"程一鑫恨不得举双手投降,"哥任你揍。"

金潇轻蔑地道:"就怕你不扛揍。"

程一鑫笑嘻嘻地说:"你舍得揍我?"

金潇瞪他一眼:"伸手。"

她帮他绑上缠手带,把缠手带沿着他的大拇指绕过手背,在手腕上缠了一圈,再缠大拇指,缠食指……两个人的手指都纤细漂亮。她低头捧着他瘦削的手掌,很细致地展平绷带,让绷带覆盖住每个指关节,再给他戴拳套。

程一鑫看她:"你的呢?"

"不用。"金潇不想解释，自己光戴拳套就行了，可程一鑫的那双手最漂亮，他还得靠给别人修手机吃饭，绝不能受伤。而且他头一回玩拳击，先缠手带再戴拳套，固定住指节，能有效地防止因用力过度而次日手抖。

金潇脱了鞋，翻进空擂台里，喊服务生去请来坐馆的教练："给你半个小时现学现卖。"她给他们互相介绍，"李教练，全国散打邀请赛75公斤级别的亚军。他是新来的，叫……"

话音未落，寸头教练飞踹过去："不用介绍了。"

他没用力，程一鑫倒是动作夸张地单膝跪在软垫上，贱兮兮地说："龙哥，老当益壮啊。"

"老个屁，我已经把第一招教给你了——鞭腿。"

程一鑫站起来，先跟金潇解释："龙哥是体校的老师，以前带我们出去打过比赛。"

龙哥姓李，名泽龙，又练散打，大家就说他像李小龙。金潇认识寸头教练至少有三年了，可惜来人皆是阔少和公主，还没见寸头教练敢对谁这么随意过。

教练背着手，飙起粗口："你咋不说比赛的前一晚还挣了老子两百块钱？"

寸头教练的年龄不大，不到三十五岁。他之前受伤后退役，窝在体校里当散打教练，后来还是出去拼了一把，拿回了头衔，被俱乐部用高薪养着。他对练体育的学生没啥学习上的要求，就怕他们不好好地练项目还搞坏了身体素质。于是经常有老师巡逻，抓偷偷地抽烟的学生、翻墙去网吧的学生、干坏事的学生。

他对程一鑫的印象很深刻，是因为程一鑫啥也没干，却偏偏在耳朵上夹着烟，翻墙去学维修手机的技术，一跑步总有女生去偷看他。抓他吧，他冤；不抓他吧，其他人冤。寸头教练抓了他几回，就知道程一鑫的家境是真不好。几个老师一起带队去外地参加比赛，程一鑫晚上还不忘打牌挣钱。偏偏寸头教练因为手气不好，愣是输给程一鑫二百块钱。

"龙哥，你的伤好了？"

"比你上学那会儿好。"李教练重新打量程一鑫，"你现在混得可以呀？"

"在厂里拧螺丝，"程一鑫摇头，"我砸锅卖铁，就为了混进来看你。"

金潇英姿飒爽地负手而立："那麻烦您教他了。"

曾经的体育老师勾勾手指："来，简单，你有没有恨的人？"

程一鑫一脸疑惑。

"第一步，要把对手想象成敌人。对小姑娘来说，揍人之前要想想前男友。"李教练指了指金潇，给他举例，"之前她就是，一说前男友，把高鞭腿、转身后踹腿、过肩摔做得那叫一个标准。"

金潇目光躲闪，咳了一声，说："我先去热身了。"

程一鑫：大哥，我就是她的前男友哇，现在她还用想象吗？老子的汗毛都竖了起来，一会儿她能给老子留一个全尸吗？

李教练奸笑："你就想象一下有人挣了你两百块钱，揍他丫的。"

半个小时里，两人边聊天边教学，还约了过一段时间喝酒。李教练大概给程一鑫示范了远踢、近打、贴身摔等几个基础的拳法和腿法，让他记住进攻的要领是破坏重心和抢圈。李教练皱眉："你多久没练了？柔韧性差成这样。"

程一鑫被他压腿压得龇牙咧嘴，高中的时候被支配的恐惧感又回来了。

李教练是压根没想过程一鑫能跟千银公主有什么密切的联系。金潇一向对在这儿的富家公子哥神色淡淡，平时基本没人跟她开什么玩笑。李教练说："算了，看悟性吧，你玩一玩就行。你俩啥关系？"

程一鑫回答："我去过千银，给他们刷机。"

"哦，"李教练功成身退，说，"哥下班了。"

他顺便又扔过来一个护裆："你戴着吧，女的喜欢踹下三路。"

程一鑫："……"

他就不信金潇有这么狠的心。

金潇上场，成为一抹亮色。两人对视一眼，程一鑫还想调戏她两句，耳侧的拳风却呼啸而至。他猛地闪开，见金潇玩真的，也认真起来，一下一下地接她的招。

起初金潇的攻势还没那么猛，她似乎是想让他适应一下。他靠着身体的反应，基本上能接下她的招。金潇的体育天赋是与生俱来的，属于老天赏饭吃的水平,虽然男女之间的力量很悬殊,但她玩自由搏击和散打都许多年了。

很快,程一鑫就开始被她摔在地上了。地上有软垫,他的身上不算疼,但脸皮比较疼。她进攻,程一鑫防守。金潇知道他下不了手,也不催他动手,就看他一次次地挨揍。他被她摔在地上,被踹得趔趄。他的眸子里是无奈的笑意,竟然还有点儿宠溺,他拍拍膝盖爬起来,冲她招手,再次倒下。

倏地,他晃了一个假动作。金潇没想到他会进攻,不得已接招摔下。重心一旋转,她被他拽着一起倒在擂台的软垫上,四肢相缠,她的头发也被他的胳膊压着。她起不来,说:"你……"

程一鑫耍赖:"爬不起来了,歇一会儿。"

散打是很剧烈的运动,玩散打时会出很多汗,一小时几百大卡地减脂。没有别人计时、计分和打断,摔到现在,两人都气喘吁吁、满头大汗。金潇用余光瞥了一眼,程一鑫是冷白皮,小腿的一侧摔出几道瘀青的痕迹。

金潇仰头平躺着,不说话,他的骨头真硌人。他们一起躺在擂台上,心跳的节奏趋于一致。金潇开口:"你认识陈标吗?"

"谁?"心头警铃大作,程一鑫说,"你别告诉我这人又是你的前男友之一。"

这人能不能有点儿正形?

金潇直接问:"你和佳倩是不是捡过一部手机?"

程一鑫沉默片刻,问:"你都知道了?"

金潇点头:"我查了卷宗。"

金潇极少求人办事,难得开口,金香柏作为当时被勒索过的当事人,又请当警察的朋友帮忙,彻查了卷宗。事情实在超乎金潇的想象。

金潇问他:"你还记得我们第一次见面的场景吗?"

程一鑫冷冷地"哼"了一声,说:"你不用考我,我记得一清二楚。"

"陈标,外号'标枪',是齐天的同伙之一。那天我在'大世界'的门口遇见他扒窃手机,一路追到六楼,所以进了你的店铺。"金潇顿了顿,说,"我当时把他的模样画下来给了警方。他后来交代了那件事,进你家盗窃,其实是想报复我。"

齐天他们究竟是在哪一次见面时发现她是程一鑫的女朋友，又认出她就是见义勇为地追标枪的人？金潇已经不得而知了。总之，她不后悔自己的举动，却后悔给程一鑫带来了无妄之灾。勒索金香柏失败以及标枪落网的事，通通被齐天一伙人记在了程一鑫的头上。他们算了一通总账，害得他损失惨重。

命运像一盘大棋，搅得他们支离破碎。缘起缘灭，皆是因为一部手机。

金潇愧疚地道："你恨我吗？"

"恨个屁。"程一鑫苦笑，说，"我后来知道了事情的真相，那又怎样？连自己的女人都保护不好，我活该。而且你说得对，我就是二流的货色、底层的垃圾、社会的渣滓。你和他打一个照面就知道抓小偷，我还傻瓜似的与虎谋皮。如果我听你的话，不贪齐天的货源，就屁事没有——他们哪里有机会知道我收了一堆手机放在家里？"

说一千道一万，程一鑫郁闷地道："而且当时我不是真的想跟你分手，是想还了债再把你找回来。"

金潇从这个角度想，觉得她借给他十万块钱也是理所应当的。然而他一直耿耿于怀，敏感得像刺猬，刚才还在车里冷嘲热讽。

金潇直言："可结果就是，我们还是分手了。"

程一鑫有无数次机会可以找回她，但拖得越久越是没有勇气。他叹气："真后悔，我要是能把心掏出来给你看看就好了，心岂止是碎成了两半？心都碎成二维码了。"

金潇噎住，问："能扫吗？"

程一鑫笑了，说："你试试，没准能扫出来'我想你'。"

金潇沉默片刻，问："你后来怎么还的钱？"

程一鑫并没有要那十万块钱，说找了朋友借钱，可以慢慢地还上。现在金潇更趋于相信那是一个谎言。

程一鑫麻木地叙述："我卖车，关店。我租了一整年的店铺，就把它转出去套现。那次我说了分手之后，你别来'大世界'里找我。其实我是最后一天营业，心想得让你赶紧走，不能让你再来。对了，你说的，希望我赔偿卖赃机的钱，我最后还是赔钱了，你信吗？"

他们刚才出的热汗冷却了，心跳慢下来，心里像被刀子捅进去搅了几圈一样痛。一想到当年的场面，两人都感到时过境迁，眼角发涩。

"我信。"眼神定定的，金潇又问他，"你知道我恨你什么吗？"

到了抒情的环节，程一鑫干脆摘下来一只拳套，去搂她柔软的腰肢，将她揽过来："你说。"

两人的身体都一震，金潇的鼻子发酸。不想被这种情绪支配，她忽然发力。由于腿还被他压着，她干脆半跪着直起上身，冲他一拳砸下去。程一鑫条件反射地用双手护头，可惜就剩一只拳套，任她的拳头似雨点般落下。

"始乱终弃。"金潇发泄够了，把拳套摘下来狠狠地摔在他的身上，愤愤地说，"我们之间的差距，以前存在，现在依然存在。你心血来潮时就撩我，提起裤子就说我们不是一个世界的，想放弃就放弃我。"

谁都想失而复得，可又怕重蹈覆辙。金潇撂下一句话，抽身而去："我劝你最好想清楚，你别让我再恨你一次。"

下一秒，程一鑫用覆盖着一层薄茧的手掌圈住她的脚踝，动作温柔却有力。他知道这才是金潇带他来此处的目的，她说出了想说的话。他躺在地上，笑得苦涩，说："我宁愿你恨我。"

这才是他不愿意让她忘记他的原因。

一股难受的痒意从金潇的足尖升起，在躯体里肆意地冲撞，她觉得软垫都变得虚浮起来。她克制住自己，冷冷地命令道："松开。"

"上次我说如你所愿……"程一鑫顿了顿，说，"我后悔了。"

哪里有无缘无故的撩拨呢？他记得金潇在楼道里说的话，她不想复合，想睡了他再痛快地告别，彻底忘记他。就像这五年里，她一直做得很好，从不为过去所困，活成了更耀眼的模样。她总能接受突如其来的情愫，敢于走每一步，潇潇洒洒。一炮泯恩仇，她想按捺住此次的心痒难搔，与他友好地互相退后一步。

起初，与金潇重逢，他就像做梦似的。既然她出现了，他怎么舍得再次放手？他不断试探她的一颗心是否还会为他跳动，然而始终有一种感觉——他像被金潇抓在手里的提线木偶，她全凭好或坏的心情逗弄他，看他小丑一样上蹿下跳。直到他们相遇,他再次死心了。五年过去,他不是早就知道吗?年少的时候,他的宇宙飞船里有她没见过的风景。他们明明有云泥之别,她问他有没有女朋友的那一刻,他却一时冲动。如今银河辽阔,她拥有漫天繁星的快乐,无数人愿意拜倒在她的石榴裙下,他是其中最微不足道的那个人。

他记得那天灯光闪耀,音乐轰响,漫天的飞絮像满纸荒唐言在通告所有人——他怀里的人是金潇又如何?他只配听着周围的人讨论。他们讨论的全是她和伍迪的名字,千银公主和伍迪王子般配得似天生的一对,全世界的人都希望王子和公主复合,唯有他例外。程一鑫有一刻想摘下面具,最终发现他没有资格这么做。如果被讨论的人是他,只会让她蒙羞吧?所以,他最后低头了,宁愿贪欢一晌,如她所愿放手。

他们缠斗在一起不奇怪,在"风火"里这样的情景很常见,倒是他躺在地上拉她的脚踝显得很诡异。金潇弯腰,掰开他的手指,瞥见他的手腕红肿起来。手被她扯开,程一鑫声音低落地说:"我……不甘心。"

他想再和她试一试谈恋爱,但没听见金潇的回答,她走远了。偌大的一个擂台上只剩下两双拳套,它们相看两厌。程一鑫不是听不懂,她话里的意思很清晰了——她要他给她信心,一起谈一场再不分手的恋爱。

可五年的时光太漫长了,他们再次怦然心动,他却比之前更怕失败,踟蹰不前。故事的开头总是温柔至极,故事的结尾总是满目疮痍。一次分手都够刻骨铭心的了,再来一次,真叫人从此封心不会爱了。

程一鑫很早就知道他们两个不一样。他从小到大拥有的东西很少,贫穷而快乐的童年随着父母去南方务工而慢慢地消失,肆意的年少时光随着父亲的离世一去不复返,练体育的意气风发随着训练量加大导致的心律不齐而消逝。

他往往越想抓住什么,越是抓不住。他十八岁勇闯华强北挣下的微薄积蓄,被一场入室盗窃打回原形。他攒钱攒了很久给奶奶做手术,两年后她还是安详地去世了。到最后,他只剩下一个同样孤苦伶仃还与他没有血缘关系的妹妹程佳倩。

他争累了。

他安安心心地当人间苦瓜，吃苦吃习惯了，仿佛就不觉得苦了。

九月的中旬，阴雨绵绵的天空终于放晴。蓝天白云重新出现，阳光普照。最近，千银电子的内部动作频频，做通讯电子资讯类公众号的人都有点儿烦他们了。比如在这家名为"搞机第零线"的店里，店主知道千银今天召开第三季度的经营分析会，早上认命地点了一杯浓度爆表的咖啡，等待着知情人的爆料。

WOOD和千银在明年的春季全球新品发布会上将梦幻联动，发布会将在千银杯马拉松赛事的现场举办。WOOD公司一向在法国开发布会，如果消息是真的，这是鬼才男神伍迪第一次在中国开发布会，令人不由得猜测这与他和千银公主的曲折恋情有关，一时众口纷纭。与此相比，千银"以旧换新"条线的改革就不算什么惊人的消息了。研发中心的人则不受影响，现阶段继续专心地开发"冥王星"。

金潇去茶水间的时候，见一群人站在窗边看热闹，他们讨论得如火如荼。她隐约地听见他们在说楼下有人发传单，那人在给号称是滨市的第一个线上维修手机的小程序打广告，明摆着是在跟对面的"大世界"抢生意呢，果然被人举报给城管了，打游击战似的跑了好几天。楼上的人就当是在玩实时的游戏，每日播报战况。有一个同事说，他上大学的表弟的校园里最近有很多人发关于这个小程序的传单，贴吧论坛里也有相关的帖子，那些人的声势还挺大。

金潇驻足几秒，轻轻地摇头。这算什么新鲜的事呀？这都是程一鑫几年前玩剩下的了。由于穷、位置偏、客源少，他隔三岔五地去哄宿管阿姨，溜进校园里发传单。有一次程一鑫在滨大里险些被逮着，准备把传单全丢进垃圾桶里。金潇面不改色地把传单塞进自己的书包里，再礼貌地和迎面走过来的行政老师问好，成功地帮他躲过一劫——毕竟，谁能相信金教授家的女儿会干这种事情呢？

他们一回头，看见了金潇。打工人总有一种摸鱼被发现的心虚，缩了缩脖子，故作严肃地说："金潇，你要研究一下吗？"

传单早就被那几个臭男生揉成一团，金潇不太想把它接过来，问："小程序是什么形式的？"

"就是……咋说呢？"他们推出一个口齿最清晰的男生给金潇总结。小程序的模式很简单，顾客只需选择需要维修的部位，小程序就能估值报价。顾客足不出户，寄修手机即可。据说小程序从快递签收的那一刻起全程录像，维修手机的时候可以直播。性价比高，透明度高，安全性高，顾客不用担心手机被偷换零件了。

他说得头头是道，金潇来了兴趣，问："你们都挺看好它的？"

"还不错，像是北上广深的风刮过来了。"

"小程序叫什么？"金潇的手机响了，一个陌生的号码来电，她改口道，"还要麻烦你们去提一个需求，我想看这家店的调研报告。"

她边走边接电话，没听见同事后来回答的"晚安修机"。

陌生的电话里传来熟悉的声音，方好好嗫嚅道："潇潇，你今晚方便吗？我……有点儿事想请你帮忙。"

方好好一直喜欢看小说，大学时学的是中文专业，毕业以后如愿进了一家喜欢的杂志社工作，忙得连轴转。她在上班的时间里郑重其事地打过来电话，应该是有很重要的事情。金潇应允："我下班后去接你。"

回国以来，她始终感觉方好好的心里藏着事情。她今天忙到晚上九点才接到方好好，两人在咖啡厅里坐下。方好好有一种很戒备的姿态，第一时间疑神疑鬼地环顾四周，神情焦虑不安。

方好好仿佛下了很大的决心，开口求助："潇潇，你们的公司……那个，公司里是不是有很多懂手机的同事呀？"

金潇看着她："怎么了？"

方好好羞耻不已，压低声音说："荀浩然监视我的手机半年多了，我……"

她刚开始说，情绪就崩溃了。金潇了解她，她是哭包转世。金潇知道怎么哄都哄不好她，只能任她的眼泪决堤。佳人泪水涟涟，长发垂肩，我见犹怜。咖啡厅里的几对相亲的男女都聊不下去了，纷纷地朝她们这里看。

金潇给她递了纸巾："别哭了。"

方好好缓和了情绪，一五一十地把事情跟金潇说了。

金潇恨铁不成钢，语气严厉地问："你为什么不早点儿找我？"

方好好一直怕这个闺密，见金潇一副要骂她的样子，更是眼泪汪汪。她快缩成鸵鸟了，细声细气地说："我是想着，他说他快结婚了，结婚以后就不会再骚扰我了。"

金潇的眸子里像有火焰在跳跃，她说："这你也信？"

方好好哑然。她断绝了一切社交，在单位里跟男同事讲话一个字一个字地往外蹦，能扣"1"的绝不说"收到"，对聚餐和团建活动通通装病请假。她不再试图做更换手机或者挡起来卧室里的摄像头的这种激怒荀浩然的举动，因为他只会变本加厉，一天不给猫吃猫粮，或者让她接受其他处罚才原谅她。

荀浩然对她变态的监控越来越少。手机时不时亮起的橙色灯光和绿色灯光的频率越来越低，荀浩然偶尔心情好，还允许她给猫买猫窝、猫粮和猫砂——当然，她会把东西放到他小区的门卫那里，同样不想看见他。

最近，同班的同学小敏跟方好好聊天。同学聚会以后，小敏去找当健身教练的荀浩然，听说了他爱勾搭有夫之妇的事情，结婚根本就是他放出来的幕弹。方好好还没向荀浩然求证这件事呢，荀浩然先偷窥了她的微信聊天界面，主动地上门再次说爱她，想和她重新开始谈恋爱。他纠缠她好几天了，令她苦不堪言。

方好好用手揪着裙子，把裙子揪得皱成一团："我错了。"

金潇叹气，替她难受，不忍心再骂她蠢了："你现在出来，不会被荀浩然监视吗？"

"不会。"方好好摇头，"荀浩然他……今天有一件很重要的事情，而且我没带手机出来。"

金潇觉得此刻她如果是方好好，直接上门开锁把猫弄回来，再换一部手机，一了百了。

方好好依然摇头："关键是，我试过了。无论怎么换手机，他都能监控到我，我不知道手机是怎么被植入了病毒。潇潇，你的公司里搞技术的大神多，有没有会破解手机监控的人？"

金潇若有所思。倒是巧了，程一鑫两个月前给她远程装系统，多管闲事，给她破解了她的好叔叔对她的电脑的监控。

"还有，"方好好垂下头，丧气地道，"最好是嘴严一点儿的大神，我真不想让这种事情被别人知道。"

话音未落，金潇晃着车钥匙起身："走吧。"

方好好犹豫地问："现在？"

她优柔寡断惯了，做事前总要先做许久的心理建设，鼓起勇气说出来这件事已是不易。她以为这是一件从长计议的事情，没想到金潇说走就走。

金潇想了想，说："算了，你别去了，先盯好荀浩然。"

方好好听话地道："好。"

晚上十点，金潇送方好好回家后，径直开车去程一鑫的家。自从在风火俱乐部里玩完散打，一周过去了，两人没再联系对方。其实他们也没法联系对方，那次偶遇后，程一鑫删掉了他们所有的联系方式。

程佳倩开门的时候惊掉了下巴，尖叫一声："潇潇姐，真的是你！"

金潇同她寒暄几句，问她："程一鑫呢？"

程佳倩犹豫起来，说："我哥他……"

她"吭哧"半天，眼神游离。她忽然又展颜一笑，热情地轻挽金潇的手腕："姐，要不进来坐坐？他一会儿就回来。"

金潇听出了他不方便和她见面的意味，谢绝道："不用了，我先走了。"

"不是不是。"程佳倩跺脚，咬牙说了，"他还在店里，我带你去。"

金潇犹豫地问："你确定他还在店里？"

程佳倩"扑哧"一笑，问："你是怕我哥在跟别人约会？"

金潇不说话，很怀疑。哪里有营业到这么晚的手机店？就算程一鑫真的敬业，也不会有客户现在找上门来买卖二手的手机。

"他们现在不只接线下的单，还接线上的单，客户会寄修手机。晚上人气好，他们可以直播维修手机的过程，他经常夜里一两点才回家。"程佳倩打开手机里的视频，"姐，不信你看，他们还在直播呢。"

视频里就是一双骨节分明的手，弹幕全在夸手长得性感。

金潇开车，程佳倩指路。一路上程佳倩欲言又止，吞吞吐吐地说："姐，那个……"

金潇偏头："怎么了？"

"嗯……"程佳倩难以启齿，说，"我哥他新开的店，就是……"

"他遇到麻烦了？"

金潇猜到了事实，缓解了程佳倩的尴尬情绪。"对。"她点头如捣蒜，"店是新开业的嘛，最近总有人来踢馆。他们忌妒我哥的技术好，伪装成客户，故意拿他们都修不好的手机让我哥直播修。"

程佳倩撸起袖子，吹胡子瞪眼睛地说："但他们的演技太差了，老娘一眼就看出来他们和我哥是同行，整个手机的屏幕都碎成了蜘蛛网，一般人早就把手机当报废机卖点儿零件的钱了，修个屁呀。所以，"程佳倩正襟危坐，"我的意思是，你要是看见了……"

金潇替她把话说完："没关系，我理解的。我也是做手机的，见多了行业内互相抄袭、打价格战、抢零售店的行为，这都是无声的硝烟。"

思前想后，程佳倩觉得要先让金潇做一下思想准备，免得金潇一会儿进店看见程一鑫狼狈的样子，他的形象就全毁了。车上只有她俩，但程佳倩还是忍不住压低声音说："他们太过分了，我哥上周还被打了。我说这破店不开也罢，他不如回'大世界'。"程佳倩的眼眶都红了，她说，"他满身青紫，一瘸一拐地回家。"

金潇："……"

有没有可能，他是被她打的？她太久没体验过新手的感受了。想当年她刚去练散打的时候，动辄满身瘀青，好在因为年纪小，过一两天就不痛也不痒了。程一鑫的皮肤白里透红，他虽然自诩皮糙肉厚，但实则瘦得不堪一击。以前他们在一起的时候，她随便地挠一下他的后背，他的后背上就会留下血痕。

见金潇不说话，程佳倩又后悔嘴快了，好像把程一鑫说得很窝囊，换了话题："潇潇姐，我虽然不知道你们当年为什么分手，但我哥真的一直没忘记你。有一次我打扫卫生，他发了好大的脾气，让我别动他的奖牌。奖牌上有滨大附中的标志，他就认识你这么一个成绩好的人，我猜那应该是你送给他的吧？"

金潇沉默片刻，说："嗯。"

"还有，你之前送给他一本字典——就是第一页写着什么星辰的字典，他宝贝得不行,一直把它放在床头上。"

路灯飞掠而过,宛如流星。

金潇轻声说:"每颗星辰都是尘埃,每颗尘埃亦是星辰。"

"对,还有……"程佳倩看了一眼她的脸色,期期艾艾地继续说,"我发誓,他这么多年来一直单身。追我哥的人有很多,但他没找过一个女朋友。你真的不考虑考虑他吗?"

金潇踩了刹车,指了指导航:"到了。"

程佳倩怕程一鑫骂人,带完路就跑了。原来他的新店就在离大世界商城不远的地方,离理工大挺近的,附近的老街热热闹闹,还保留着老式居民楼和老旧的商铺。炊烟、三轮车、坑坑洼洼的水泥地和脏兮兮的下水井盖随处可见,三四级台阶的上面就是店面。招牌是有着黑金色翅膀的"晚安二手手机收售修",崭新崭新的。"晚安"两个字令金潇看了半晌,愣了又愣。

一个年轻的男孩倚在店门口,有着一头鲜艳的红毛,牛仔裤松松垮垮地卡在胯上。他拿着劣质的塑料打火机点烟,问她:"姐姐,要修手机吗?"

他顶多有十七八岁,有细胳膊和细腿,一张脸长得很俊,就像几年前的程一鑫。见金潇对着迎面而来的烟雾皱了眉,他笑嘻嘻地熄灭烟头,追着金潇走进店里,喊了一嗓子:"师傅们,别吃啦,来生意了!"

店里的其他装潢看起来并不新,程一鑫用的应该还是以前的柜台。这里像"大世界"里一间小铺子的放大版,有小半间教室那么大,七八个玻璃柜台相连在一起,手机被按照品牌划分得清清楚楚。里面没其他顾客了,只有两个被男孩称为"师傅"的人坐在玻璃柜台的里侧。店里挂着一个电视的屏幕,屏幕上直播的画面跟金潇在程佳倩的手机上看见的差不多。两人吃着烧烤,看着电视讨论。

"你说能不能修好?"

"鑫哥不能就没人能了吧。"

"美女,"黄顾被年轻的男孩喊得站起来,急忙擦了擦满是油的手,"修手机还是买手机?我们也高价回收二手的手机。"

金潇正在打量里面的屋:"我找人。"

一圈玻璃柜台的尽头后有光晕，为了把那里和销售区域区分开，他们用玻璃隔出一个工作间。那里有一张铁桌子，上面铺了一桌子的仪器和工具，侧面有一个网红主播用的打光神器，光尽数打在一双拿着螺丝批的手上。蓝灰色的头发没有在阳光下时显得清透，有一种雾蒙蒙的灰感，喉结上的阴影像峻峭的山峰，他说话时山峰晃动不已。金潇隔着好几米的距离，透过玻璃望过去，他的眼底下黑青一片。

程一鑫是活招牌，来的人十有八九都是冲他来的。

黄顾了然地说："你找鑫哥？他在直播呢。你看有啥需要，我们也一样。"

金潇不再打量里屋，收回目光："纸巾。"

黄顾刚擦完手，下意识地把抽纸推过去，愣愣地看着金潇拿起纸巾。她将凳子擦了一遍，随后优雅地坐下去，交叠起一双长腿，悠闲地道："我等他。"

刚刚的那个年轻男孩凑过来："姐姐。"

黄顾终于有了眼力见儿，招呼他："小丁，你回来。"

黄顾擦了擦嘴，重新打量金潇。金潇浑身上下透着低调的富贵气质，长相明媚大方，眸子顾盼生辉。她穿着丝绒质地的黑色外套，背后是颇有设计感的刺绣，袖口上镶着一排珍珠，里面的白裙刚到大腿的一半，厚底短靴之上的雪白长腿令人不敢直接去看。关键是人家的手里拎着车钥匙，如果黄顾没看错，车钥匙的上面有一个三叉戟的标志。她盘靓条顺，天然有一种上位者的气质，这种气质绝不是暴发户能修炼出来的。

搞不好她是来谈大单的生意，像之前搞来二三十部手机的半山腰别墅里的女人。黄顾出来做生意后，眼光长进了不少。以前他只是躺平，跟着程一鑫干活；现在程一鑫在里间修手机，他和章鱼在外面接客，要分辨哪些人是砸场子闹事的、哪些人是真正的顾客、谁有购买力、谁抠门吝啬。现在明明能收徒挣钱了，他们却被同行搞怕了，千挑万选才招了一个小丁。他们又生怕收了一个奸细，目前为止仅教了他压屏的技术。

小丁噘着嘴，还想跟金潇介绍手机。

黄顾悄悄地吩咐他："你进去跟鑫哥说一声。"

金潇注视着悬挂的电视屏幕，直播的画面上有一行标题——"挑战维修全网最难重摔粉碎手机,保资料"。底下备注了一行小字——"晚安修机,再烂的手机您都拿来,把新机拿走。"

程一鑫真是会引人注目,在修手机时竟然流露出几分性感的气息。昏黄的灯光下,他从喉结到锁骨、从凸起的手腕骨到一双骨节分明的手掌都像精雕细琢的艺术品。

弹幕里有人问:"什么时候能看见你的脸?"

程一鑫笑了笑,在直播里回答:"你应该问,什么人能看见我的脸。"

弹幕里一片"啊啊啊啊啊啊"的字样闪过。

有人继续发问:"你有女朋友吗?"

程一鑫不回答,开始讲解:"我们来看一下今晚要修的手机,事先声明,真不是我故意把它摔成这样的。"

弹幕里的人笑死了:"我笑出鹅叫。"

弹幕里还有人说:"他开播后天天收到重摔的手机、粉碎性骨折的手机、海里游泳的进水机,要不是能看见他签收快递,说他是自己摔的手机我都信了。"

"后盖粉碎,屏幕也完了,开机失败,我就开始搬板救资料吧。"程一鑫拆了机,"好家伙,逻辑主板、逻辑码片、硬盘芯片、主板居然都被修过,有人修过它但没修好?"

小丁进去给他使了一个眼色。金潇听见直播里他的声音断了,似有所感,朝里面的工作间看去。程一鑫正偏头看着她,隔着玻璃,隔着层层的柜台。两人对视着,然而三十秒的时间都是奢侈,弹幕里的人在狂催。

"主播沉默了,是不是也修不好手机?"

"主播凉凉,就此下播?"

程一鑫低头,重新把镜头给到显微镜里的视角,细细地解说:"焊盘掉了,有绿油涂层,信号焊盘掉点被刮了线。我们可以对照图纸看看,这是开机需要的信号点,怪不得手机无法开机。"

小丁给金潇倒了一杯水,甜甜地叫"姐姐"。但他很快发现金潇油盐不进,她丝毫没有被他释放的魅力打动。于是,他又叼着一根烟溜到门口去抽了。店里的几人都在看电视,黄顾"嗞"了一声,说:"飞线补点哪,我都替鑫哥捏一把汗。"

章鱼紧张地说:"我大气都不敢喘。"

章鱼吃不下去串了,研究半天,站起来对金潇郑重又抱歉地说:"美女,估计一两个小时里鑫哥出不来,要不你留一个电话,明天我让他联系你?"

话音刚落,响声传来,工作间的铁门开了。程一鑫瘦削的身影从里间走出来。章鱼瞠目结舌,心里有一种不好的预感,问:"失败了?"

程一鑫皱着眉:"我休息五分钟。"

他一边修手机一边讲话,咽喉充血,嗓音再次哑得不复清朗。

黄顾屁颠屁颠地去给他倒水:"来来。"

他一转身,见程一鑫竟然从玻璃柜台上拿起纸杯,纸杯上还有一个嫣红的唇印。程一鑫一仰脖子喝光了杯里的水,水珠顺着他的喉结滚落下来。

黄顾结巴了,说:"你你你……拿错了。"

进门以来一直很高冷的美女顾客接话:"他没拿错。"

黄顾和章鱼都一脸疑惑。

小丁反应快,冲程一鑫卖好:"鑫哥,美女姐姐等你好久了。"他搂着黄顾和章鱼两人的脖子:"走走走。"

章鱼反应过来,说:"哦,对,一起出去抽根烟。"

程一鑫的目光一直锁着金潇,他问:"你怎么来了?"

他下意识地拨了拨蓬松的发顶。蓝灰色的头发像流动的云朵,其实不乱的,他却想找一面镜子照一照。他叹气道:"别等我了,飞线补点结束至少得过零点了。"

金潇似笑非笑地看着他:"等你?"

程一鑫刚才沉浸在修手机中,还要直播讲解,注意力高度集中。现在大脑一阵阵疲惫,他竟然一时语塞,说不出什么俏皮话逗她。他懒洋洋地侧过身,用手指了指底下一水儿的手机,问:"难不成你来买手机?你看上了哪一部?"

"送我?"

"送你。"

金潇指指他的身后,问:"'晚安'是什么意思?"

程一鑫熟练地背诵着:"青灯不归客,夜幕手机人。"

两人互相较劲儿，程一鑫分明知道其中的缘故，偏不肯说，想等她先挑明。他仗着自己的个子高，用胳膊肘撑着柜台，还能与金潇平视，不自觉地就把身体的重量压在柜台上，卫衣的领口处隐约地露出一块近肤色的料子。

　　金潇不声不响，抬手拽住他的领口。程一鑫的反应更快，他捂着领口猛地后退，撞到了后面的凳子，凳子"哐当"一声倒地，惹得门外站着的三人伸着脖子瞅："打起来了？"

　　程一鑫掩饰地笑了笑，问她："怎么了？"

　　他低头扶起凳子，眼前的景物被阴影挡住。金潇把冰凉的手指探进他的领口里，触及他贴在肩颈上的治跌打损伤的膏药，眼底闪过一丝了然。果然没看错，她开口："上次我下手重了，对不起。"

　　难堪又丢脸，程一鑫动作粗鲁地把衣服的领子扯回去，磨了磨后槽牙，强笑："你不恨我就行，我挨打很乐意。"

　　金潇不接话，从包里摸索着，命令他："伸手。"

　　他疑惑，摊开手掌，一个冰凉的、有着金属质感的东西落在手心里。她手上的皮肤细腻，他觉得好像有一片羽毛抚过心田。金潇抬起手，断了的银链子安安静静地躺在他的手心里，在灯光下泛着冷冷的幽光。

　　她说："它被丢在了风火俱乐部的擂台上，我想这应该是你的。"

　　程一鑫的眼皮子跳了跳，原来银链子是在擂台上掉了。那天他不知道被摔了多少次，这劣质的银链子真不争气。他尴尬地道："谢了。"

　　金潇审视他："你丢了东西，不问问吗？"

　　如果不是工作人员捡到了银链子，调了监控看她用过擂台，估计银链子早就找不回来了。一想到银链子都能断，她就感觉程一鑫被摔得挺疼的。程一鑫随便地把银链子往兜里一揣："哥很穷，这破玩意是假银做的，不值钱。"

　　"我也不值钱吗？"金潇疑惑地提示他，"后面的缩写。"

　　程一鑫知道她看见牌子后面的"xx"了。他怀着不为人知的心思把她放在离心口最近的地方，心思一瞬间暴露在她的面前，显得自己好像一个龌龊的变态。他死鸭子嘴硬，说："这为什么不能是我自己的名字？"

　　金潇挑眉道："哟，那么，这是哪个女人送你的？"

程一鑫噎住了,说:"网恋对象,就是那个骗过我二十块钱的人。"

金潇想笑,憋得很辛苦,最后说了一句很不符合她的风格的话:"你牛。"

"行了行了。"程一鑫摆出送客的姿态,伸了一个懒腰,拎起她的包往外走,把她塞回车里,"你别羞辱我了,给我留点儿面子,都说了为爱乞讨不是我的风格。"

漂亮的剪刀门惹得黄顾三人惊呼出声,金潇在引擎声里绝尘而去。

程一鑫重新回到工作间里飞线补点,终于在零点过五分的时候把手机装入机壳内测试,手机可以正常地进入开机的状态了。直播间里都炸了,后台飞来好多单子。这年头谁家里没一两部变砖的手机呢?"晚安修机"物美价廉,他们要试试能否把老照片救回来。

几天后,金潇收到了千银内部出具的一份市场调研报告,上面写着"晚安修机"。厚厚的一沓资料少说有几十页,被放在她的办公桌上。资料里分析,"晚安修机"是北上广深线上修机模式的本土化措施,客户群覆盖周边的三省,小程序的日活量和订单增长量的数据非常漂亮,结论是——"一匹黑马"。

意料之外,情理之中;天道酬勤,厚积薄发。

金潇一字不落地读完报告,走出去问他们:"楼下这几天还有人发传单吗?"

得到肯定的答复后,金潇伸手:"给我一份。"

有男生尴尬地笑:"那个,传单被叠成纸飞机了。"

"没关系,给我吧。"

金潇拿着纸飞机,面色晴朗地回了办公室,剩下大家面面相觑。

方好好下定决心要行动。她约了荀浩然,周六一整天,他们去滨江的北岸新开的室内水上游乐园里玩水,令荀浩然绝对没有机会碰手机的监控。程一鑫白天不用直播修手机,和金潇商量好计划,先去方好好的家里。方好好去年原本为了方便养猫,租了一间小的单身公寓,金潇还没去过那里。

"钥匙呢?"

"好好说在'出入平安'的垫子底下。"

程一鑫蹲下去,掀起垫子,先在衣角上把钥匙蹭干净,再把它递给金潇。她举起钥匙,研究了片刻该插哪个方向。

程一鑫接过钥匙："喀,还是我来吧。"

大小姐的家门上全是密码锁,她用金属钥匙的机会屈指可数。

片刻后两人进门,一个明晃晃的摄像头被装在南面的墙上,监视着方好好的日常生活。这是人渣的行径,程一鑫见多了垃圾,都忍不住低骂一声。

方好好把备用机留在了家里。她前前后后换过三部手机,每一部手机都无一例外地被荀浩然轻松地破解了。他获得了所有的权限,随意地打开手机的前后置摄像头,监听麦克风,更别说监视她的手机界面了。

金潇关上铁门,门发出"嗒"的一声轻响,气氛没来由地诡异起来。

程一鑫低头放下笔记本电脑,方好好的手机被数据线连接在电脑上。方好好家的沙发和茶几之间的过道太窄了,程一鑫弯腰坐着,叉开长腿,膝盖十分难受。逼仄的环境之下,金潇还站在他的身侧——她身上的幽香就更要命了。早上容易气血翻涌,程一鑫不自觉地将腰弯得更低,用余光瞥着她,轻咳一声:"跟你商量一件事。"

"嗯?"

他不自觉地抖了抖腿,把电脑往旁边推:"离我远点儿。"

金潇:"……"

她本来是想监工。听他这么一说,金潇俯下身,下巴几乎碰到他的肩膀,发梢轻蹭他的耳朵。她若有所思地盯着电脑的屏幕,眼见程一鑫的面色不受控制地泛起红来。

程一鑫闭了闭眼睛,想拽过她纤细的手腕,把她拉得跌进他的怀里。以前金潇总说他的骨头硌着她了,疼得皱眉,程一鑫开玩笑说要不她下去坐沙发。金潇摇头,他家里的沙发更硬更旧,比他的骨头还硌人。她还是乖乖地坐在他的怀里,任由他蹭她柔软的发顶。

程一鑫从小就生活在鱼龙混杂的环境中,不缺女生喜欢。以前就有"小太妹"把他堵在厕所里,问他愿不愿意处对象。那时候他一撑胳膊,从二楼的窗户跳出去,转身混在男生堆里打球,把人家气得直跳脚。他长得帅,能靠脸多挣几个钱,这也不值得炫耀。金潇是一个例外,他在她的面前几乎没有自制力。在他二十岁最血气方刚的时候,他们做过最亲密的事情。他所有的想象和实践的对象都是她。他现在更怕在她的面前出丑,怕见到金潇揶揄的笑意,自己会输得越发彻底。

金潇不知道他的所思所想，看了半晌，他的电脑桌面上的图标整整齐齐，屏保是自带的风景画。没看见可疑的文件，她轻声调侃道："你的电脑里难道有我不能看的内容吗？"

程一鑫恨不得推开她。她还敢问这种问题？他从旁边抓了一个抱枕放在腿上，坚决地否认："没有。"

金潇低声笑，说："有也没关系呀。"

程一鑫是真的恼火了，不想讨论这个问题，语气生硬地说："你忘了就算了，老子觉得有关系。"

金潇沉默片刻，记忆渐渐地复苏。

以前夜市的环境脏乱差，有人像他一样卖盗版的劲歌金曲五百首，还有人卖女明星的性感海报或挂历。有一次，金潇亲眼看见其他店主拿了新货，他们把新货塞给程一鑫好几卷，坏笑着让他把它们贴在床头上，说晚上抱着女神睡觉。程一鑫嘻嘻哈哈地笑纳了，给他们一包烟。

程一鑫收了摊上车，金潇指望他解释一下刚才的事。谁知道，路上程一鑫像没事人似的哼着劲歌金曲，开车送她回宿舍。她恨恨地瞪他一眼，没给一个告别吻，也没说一句"晚安"，甩上车门就跑。程一鑫回家洗了澡，发现金潇把他拉黑了，简直莫名其妙，完全不知道哪里惹到她了。他忙了一天，累瘫了，拔下正在充电的手机，认命地开始找她的室友，求她接一下电话。

听金潇声音很冷地问他女神好不好看，程一鑫回说什么好不好看。她是爱吃醋，不愿意让他向来来往往的女生"卖笑"。他回想半天，今晚似乎没调侃过一个女顾客呀。刚上大学不久的金潇脸皮薄，听说过男生都喜欢往床头上贴性感女神的海报，偏偏说不出斥责的话，再次挂了电话。

程一鑫无奈了，迅速从旁边的凳子上拽起裤子，准备去她的宿舍楼下卖卖惨。他刚跳上车，踩到了一卷海报，顿时恍然大悟，急忙再给她打电话："你说那几卷海报吗？天哪，你不清楚自己长什么样吗？哥看得上这些吗？"

金潇愤恨地说："我不相信。"她骂他，"猥琐、下流、人渣。"

那时程一鑫还舍不得碰她，哭笑不得，怎么能给她留下这种印象？年轻的身躯相互依偎着，亲密时难免擦出一些火花。他周围的社会青年已经有和女朋友同居的了，亏他忍得那么辛苦，天天回家洗冷水澡，她真没良心。

程一鑫闷闷地笑，说："没道理吧，我哪天晚上没送你回宿舍？"

金潇不依不饶地说："那不一样。"

程一鑫振振有词地说："怎么不一样？不管什么歌星、演员，哥这辈子都不会有别的女神，那是精神出轨。我永远忠于你。"

程一鑫还记得他曾经的保证，是吗？

金潇忽然觉得有些难受，把指尖轻搭在他的肩头上，幽幽地说："你这几年……"

她还未说完，程一鑫破罐子破摔了，说："就一直想你呗。"

"我是说……"金潇顿了顿，又不好意思说下去。

程一鑫明白了她想问的问题，说："你是想问我想你的时候怎么办吗？"

金潇扭开脸，"嗯"了一声。

程一鑫自觉丢脸，骂了一句粗话，说："你真想知道？"

金潇抚他肩头的手微微地用力："嗯。"

程一鑫随手打开了一个文档，在网上搜索"土味情话大全"，胡乱地复制粘贴了一大段文字。最后满屏都是文字，他又在每句话的前面加了他的名字。金潇愣愣地看着，这是什么操作？

程一鑫瞥了她一眼，把文件传输到他的水星 4 手机上。他开口命令语音助手 Silver："宝贝，读一下这份文档。"

他不知何时把 Silver 的音色换回了手机系统拟合的金潇的音色，金潇再次听见"自己"柔情蜜意的声音："好的，鑫哥。程一鑫，我今天去吃面了，吃的什么面？突然想见你一面。程一鑫，你为什么不找我聊天？我专门为你学的打字。程一鑫，你可爱死了，我爱死你了……"

这真的就是社会性死亡，金潇羞恼到窒息，说："停停停。"

她夺过手机，按着侧面的音量键直至把手机静音。反正出丑了，程一鑫肆意地笑了，说："有时候心情好，我会自己编辑文字，让她说些别的话。"

金潇败下阵来，不敢与他对视，面色绯红地说："闭嘴，别说了。"

"所以……"程一鑫揉了揉太阳穴，用舌尖顶着上颚，忍住回忆里的冲动，说，"你走远点儿，不然哥没法专心地干活。"

金潇知道他昨晚又直播到晚上十一点，他每天熬着最晚的夜，当最亮的星辰。她不再折腾他，站在方好好的书柜前看他们的高中毕业照。高中的时候，大家的脸上都一片阳光，怎么如今尽是阴霾？情不知所起，一往而深，爱真令人扭曲，好在她和程一鑫没有走到这一步。

很快，程一鑫喊她："你闺密的前任应该是通过无线局域网植入的病毒。"

原来，和方好好谈恋爱的时候，荀浩然就在路由器上动手脚了。屋里用来监视方好好的摄像头是他哄骗着她装上去的。他说怕她一个人住不安全，怕她白天出门以后容易遭遇入室盗窃。后来他们分手，他死活不让方好好拆摄像头，直到拿捏了她的软肋。

程一鑫见金潇不说话，低头敲了敲键盘："你不信我？"

谁质疑他？金潇摇头："不信你，我就不会请你来了。"

程一鑫消灭了无线局域网和方好好的手机里被植入的病毒。所有的证据都被拷下来一份并发到邮箱里，包括无线局域网被侵入和手机被监控的视频。在传输聊天记录的时候，程一鑫忽然按了暂停键："等会儿，你看这里。"

金潇皱眉："怎么了？"

视频是荀浩然定期发给方好好的，画面上是两只雪团子一样的猫。它们在荀浩然的家里，视频看起来是由天花板上的摄像头拍的，摄像头的角度和方好好家里摄像头的角度一样。

程一鑫指了指日期："你不觉得奇怪吗？"

他找出所有荀浩然发过的视频。监控的视频里自带日期和时间，但是金潇仔细地看去，发现年份 2022 和其他数字的字体不完全一样，差别很细微。要不是程一鑫每次拆机验零件的真伪，熟知作假的套路，根本看不出来这一点。两人对视一眼，细思极恐。荀浩然篡改视频上的日期，目的唯有一种可能——他用来威胁方好好的猫恐怕早就不在他的家里了。至于猫去了哪里、是死是活，他们不得而知。

第二天，程一鑫打电话问方好好事情的进展。

金潇揉了揉太阳穴："你不忙吗？"

"我刚修了一部基带坏了的手机，暂时有空。"

金潇被方好好的哭声吵得脑仁疼。方好好本来满怀期待，以为他们已经救回了小猫。她从水上乐园回来后，金潇告诉她视频的日期都被篡改了。

方好好险些哭晕过去。金潇拍了拍她的肩："我陪你去吧。"

网警取证向来艰难，但现在他们把所有的证据都找齐了，事情已经是板上钉钉了。金潇生怕方好好一时心软放弃让荀浩然付出应有的代价。

方好好哭累了，最后说了一声"谢谢"："潇潇，这么久了，剩下的事情我想自己去了结。"

她晃晃悠悠地起身，揣上身份证，独自出门。

金潇叹气："渣男不得好死。"

程一鑫在电话的那头沉默片刻，说："我怀疑你在阴阳我，但没有证据。"

"自信点儿，把'怀疑'去掉。"

"其实，我觉得……"程一鑫想了想，说，"那个摄像头挺好的。"

金潇愤怒起来，问："你什么意思？"

她说他是渣男，他居然还替荀浩然说起话来。程一鑫就是走苦情路线的，装得好像自己有多可怜似的，没准要说渣男的心里苦、渣男一往情深。

"息怒，"程一鑫笑了，说，"你先把我的微信拉回来。"

"理由？"

"我给你发一个东西，你看完后要是想删我，再删也不迟。"

三十秒后，金潇熟练地从黑名单里释放了他，他的微信名简直闪瞎了她的眼。

"晚安修机"发来一个链接。

金潇怀着一丝尴尬的心情问："这是什么？"

"你点开看看。"

页面跳转到一个小程序，实时的监控视频里，右下角的日期和时间在一分一秒地与她电脑里的时钟同步滚动。视频中的店面似曾相识，和她那天看的一样，正是程一鑫新搬去的那家店。打杂的小丁、嗑着瓜子的黄顾、拖着地的章鱼和玻璃柜台都在画面中，那晚被他推翻的凳子早已被扶起。金潇把一切尽收眼底，愣了愣。在她的手机画面里，程一鑫站在摄像头的正下方，仰着头冲她笑了笑："能看见吗？"

金潇不说话。

程一鑫继续说："我想起来我的店里也有摄像头，把监控的权限给你。不直播的时候，我都在这个摄像头的下面。"

金潇觉得嗓子有点儿干，问："我看你干吗？"

程一鑫轻笑，说："难道哥不帅？"

金潇听见电话里传来黄顾接话的声音："哥，你要点儿脸吧。"

程一鑫决定无视黄顾。

"我出去跟你说。"他又冲摄像头笑了笑，指了指门外，身影渐渐地消失了。

金潇在手机的画面里看见他在往店的外面走，听见他说要走出去。她何曾有过这样遥控程一鑫的感觉？一种越发奇怪的涩意堵着喉咙，她陈年的委屈仿佛有了宣泄口。以前他瞒过她太多事情，怕她生气，怕两人吵架，偷偷地卖了手里的组装机。她成天上着课都提心吊胆，生怕下一个被新闻联播里曝光的灰色产业链的从业人员就是他。直到那次他的家遭遇了入室盗窃，警察说大概是同行报复他。其实她觉得他迟早有翻车的一天，庆幸程一鑫栽了一个跟头，以为他吃了亏就能成长。她想让他一并把无意中卖过的赃机赔偿了，希望他以后重新开始干干净净地做生意。谁知程一鑫直接提了分手，她还懵懂，相信他真的就是不爱她了。于是，他们一别就是五年，曾经以为此生不复相见。

"以前咱们在一起的时候，你总说我调戏女顾客。"程一鑫叹气，"你还记得我店里的小丁？我现在决定让他负责出卖色相，自己退居二线了。不卖组装机和假货了，我洗心革面，重新做人，欢迎你随时监督。"

程一鑫没听见回应，自嘲地一笑，说："当然了，这都是我一厢情愿。你要是不想看监控，就删了我吧。"

电话里只剩下两个人的呼吸声，程一鑫看了一眼，她没挂掉电话，也没拉黑他的微信。他半天听不见她说话，在等待她回答的漫长的时间里，他的心感到焦灼，有一丝不笃定地问："你……还在吗？"

"嗯，"金潇的声音很缥缈，她总算开口，"我在。"

第十章

重新加载

"来,签收一下。"

现在不同于在"大世界"里的时候,他们一大早就会收到被送上门的快递。对简单的问题,他们几个白天录着视频就修好手机了,程一鑫晚上直播时会维修有"疑难杂症"的手机。快递小哥对"晚安二手手机收售修"的店很熟悉了,每天都攒了一堆快递,把它们一起送过来。

在同行故意寄来伊拉克成色的手机、重摔的手机、泡水机这样的刁难之下,程一鑫几乎不停歇地直播了快一个月,展示了超过九成同行的维修技术。寄修手机的小程序很火爆,他们每天少说能收到二十个寄修的单子,再加上来实体店里维修手机的顾客,光是维修量一个月就破了千。

程一鑫道了谢,刚进了店,黄顾就凑过来给他使了一个眼色,压低声音跟他汇报:"鑫哥,那人又来了。"

黄顾说的是这两天出现的一个怪人。他们清晨开门不久，这个男人就来了，口音不是本地人的口音。他个子瘦小，颧骨突出，眼圈浮肿，面色偏黄，整个人显得病快快的，不精神。但他东问问、西问问，倒是有精神。他问每款手机的价格、怎么翻新的、保修多久，一会儿又说自己的手机坏了，把每种坏法的维修方法都问一遍，愣是不让他们修手机，赖在店里就是不肯走，问完了就坐在那儿玩手机。他顶多在门口抽两根烟，小丁脾气好，跟他胡侃，套他的话，但啥都套不出来。直到晚上他们下班了，这个男人才自行离去。

他们分析过，这个男人应该是同行。同行看同行太轻松了，瘦小男人的左手大拇指的指甲盖长度显然比右手大拇指的长很多，他用这种指甲撬玻璃膜、拆机，效率很高。除了程一鑫死活不肯留指甲，他的同行都留了这般的长指甲。反正程一鑫的直播间里都是看他的手舔屏的，他不留指甲就不留，免得影响美观。

小丁曾问过他为什么不留指甲。程一鑫怔了怔，目光里不自觉地流露出一丝缱绻。

他很早就剪了指甲。和金潇在一起的时候怕指甲会刮到她，后来他们分手了，他也习惯了不留指甲。他没有长指甲，但贴膜照样比别人快一倍，只是再没有把指甲留起来过。

程一鑫瞥了一眼瘦小的男人，把双肩包拽下来放在台子上，语气轻松地说："没事，该干什么干什么。"

今天的生意是一个老顾客介绍的，一家做课外辅导的美院倒闭了，老板联系程一鑫上门去收十来套 iPad 和 Apple Pencil。黄顾点头，看了一眼程一鑫收回来的货，又看了一眼程一鑫，忽然眨巴几下眼睛："鑫哥，你今天咋就看起来不太一样了？"

程一鑫乜斜着他，问："怎么不一样？"

黄顾挠头："我说不出来，就是感觉不一样。"

章鱼附和："对呀。"

两人都围着程一鑫看，把他从头看到脚，说不出来话。程一鑫被他俩看得不耐烦，喉结不自觉地滚动一下，用凉凉的语气说："错觉而已。"

小丁坐在旋转凳子上，自己转了一圈，"咯咯"地一阵乱笑。他有着年轻男孩专属的活力，跳起来后，凳子还在原地旋转好几圈。他说："鑫哥今天打发蜡了，你们瞎吗？"

初秋的时节，又到了程一鑫人在衣中晃荡的时候。他穿着"晚安修机"的连帽卫衣、灰色的运动裤和盗版的老爹鞋，套了一件嘻哈街头风的夹克，想着出去或许能引人注目。结果他今天去美院收 iPad 时，人家还以为他是来报名学美术的，急忙跟他说美院已经倒闭了。

黄顾恍然大悟，和章鱼一起怪叫一声。程一鑫平时就挺臭美的，无论多晚回家，第二天都会把头发做成清清爽爽的蓬松造型，蓝灰色的头发随风飘扬。其他人困了都会一头栽倒，大不了头发油一点儿。

程一鑫听了他们的怪叫声，简直想给他们一人贴一块封口胶，感觉自己捎饬半天，多此一举了。虽然他把店内摄像头的监控权限给了金潇，但她大概率不会看监控吧？她一贯是骄傲的，那天说的是"我又不是监控室里的保安，还要负责给你看店"。

中午吃康师傅红烧牛肉面的时候，程一鑫又开始后悔。谁给他的勇气呀？金潇天天在有三十层楼高还铺满地毯的地方工作，还是在她的家族企业里工作，怎么会没事干看他们二十平方米的小店？他生怕两人还没复合呢，自己先用巨大的差距劝退了金潇。

但是他给了她监控的权限，又不能再把它收回来。吃完泡面，程一鑫忍不住架了一个梯子，爬上去擦了擦摄像头的玻璃。万一她偶然看了一眼监控，会看得清晰些。其实，程一鑫擦镜头的时候，金潇正在看监控呢。她桌上的左边放着一张被叠成纸飞机的传单，右边放着晚安修机的调研报告，报告说本周晚安修机小程序除了提供全国寄修机的服务，还悄悄地上线了滨市上门回收旧手机以及根据拆机视频和验机报告线上选购二手手机的功能。中间的电脑屏幕上是程一鑫清俊的五官——他注视着摄像头。

金潇总感觉他在隔着摄像头与她对视。他忙里偷闲的时候，难得坐下喝一杯水，总不忘盯着摄像头发呆，好像能反向看见她似的。程一鑫挺忙的，和以前一样，忙起来就不记得吃饭。几个大老爷们儿太糙了，中午不是吃康师傅牛肉面就是吃辛拉面。店里的小弟给程一鑫泡好了面，他至少过二十分钟再去吃，下午就捂着胃拧螺丝。金潇关了屏幕，起身去倒了一杯热水。

晚上的时候，程一鑫还没开播，店外忽然来了一群人，金潇通过高清的摄像头看得清清楚楚。有一个留着大波浪卷发的女人红着眼眶，瞬间扑进程一鑫的怀里。店里的人总算搞懂了这几天来店里"坐班"的瘦小男人是什么来路，他竟然是程一鑫在华强北认识的飞姐的小弟。

前一段时间，飞姐把全部的身家都压在黑解机上，结果WOOD系统的官方把黑解的漏洞修复了。起初她不紧张，因为官方以往封过黑解三次，但封了没两天又重新放开了。这次官方却是永久性地修复了黑解的漏洞，飞姐无法解锁手机，只能把它们当废铁卖掉。一夜之间，各大手机厂商像商量好了似的，苹果手机的黑解也彻底被封了。在华强北，手里有黑解机的老板都集体倾家荡产了，一赔就是几百万上千万的人民币，连跳楼的心都有了。这件事上新闻后引起了社会的广泛关注，不止有赔钱亏本的老板，当初通过黑解手机挣了一笔钱的老板们还被依法狠狠地罚了一顿。

因为亏本和被罚款，飞姐欠了一屁股债，绝望之下选择了割腕。好在她被救回来了，手却废了。她修不成手机了，死活不愿意给其他店打工。飞姐给他看完手腕上的伤口，说："姐看见你在朋友圈里说招人，你看姐可以吗？还有几个兄弟，技术都过得去。"飞姐感慨，"姐都老了，你怎么还是以前的模样啊？"

当年飞姐很喜欢程一鑫的这张脸，总是在口头上调戏他，占他的便宜。现在好几年过去了，她被破产折腾得枯萎了，感叹真是岁月不饶人。她仿佛还能看见十八岁的程一鑫，他不会说粤语，没人脉，却硬是在华强北当背包客。他刚开始身无分文，晚上没地方去，蜷缩在她的店门口睡了一夜，眼睛下一片黑，她早上开门的时候都被吓了一跳。

飞姐本是滨市的人，后来去了深圳。这次她回到滨市，算是回家了。她派人观察了几天，程一鑫把小程序搞得还挺有模有样的，在滨市没什么直接的竞争对手，每天的订单数都增长不少。网络上的单子无形，店里不见得有多热闹，实际上他们的工作量和压力都很大，怪不得他要招人。

程一鑫走到门口，在等待金潇接听电话时，忍不住来回地踱了两步。

他深吸一口气，说："宝贝，跟你商量一件事。"

金潇的那边有用键盘打字的声音，她淡漠地道："跟我商量？"

监控里，大波浪女人刚刚擦干眼泪，坐在椅子上揪纸巾。她刚才扑到程一鑫的怀里哭了半晌，用嫣红的指甲掐着他的胳膊，仿佛是被他始乱终弃的美人。

程一鑫开口："她是我以前在华强北的时候认识的一个店主，很照顾我。我……拿她当姐姐。现在她和几个师傅回滨市了，想在'晚安'店里工作。"

"祝你事业爱情双丰收。"金潇冷冷地道，依然有一股矜持高傲的公主劲儿，"你跟我商量什么？"

程一鑫反应了三秒，疾步走到门口，仰头看着摄像头，语气里有几分得意的笑意。他问："你看我了？"

"没有。"金潇忽然改了口，平静的声音中透着一丝涟漪，"你艳福不浅嘛。"

大意了，程一鑫百口莫辩。他光顾着为金潇竟然会看他而高兴，忘记了飞姐还抱了他一下。程一鑫知道有不少店主因为囤黑解机而翻车破产了，在煽情的氛围之下，由衷地庆幸飞姐捡回了一条命，没多想。他不自觉抠了抠手指，语塞，说："你……都看见了？"

金潇嘲弄地说："多谢提醒，我本来没打算看回放。"

监控里没声音，金潇光能看见大波浪女人狠狠地扑在他的身上，她哭得伤心欲绝，长发轻甩。

不论如何，在金潇的记忆里，程一鑫的怀抱是很舒服的，很有男生的怀抱硌人的特点，和女生娇柔的身躯对比鲜明。以前他们在夜风中拥抱，他的衣服宽宽松松的，被风吹得"猎猎"作响。他像一竿竹子，腰身很窄，她的胳膊也细瘦。她把胳膊环上去，能用指尖轻松地摸到他的胳膊肘，很有幸福感，程一鑫的清瘦是在健身房里练出身材的肌肉男给不了的。

程一鑫："……"

他要是听不出来金潇在开玩笑，就是傻子。他换了一种口吻说："你只说对了一半。"

"什么？"

"我艳福不浅,曾经是,现在还在努力。"

"那你努力的方向挺对的,"金潇嗤笑,"这不,就有姐姐投怀送抱了。"

她心想:程一鑫怎么像从前一样,永远不知道分寸?他的店员小丁逢人就喊"姐姐",搞不好就是有样学样。

当年金潇问过程一鑫她如果见人就喊"哥哥",他会怎么想。程一鑫知道她根本不可能干出来这种事情,笑嘻嘻地捏她的脸:"来,先喊一声'哥哥'我听听。"

程一鑫听得出来她强调了"姐姐"两个字,离开摄像头的拍摄范围,走下台阶跟她说:"宝贝,你不相信的话,我等会儿就跟她拜把子。"

程一鑫不想说当年飞姐是怎么照顾他的。飞姐算不上非常照顾他,但他亲妈都那样待他,来自飞姐的那点儿零星的温情才显得格外宝贵。他一个人闯华强北,感觉世界很大、自己很渺小。飞姐是他最开始认识的老板娘,别人都不愿意搭理他。飞姐曾经是小太妹,在歌舞厅里待过,跟过好多男人。颜值即正义,这也是当年程一鑫吃准了她会对他生出恻隐之心的原因。他们互相利用久了,总有些真情义。

金潇讽刺道:"你还要认多少个姐妹?"

"哪儿来的妹妹?你说程佳倩?"

"嗯。"

"我还想问你呢。最近程佳倩见了我就躲,是不是找过你说了什么?"

"是呀,"金潇半真半假地道,"佳倩说你这几年里被很多人追。说真的,你对她们全都没动心吗?"

程一鑫站在外面的树下,叶子转黄了。他长长地叹了一口气:"有哇。"

金潇拿起杯子,少糖的蜂蜜柚子茶又酸又涩。舌尖一麻,她"哦"了一声,说:"你之前没说这件事。"

花无常开,月无常圆,哪里有那么长情的人呢?程一鑫一样如此。这回她问他时,他竟然说了真话。他也对别人动过心、动过情,只不过碰巧她回来了,就起了吃回头草的念头。

程一鑫似乎很不愿意提及这件事,淡漠地道:"没什么好说的。"

金潇语气平静地说:"既然咱们以前分手了,嫁娶自由,我也曾有过一段和别人的感情,你不用……"她顿了顿,说,"觉得对不起我。"

她说出来最后一句话,感觉外面秋日的阳光都变得刺眼起来,想拼命地眨眨眼睛,免得眼睛酸涩胀痛。来呀,互相伤害呀。

程一鑫的声音在"瑟瑟"的秋风里变得冷起来,他说:"其实我喜欢过好几个女生。"

金潇笑得很虚伪,故作轻松地道:"花心。"

"你要听吗?"

金潇深吸了一口气,做好心理准备,说:"你说吧。"

"你的十八岁和二十五岁,我都喜欢。"

被耍弄的愤怒感油然而生,金潇顿住了,提高声音说:"程一鑫!"

"嗯。"

外面的阳光到底是怜惜美人,没让金潇的泪落下来,她哭笑不得。程一鑫真会演,究竟是因为女生都会在他的面前犯蠢,还是因为她棋差一着,总被他轻而易举地调动了情绪,被他牵着鼻子走?他知道吗,会为此感到得意吗?

金潇清了清嗓子:"这只有两个。"

"还有哇,"程一鑫如数家珍地说,"但凡长得像你的女生,我都会多看她们两眼。"

"那真是很多人呢。"

"也没有吧,其实没人像你。"

"你到底……"金潇站起来,在窗前伸了一个懒腰。刚才的氛围已经消散了,她还是没问他他说的话究竟是真是假。金潇努嘴,换了一种说辞:"如果我没回来,程一鑫,你总会再找一个女朋友吧?"

她相信他的感情,可生平不信偶然和缘分。如果她回国后没有意外地踏进大世界商城里,他们就不会再重逢,还会有像今天这样诉衷情的时刻吗?

程一鑫毫不犹豫,语速飞快地说:"不找。"

骗子。金潇知道,她不出现的话,程一鑫一辈子也不会主动地找她。如果她真的留在法国跟伍迪结婚,他在微博上看见了,大概还会远远地祝福她,真是绝世的傻瓜。

金潇不想听他插科打诨，直接放了大招，问："那我跟别人结婚了呢？"

哦，她戳他的肺管子了。程一鑫本来是笑着的，被她的这句话戗得生疼。路边驶过的非法改造三轮车冒着黑烟，烟尘四起，他直想咳嗽。金潇说书上说过什么话来着？世界上有三种东西无法隐瞒——咳嗽、贫穷和爱，他现在把它们集齐了。

"你怕什么？"程一鑫自嘲地道，"哥就是被罚酒三杯也不会说出来以前的事，绝对不耽误你的大好姻缘，你们还能官宣是彼此的初恋。"

"程一鑫，"金潇没想到他拿这件事来说事，很恼火，说，"我澄清了，跟他不是初恋，你瞎呀？"

程一鑫没办法心平气和，说："我不瞎，但你总不能指望我跟你说谢谢吧？"

这算什么安慰呀？那段时间里，他天天都能看见她和伍迪的消息。他躺在床上刷微博就会失眠，忍不住把她的每条微博都反反复复地看，试图想象一下她度假的照片里有没有其他男人的痕迹，把微博看完了，就挨个儿怼底下对她阴阳怪气的伍迪女友粉丝的评论。好在手头的手机多，他注册了十几个小号干这件事，不由得庆幸金潇对他还算仁慈——她在远赴法国的期间没公开恋情，否则他真是悲哀到心死。

金潇语气僵硬地再次甩出那句话："如果我结婚了，你会找女朋友吧？"

错过，才是他们原本注定的结局吧？

"说实话……"程一鑫笑了笑，说，"会吧。"

他踢了踢路边的小石子。石子顺着坑坑洼洼的坡滚落到下水道里，发出一声闷响。它滚落的过程像他设想过的没有金潇的后半生。他说："如果不是你，谁都无所谓了。"

金潇不自觉地想骂他，说："你好垃圾。"

程一鑫态度诚恳地说："可能我也没你想象中的那么垃圾。我想过的，不等了，就当月亮失约了，可好像不等了也还没放下你，不太适合耽误别人。"

金潇咬唇："如果有人想被你耽误呢，你会找一个什么样的女生？"

店里热热闹闹的，飞姐和她的亲戚小弟们竟然跟黄顾他们比上了技术。这是挺好的事情，免得黄顾和章鱼因为没压力而躺平。这像极了以前，在热闹到乱哄哄的场景中,他说他喜欢好看的女生。她怎么能这么天真,生怕他已经有了女朋友?她难道不知道自己长得最好看吗?

程一鑫回答得很利索,替她说完了:"标准没变,你知道的。"

"长得好看就行?"

"嗯。"

他拿以前他们在一起时的事情来说,还在试图混淆视听。金潇无奈,说:"你以前哄我就算了,现在还拿这种鬼话骗我。那你喜欢我什么?就因为我长得好看?你至于一直找不到平替吗?"

程一鑫的唇角挂着笑意,语气调侃而怀疑,他说:"哟,我喜欢你什么?你想骗我夸你?"

"你不说就算了。"

"仙女下凡,在逃公主,原地杀我,像……"

"等会儿,你客观一点儿,不要尬吹。"

"没办法客观,我主观上爱你。"

手机都受不了程一鑫的土味情话,迅速发烫起来,贴着她的脸,像被灼烧了一样。金潇把手机拿开一点儿,尽量保持呼吸的均匀,说:"你不要太过分。"她死活不松口,说,"你还没等到我呢。"

"我知道哇。"

她一听程一鑫那贱兮兮的语气,就知道他是在哄她。

他说:"今天你对我爱理不理,明天我还来找你。"

"……"

飞姐一众人就这么加入了晚安修机店。确切地来说,他们是加入了晚安线上二手手机的一体化平台。修机、卖二手手机、高价回收二手手机,这三步形成了一个完整的循环。他们为成色太惨的手机保资料,机子要是直接报废了就拆零件,直播修其他收来的二手手机,或者录像拆机、出验机报告。顾客可以看验机的视频选择二手手机,了解真实的手机成色,提出翻新抛光、更换零件的需求。

他们提供一键快递寄收的服务,进行全透明化的修、买、卖手机。在这样的时代里,人人忙碌,线下的服务逐渐被边缘化。直播修机的方式很受欢迎,从他们出"大世界"开始,线上的单子就与日俱增,尤其是最近订单量呈井喷之势,线上的收入早就超过了线下的收入。

于晚安修机店而言,招兵买马是当务之急。于飞姐他们而言,从破产的状况下爬起来是一件很难的事情。他们十几岁就出来闯荡,见证了深圳的风云变幻,跟着展翅腾飞,然而奋斗二十年后回归了一贫如洗的境地,没心气也没资金,去其他店里当小弟也心有不甘。他们更需要一个东山再起的希望——滨市第一个线上修机平台的起步正给他们提供了这个希望。

程一鑫再次征求金潇的意见。

她不置可否,说:"我们有关系吗?"

"前任。"

"合格的前任应该连坟头上都长草了。"

"……"

金潇略带嘲讽地说:"你从'大世界'里搬出来可没通知我,现在找我商量,不觉得太晚了吗?"

她是在他们庆祝冥王星的概念通过的庆功宴上听说的那件事,他在"大世界"里撤柜了。心里"咯噔"一下,那时候她真以为程一鑫出什么事了,推杯换盏,酒入愁肠。她往坏的方向想,事情有太多可能性了。他或许替人非法刷机,破解了他不该碰的东西。他是她年少时埋在心底的爱恋,哪怕此生不复相见,她也不希望听说他有什么坏消息。

电话那头的程一鑫难得底气不足,尴尬起来,说:"我怕没搞出来什么事业,反倒要灰溜溜地回'大世界'。"

程一鑫这人的脸皮是厚的,唯独耳朵会红。以前他总说金潇坐在他的哪一侧,他哪边的耳朵就红一点儿。金潇不由得想:他此刻会这样吗?

程一鑫咳了一声,说:"再说,我不是通知你了吗?"

金潇:"……"

他说的通知难道是指把网易云的歌单名改成"哥搬家了"?

金潇冷冷地"哼"了一声,说:"程总。"

"不敢当。"

"我不仅要给你当监控室的保安,还要给你当人力,管你招不招飞姐?"

程一鑫被她逗笑，说："晚安妹妹，开个价吧？你高考完帮哥干活时可没这么挑三拣四的。"

他难以忘记过去的事，时而会恍惚地以为他们还没分手，说完就感觉这话不合适。他刚被她从微信的黑名单里放出来，得意什么？他别再被她拉黑了。金潇却还真"嗯"了一声，说："我想想。

"要不你让我看看你的QQ空间？都加微信了，不差再加回QQ好友。我可听说，白池莉以前开的就是这个价。"

程一鑫骂了一句粗话，简直想掐死程佳倩："死妮子什么话都说。"程一鑫的秘密都在空间里，他简直想死，说，"我请不起你，算了算了。"

金潇嗤笑："白池莉能看你的空间，我不能看？"

程一鑫感到冤枉，说："你没看过吗？不是你分手时删了我吗？关白池莉什么事？"

"叫得挺亲热呀。"

求生欲爆棚，程一鑫立马改口说："关那个女人什么事？"

金潇轻笑一声，却换了一个条件，说："帮我的奶奶修修收音机吧。"

"求之不得。"程一鑫叹气，蹲在外面的台阶上，就差没点上一根烟，满面愁容地说，"我说的洗心革面是认真的，飞姐是因为囤黑解机破产的。"

"你相信她吗？"

程一鑫认真地想了想，说："相信。"

"理由？"

"她不会在同一个地方摔第二次了。"

他也栽过那么狠的一个跟头。金潇轻飘飘地给他十万块钱，要他赔偿无意中卖赃机的钱。那时候，他怨她轻视他，更恨自己无用，要是真的有骨气，咬着牙也该赔钱了。齐天拿来的那些手机的来路总透着些许的不光明，他不过是揣着明白装糊涂，抱着侥幸心理，不去打探彻底。在整个大世界商城的六楼都被开哥垄断的局面之下，他急于摆脱开哥去自寻拿机的门路，直至东窗事发，后悔不迭。他和齐天断了来往又如何？他提起卖过的赃机时始终如鲠在喉。

几年后他做到了金潇希望他做到的事，可惜早就失去她了。程一鑫偶尔想想，觉得这样挺好的。她的眼睛里进不得沙子，眼不见为净，她不用看他是怎么从泥泞中爬起来的，不用看他浑身淌着泥水、狼狈不堪的样子。他们聊过以后，飞姐很惊讶。水至清则无鱼，她不能理解程一鑫居然能在手机这样浑浊的行当里洁身自好。她没想过以前人人都能踩两脚、被欺负了只会开玩笑、蜷缩在她的店门口睡觉的十八岁小帅哥能成长为一代的技术标杆，很多干了一辈子的老师傅都不如他。程一鑫如果在华强北，光靠收徒弟和教技术都能挣得盆满钵满吧。

程一鑫直播的时候，用马赛克遮挡住了关键的技术手法。后台有好多人私信问他们收不收徒弟，他们谨慎惯了，生怕被同行插一刀，才没挣这种快钱。飞姐既然以后和程一鑫合伙一起干，在见过他的技术和晚安修机的前景后，恶狠狠地郑重承诺——她再碰这些事，这辈子遇到的全是渣男。

她的小弟偷偷地用粤语拆台："宾个唔系渣男（你遇见的哪个不是渣男）？"

"你港咩（你说什么）？！"飞姐重重地拍了一下桌子，声音震耳欲聋，虎口都麻了，"是老娘想遇到渣男的吗？"

程一鑫勾唇一笑。他信了，飞姐确实不想遇见渣男，或许只是没取好外号，"华强北版飞女正传"名不虚传。她但凡碰见合适的人也不至于跑回滨市，白闯特区深圳了。可能渣男有他的主意。

程一鑫就渣得无可奈何——渣久了，别说金潇对他的复合意向将信将疑，连他都不信任自己了，生怕重蹈覆辙，再忍不住以爱之名推开她。

他说完话，金潇问他："如果我不同意，你还会让她留下吗？"

程一鑫毫不犹豫地说："不会。"

"以退为进，你又赢了。"

"你以为我在开玩笑？"程一鑫语气轻松地说，"哥真不怕招不到人。"

金潇想笑。他自信满满的样子还挺像十八岁的时候，有跩跩的风采。她严肃地提醒他："我相信你的判断，你约法三章就是了。"

程一鑫很得意，接话："明白，我跟她说——第一，不许抱我；第二，不许看我；第三，不许惦记我。"

金潇："……"

她想说的是这些吗？

程一鑫等她回答，却等来一阵"嘟嘟"的忙音，失笑地摇摇头。

国庆的长假后，千银电子开始了第一次的以旧换新业务外包商的招标工作，以大本营滨市作为试点，尝试用更市场化的竞价模式择优录取人才，再把这种模式向全国的门店推广。很权威的第三方机构全权负责招投标的工作。金潇的父亲张叔骏问过她要不要旁听现场竞标、唱标的情况。其实她的资历远没到能出席这种场合的地步，她既然想一步一步地走，不必多此一举。

金潇似笑非笑地说："我听不听没关系，公平就行。"

张叔骏赧然，说："潇潇，爸爸明白的。"

自从女儿回国，一切都悄然地发生了变化。张叔骏是很典型的学工科技术的直男，盲目地信任兄弟。金听菡在象牙塔里待久了，说不出企业经营的所以然来，起初还跟妹妹金香柏一起商量，后来彻底甩手不管了。

金潇以她的身份更适合点破真相。她的大伯和叔叔有着打断骨头连着筋的血缘关系，她不顾亲情都要争这件事，令她的父亲现在理解且羞愧——当年金老爷子把宝贝女儿和家族的企业交到他的手上，他没有护周全。

金潇停好车时，时间还很早。停车场里的人寥寥无几，没有几辆车。她又碰见了曲书白，曲书白的眼睛一亮。最近他撩金潇不成，很快换了一个目标对象。表姐张嫣然给金潇拍了一张他在"无人知晓"里的照片。

两人一起按着负一楼的电梯按钮，金潇避开，曲书白冲她露出自认为迷人的笑容，用法语打了招呼。金潇点了一下头示意，不愿出声。其实曲书白的长相是很受留学生欢迎的，他像家境良好的男孩，健美又不壮硕，五官立体，阳光活力，还有一些斯文的书生气。

他友好地发问："我的发音对吗？"

客观地来说，他的发音还不错。

电梯"叮"的一声开了门，金潇先进去，礼貌地问他："几楼？"

曲书白反倒单手撑在电梯的按键上，挽起的衬衫袖子下露出一截结实的小臂。他拦着金潇，说："你去几楼？我跟你一样。"

两人僵持了片刻，电梯都关上了门，纹丝不动地停在负一楼。金潇勾唇一笑，说："我去三十二楼，你也去吗？"

位于顶楼的都是老总的办公室，曲书白丝毫不气馁，说："不吃早餐可不是好习惯,咱们先一起去食堂吧?"

说完他按了十层的按钮,那双眼睛盯着金潇,里面满是亮晶晶的期待。电梯缓慢地上升,到一楼的大厅时停下了,金潇趁机抬手按下数字"32"。一道灼热的目光忽然落在她的身上,有着令人难以忽视的存在感,她偏头看向电梯门口的来人。

他的身后是空荡荡的大堂,清晨的阳光穿透薄雾,照在高高瘦瘦的男生身上。他的皮肤很白皙,发色是蓝灰色,他们近一个月没见,他头顶的黑发已经长出来一截,卫衣上写着"晚安修机"和联系电话。

程一鑫不自觉地磨了磨后槽牙,早来了一会儿,就是怕碰见金潇。这下可好,还和她撞了个正着,他没想过场面会是这样的——金潇站在电梯的角落里,有一个男人姿态亲昵地伸手扶着电梯的按键,将她挡在里侧。

气氛一度陷入尴尬,直到电梯的门自动地关上,程一鑫从外侧再次按开它。金潇确信自己没看错,这是程一鑫。她瞠目结舌,启唇又合唇,想问问他,他怎么来了?他是来找她的?

经过这一遭事情,曲书白礼貌地按着开门键,打量片刻:"帅哥,进来吗?"

程一鑫咬着牙颔首:"多谢。"

他进了电梯,站在离他们最远的角落里,冷眼看金潇跟其他男人待在电梯里还离得这么近,这可真是意外的"惊喜"。

曲书白问他:"几楼?"

程一鑫抬眼:"32,已经按了,谢谢。"

金潇疑惑,视线下移。程一鑫的手里有一个档案盒,他拎着一个访客的门禁牌。上次大家在参加讲座时说想让他讲一讲手机硬件维修的市场套路,难道他这回走千银学院的路径了?但在她的印象中,他不是说让他的师傅来吗?

曲书白轻笑,说:"潇潇,还是先去食堂吧?新出的咖啡味道很不错,我请你呀。"

金潇点头:"Merci(法语,谢谢)。"

曲书白被惊艳到了,说:"你说法语真好听。"

金潇笑了笑,说:"刚刚忘了说,你的发音很标准。"

电梯经过三楼和六楼时分别进来了一个人。曲书白越发把她挤到角落里去,察觉到金潇的态度软化了,她变得和颜悦色起来。滨市哪里有比金潇更像公主的富二代呢?他闻到一丝香气就按捺不住自己,轻撩她的一缕头发,深吸一口气:"你用的什么香水?'无人之境'吗?"

金潇风情万种地用指尖把那缕头发钩回去,把它撩到耳后,看他一眼:"'事后清晨'。"

曲书白:"……"

鼻子真干燥,他想流鼻血,怎么回事?

十楼到了,大家都纷纷地去食堂了。金潇目不斜视,只当不认识程一鑫,更没回头瞥他一眼。

电梯重新关上门,剩下程一鑫一个人。他闻见了刚飘进来的饭香味,想起来赶路的时候吃了一个硬硬的馒头,吃得着急,差点儿被馒头噎死。程一鑫恨恨地看着金潇和男人相谈甚欢的背影。工牌上写的是什么来着?曲小白还是曲什么?看他那副小白脸的样子,老子记住你了。

程一鑫是投标方第一个到的人。刚过七点,桌子上放着一张签到表,连第三方代理招标公司都没到,他坐在空荡荡的休息室里,打了一个哈欠。凳子柔软舒适,绿植清新养眼,难得不用干活,对他而言这就算是休息了。最近小程序爆单,他没日没夜地埋头清单子,现在颈椎僵硬,随便地转动一下脖子都能听到"嘎嘣"一声响。

程一鑫怀念起以前早上去滨大替跑的日子。尤其是金潇上大学后,两人一起晨跑,一起去食堂吃早餐,吃一两块钱的豆浆、油条和包子。那时候,金潇可不会喝什么咖啡。她早上八点上第一节早课,他就回家换一身衣服,陪奶奶去社区医院量血压。

思及此,程一鑫掏出手机,在对话框里输入——"我来……"

他删掉这两个字,重新输入——"你……"

光标闪动,最后程一鑫退出聊天界面,打开浏览器,查了查他们说的香水。"事后清晨"竟然是一款情侣香水,那个小白脸是不是蠢?想到金潇和自己缠绵之后的气息,他不由得喉头发紧。凉飕飕的休息室都不能抚平他的躁热，他只能想到金潇也在楼下办公，她会不会跟他在同样的位置上坐着……

金潇的身体发育得早，这源于她常年运动健身，腰部盈盈一握，没有一丝赘肉，马甲线轮廓分明。她既有少女的纤薄感，又有爆发性的力量感。然而五年后他再与她相见，觉得她有三分熟悉、七分陌生。少女成熟了，他缺席的这些年里她更懂风情了。她是第一抹阳光下的慵懒美人，长而翘的睫毛忽闪忽闪的，眼中不经意地泄出暧昧的眸光。她露出大大方方地享受亲密的神情，浑身都是美好的形态，蜜桃臀、纤腰和长腿都溢出性感的气息。

五年前是什么光景？两人还小，情到浓时，她一点儿都不矫情。程一鑫原本还犹豫，她倒好，一伸长腿，一米长的腿玉色流转，高高地蹬在墙上，马丁靴的厚底在墙上撞出一声闷响。那天下着暴雨，远在天边的惊雷"轰隆隆"地炸裂，雷声在他们的耳朵里嗡鸣不止，电闪雷鸣，单元楼下的灯泡忽明忽暗，两人在墙角里互相索吻。最后，他抱起她一步步地迈上通往他家的楼梯。那是她闭着眼睛都不会走错的路，却头一次感到陌生而天旋地转。

那件事其实是发生在她大一升大二的暑假里。一考完驾照，她就每天晚上都陪他去夜市上摆摊。他们碰上了夏日里的一场倾盆大雨，被浇得浑身湿透，偏偏车还坏了，程一鑫打不着火。他们只好把摆摊的东西收进车里，其他摊主看他俩的年龄小，扯了一块有蛇皮袋纹路的破布过来，让两人用布蒙着头顶。越过一个个水坑，程一鑫拽着她的手一路狂奔，看见老旧生锈的铁门，惊觉自己头昏脑涨，怎么就跑到了他家的楼下了？他懊恼不已，说等雨小一点儿就送金潇回她小姨的家里，结果在屋檐下替她拍了几个绕着腿飞行的蚊子，氛围就不对劲儿了。衣服湿透了，他搂着她的腰越来越紧，她的睫毛越来越近。

她说，她不会后悔。

那幅画面，他这辈子都忘不掉。

陆续有两家投标公司的代表进来，程一鑫站起来打招呼，发了名片，又和他们交换了微信。算了，投标结束后他再跟她解释吧。签到表上有意向投标的公司一共有三四十家，有厂子的居多，比如做手机芯片的公司，还有马丁的女朋友张玛丽他们家的公司。有的公司还不在滨市，代表跨市跑过来。晚安修机应该是规模最小的一家公司了吧，注册资本跟个体户的注册资本没什么区别，人家看见名片都嗤笑一声，程一鑫只闭目养神，装作没看见。

金潇出了电梯，态度不似在电梯里时那样柔和，将曲书白共进早餐的邀请毫不留情地拒绝了。他很遗憾地看着金潇袅娜地打包早餐上楼。

金潇好歹顶着千银公主的名头，哪里需要程一鑫解释来意？她回到办公室里，拨打行政部的座机号码："今天顶楼有什么活动吗？"

行政部的同事查了查："'以旧换新'的外包商现场投标，预约了顶楼的会议室，十点开始投标，非业务直接相关的人员不能进。"

金潇明明记得投标是在一周之后，想来那是第三方公司预计汇总投标的情况后交给千银的时间。她想了想，还是让她爸给她放行了。她第一次以权谋私，竟然是要偷偷地进投标的现场旁观，简直太奇怪了。

十点投标准时地开始。外包商投递标书，相关人员对经济标的部分现场唱标，最后评委提问。千银"以旧换新"亟待解决的问题是成本的投入。其实按照他们的推算，以旧换新可以带动15%左右的新机销售额，一年下来应该能赚得上百亿元的利润，但各家手机大厂已经建立了无害化的旧手机处理基地，他们慢了一步，这部分就赔本了，亏损面逐渐扩大。把手机卖给第三世界的国家并不是长久之计，他们在经营分析会上提的建议就是以滨市大本营作为试点，千银和本地的零售商合作，提高千银手机在国内或本地的二手手机市场中的竞争力和渗透率。

线上回收平台的代理和线下驻店回收平台的外包同时招标，评分标准分为经济标和技术标两个部分。鉴于成本的问题，经济标的占比更高。每家前来投标的公司都根据要求，对千银所有系列的所有机型，依据投标书提供的对损坏程度的描述给出他们回收的报价。如果技术标部分的报价相当，经济标里的报价高者就会得到手机了。

程一鑫的报价被唱标出来，一片哗然，他的回收价比其他公司的平均高了10%。

有人在嘀咕："这人想做坏市场吧？"

"他在吹牛吧?"

"应该不会,到时候有保证金,确保回收客户手机的钱能被及时地支付。"

千银在场的人都是老总的级别,惊讶地说:"这价格是我们之前报价的翻倍呀。"

大伯张伯笃坐不住了。他管理以旧换新一年多了,带动的销售量也不错,怎么有人说换就换?还真有傻瓜报这么高的价格?周遭的老总看他的眼神都变得奇怪了,仿佛他吃了多少回扣。

唱标后,到了现场提问的环节。评审专家不是千银内部的人,提问时很犀利,先问一家投标的线上回收平台:"据我所知,贵公司故意压价的问题一直较其他垂直回收平台的问题严重。如果能对接千银的官网回收,贵公司有什么措施改善这个问题吗?"

都是老油条了,公司代表上台,感谢提问:"影响回收价格的因素有很多,核心的硬件因素包括手机的磨损程度、屏幕的日常使用情况、电池的寿命、保修的时间等。对边缘硬件的新旧程度、损坏程度的评估包括手机的耳机孔、播放孔等方面。我们的估值模型是经过市场化的调研和精密的计算得出的,知名的咨询公司做过评价,说回收的价格客观合理。谣言止于智者,这次我们给到千银的价格非常有诚意。"

轮到程一鑫回答问题时,评审专家还没问呢,金潇的大伯张伯笃先出声打断了:"我想问一下,贵公司作为全场报价最高的一家,如何做到承诺的回收价格?"

金潇是偷偷地溜进来的,坐在最后一排。偌大的会议室里,他上台了。她远远地抬头望他,程一鑫太瘦了,话筒看起来都比他的手腕粗。

"第一,翻新成本低,举一个例子,手机的外屏坏了我们就只换外屏,绝不换屏幕总成,几十块钱能解决问题就绝不花上千块钱。第二,销售成本低,我们的线下门店小,租金低,线上的销量却不错。第三,尽可能地提高二手手机的价格。我记得刚刚有同行说过电池的健康问题,那就换电池呗。手机从小花变成靓机,我们提高二手手机的成色,卖的价格高,给千银的回收价自然也高。"

"零件不要钱?零件是我们千银给合作商的,如果你不用千银官方的零件，以次充好，把手机卖出去，就是在卖违法的组装机。"

"是官方的零件，但我们不从千银订购它们。"

这回连同行都惊呆了，忍不住发问："难道你们与千银的供应商签了协议？"

程一鑫抿了抿唇："这是商业机密，我无可奉告。"

代理招标公司的人提醒他："您如果有所隐瞒，我们会默认贵公司放弃了招标的资格。"

程一鑫沉默片刻，说："不好意思，我希望其他竞标人回避。"

其他竞标人实在无语，纷纷地吐槽小破公司还这么跩，但第三方代理公司不代表任何立场，工作人员站起来，请其他人去了等候厅。

程一鑫再次开口："我的合伙人在华强北囤了上万部全新的黑解机，黑解被封以后手机变成了废铁，其中千银的手机占30%。外包期是一年，以我们的体量，我们在此期间完全可以实现零件自足。"

他们无法把千银的全新手机卖出去，拆了它们翻新旧手机，成本能不低吗？这确实是商业机密，怪不得他要清退本市的同行。如果人人都去华强北接盘这些跌到白菜价的黑解机，又拿到了千银的许可，他就完全没优势了。

张伯笃瞪圆了眼："你这是做非法的勾当。"

程一鑫回答道："黑解机有海关的报关单，是正规进口的，贵公司应该先调查国外的合约机管理工作是否有纰漏。"

千银里各个部门的负责人都缩脖子，生怕张叔骏问责。谁知道合约机能被运回国内再黑解？有人劝张叔骏："张总，好在现在已经封了黑解的渠道。"

张叔骏皱眉："那是金潇坚持找刷机的漏洞，WOOD公司升级了系统，正好赶上苹果公司也采取举措，你们庆幸什么？"

这倒提醒了张伯笃。他将两个人联系起来，说："我想起来了，当时给系统那边讲刷机的就是你吧？"

有心人想查这件事并不难，程一鑫没有否认，说："很荣幸张总还记得我。"

张伯笃勾唇，对着坐在后面的侄女说："潇潇，听说上次就是你请他来的，这是你的朋友？"

投标的时候，招标方与竞标方有私人关系是大忌，围标串标，其他人直接陪跑。程一鑫的目光猛然投向最后一排，金潇懊悔不迭，早知道就不来了。

两人对视一眼。程一鑫刚才把注意力都放在前面的评委上了，全神贯注地回答问题。金潇在电梯里碰见他时对他熟视无睹，他还以为她对他的事情毫无兴趣。她究竟是什么时候来的，看了多久他的笑话？连评审专家都觉得他不自量力。握着话筒的指尖用力地绷紧，他不由得紧张起来。

金潇开口，慢悠悠地道："我跟他不熟。系统请来人，找我报销费用罢了。"

她起身冲评审专家微鞠一躬："本地就这些通讯企业都和千银打过交道，关系谈不上什么私人关系。麻烦老师们一视同仁，严格按照标准评估。"

金潇主动地回避，从会议室的后门走出去。

第三方招标代理的专家接着提问："贵公司的人数够吗？"

"评标的标准里要求有十个人及以上的员工，我们刚好有十个人，名单在第四十七页。"

张伯笃回头对弟弟张叔骏说："这小子的手段太黑了，他先说刷机的漏洞，等黑解机报废后再低价收手机，咱们直接踢他出局吧。"

张叔骏皱眉："我们说了不算，代理招标公司在呢。"

评审专家翻了翻标书，还是"啐"了一声，说："你们刚好有十个人。"

"十个人和三十个人的得分是一样的，给员工发的工资流水在第四十八页。"

"你们公司刚成立？"

"我们公司成立不到一年，但是这一年的流水额是符合招标要求的。"

…………

中午十二点，投标结束。

金潇本来想问问他后面的情况如何、他们是否又被针对了，却准时地收到一条提示。那竟然不是微信消息，是 QQ 弹出来的提示——"哥的心允许访问"请求添加您为好友。金潇愣住，这是什么情况？他以前的昵称不是"哥的心禁止访问"吗？要不是记得他的账号，她才不敢点"同意"。她犹豫半晌，还没点进他的空间，对话框里就跳出新的消息。

哥的心允许访问："你害怕？"

Tonight："怕什么？"

哥的心允许访问："哥请你访问，你敢不敢来？"

金潇知道她是怕的，犹豫半晌，点进他的空间里。看样子他的空间是尘封很久了，早就荒废了，上一条动态还停留在五年前他们刚分手的时候。

"哥的心允许访问：'我太像便利店，即便贩卖所需的一切，亦无法留住你这位贵宾。'"

最新的一条评论是几分钟前他自己发的——"哥又营业了。"

其实五年里他陆陆续续地发过很多动态，但早就把它们锁了，刚解锁了这一条动态，让金潇乐一乐吧。这句话简直非主流得可笑，程一鑫却仍然记得当初的痛彻心扉。金潇接起电话，程一鑫在那头问："好笑吗？"

"还行。"金潇到底忍不住轻笑，问，"你都贩卖什么呀？"

"我现在卖一个给你看看。"

"……"

程一鑫问她："你在窗边吗？"

金潇警惕地道："干吗？"

"看楼下，哥帅气的身影在黄色广告牌的下面。"

金潇说："不看。"

"不看你会后悔的。"

"太远了，看不见。"

办公室的门忽然被敲了两下，金潇轻咳一声，说："我有点儿事，先不说了。"

她挂了电话："请进。"

没想到是程一鑫似笑非笑地站在门口："你看了吗？"

金潇坐在办公椅上，仰头瞪了他一眼，理直气壮地道："看了呀，你怎么来了？"

"楼下没有黄色的广告牌。"

"……"

"你不肯看我，我只好走到你的面前。"

现在是正午时分，外面的办公区域空了，员工们全去吃饭了。金潇还是莫名心虚地瞧了瞧外面，问："你不怕我的大伯看见？"

程一鑫"啧"了一声，说："就是他让我把这个东西带给你。我要是不来，还显得心里有鬼。"

"什么？"金潇接过来。

这是一个白色的大信封，里面装着文件。她拆开信封，一份调研报告掉落，"晚安修机"四个大字无比明显。两人都呆了，内部人员把"晚安修机"的调研报告挂在他们内部的网页上，人人都可以下载，但是"需求人"那里清晰地写着她的名字。大伯的意思显而易见，这说明他识破了程一鑫和金潇之间互相勾结投标的事情。

程一鑫凑过来看一眼，笑出声来，说："宝贝，我还不知道你原来这么关心我。"

金潇尴尬到窒息，说："我要调研报告的时候还不知道店是你开的。"

这虽然是实话，却被她说出了欲盖弥彰的味道。

程一鑫憋着笑点头："我信。"

他这副得意的样子实在是太欠揍了，金潇哭笑不得，用讽刺的语气悠然地说："您还是去黄色广告牌下吧。"

"得嘞。"

"慢走不送。"

不知道是不是因为摸鱼听了以旧换新招标会，金潇这几天还挺忙的。又下了一场秋雨，天气萧瑟。没法跑步，她又不喜欢健身房里的器械，下班前想了想，等会儿去风火俱乐部里打会儿架算了。

她正打算问问今天哪个教练坐馆，忽然意识到哪里不对劲儿，程一鑫好些天没刷过存在感了。她偶尔瞟一眼他店里的监控，没看见他的人影，之前还以为他是上门去修机收机了，现在想来觉得有些诡异，把监控用倍速回放了好几段。

参加现场投标后，程一鑫竟然一周没出现了，彻底销声匿迹。金潇给他打了一个电话，电话无人接听。她又给晚安修机店里的座机打电话，那头应该是小丁的声音，他一口一个"姐姐"叫得格外甜："姐姐，鑫哥这几天不舒服,在家躺尸呢。"

金潇听完,说:"我知道了。"

他这是哪门子的不舒服哇?程一鑫这人是不是欠揍?不就是投标被怼了吗,他这就一蹶不振了?一共有二三十家公司,最后承包团里只有不超过五家公司,再说中标的结果还没定呢,这就超出他的心理承受能力了?亏他还口口声声地说重新营业,是在吹牛吧,干脆躺平吧。他还把监控权给她,她难道要看一家没他当主心骨的店?她有这么悠闲吗?他以为她上班就是喝咖啡吗?她再次看向监控,飞姐忙得像陀螺,他总不至于把店长也拱手让人了吧?

金潇揉了揉太阳穴。或许是因为阴雨天,她总感到气压太低,胸闷气短。她知道他脸皮薄,他只是擅长社交,但其实是悲观主义者,总怕失败在等着他,可未免放弃得也太快了。

金潇一路飙车,冰冷的秋雨里,她的心火正旺。她径直敲了敲他的家门,上一次还是程佳倩开的门。她敲了半天门,总算听见动静,里面程一鑫的声音很闷很哑,他问:"谁?"

他的声音听起来就像他睡得太多、浑身乏力了。金潇听到他这种蔫蔫的声音,更加恼火,哀其不幸,怒其不争。她语气有点儿冲地说:"开门!"

程一鑫的脑子是蒙的,无论神志有多模糊,他都听得出来金潇的声音。老房子的隔音太差,他现在才挣扎着从床上爬下来,趿拉着拖鞋走到门口,捂着唇低咳了好几声。

金潇听见他在门口了:"你躲在里面算怎么回事?"

程一鑫犹豫一下,好几天没刮胡子了,头发更是乱糟糟的."你等会儿,我洗一把脸。"

他去刮了胡子,眸子无神,唇无血色,整个人老了三四岁。他简直不想面对金潇。

他把里面的木门打开了,没开防盗门。和她隔网对视着,程一鑫苦笑:"我得了重感冒,怕传染给你。"

金潇原本都在外面等得不耐烦了,听愣了,问:"你真病了?"

"哥难道是在装病,就为了等你来探病?"程一鑫摩挲着下巴。他刚才匆匆地刮了胡子，几天没用剃须刀片，它好像都生锈了，他现在才觉察出刚才刮出了一条血道子，肤色没此前清透，显得粗糙了不少。他又咳了两声，说："听声音，我好像也没事。"

听起来他病得还挺严重，声音一点儿都不清朗。金潇隔着防盗网上的铁杆说："你过来。"

她伸出指尖轻探他的额头，好在他没发烧。

程一鑫察觉出她的用意，低头配合她，告诉她："我退烧了。"

金潇疑惑地道："你怎么病了？"

要是飞姐在此就会说，因为金潇没二十四小时守着程一鑫的监控视频。看一天监控，她就知道他的工作强度了，他就差没天天温水泡枸杞了。

程一鑫说："可能是因为那天我见了你。"

"关我什么事？"

"见到你，我就没了抵抗力。"

"程一鑫，"金潇在门外咬牙切齿地说，"你敢不敢再土一点儿？"

"敢。"程一鑫靠着铁门，齆声齆气地说，"降温了，我本来想买厚外套，转念一想，999感冒灵才二十多块钱，买啥外套哇？"

铁门最终还是"吱呀"一声开了。

程一鑫给她递了一把伞，有点儿尴尬，说："喀，别嫌伞丑，你回去别淋雨了。"

虽然灯光昏黄，两人又隔着防盗门的铁杆，但他看得清楚，金潇的发梢湿了，衣服上有被雨点打湿的痕迹。她肯定是停了车跑上来时被淋湿了。金潇实属人间富贵花，出门压根不带伞。她有好几辆车，下雨天就不开敞篷的车了，从公司的地下车库里把车开出来，直接开进小区的地下车库。程一鑫不自觉地移开目光，觉得金潇总是因为他而吃苦，耳尖都红了。他岔开话题，说："你找我有什么事？"

金潇接过伞，淡淡地说："没什么事，你好好地休息吧。"

程一鑫有心想跟她多讲几句话，奈何声音太哑，楼道里的风也让他的嗓子很想咳嗽。他回到窗前，看着金潇离去。

金潇莫名地想笑。雨滴落下，砸在写着"滨市农村商业银行"的伞上，几个土气的字在黑夜里都透出尴尬的气息。程一鑫真是不怕丢脸,她竟然误会了他,以为他萎靡不振了。想当初,程一鑫在社会上打拼的时候,她还在题海里奋战呢。她刚才就把车停在了不远处,有了伞,放慢了步子,打量着老城区的雨景。她好久没静赏过这里的风景了,其实在和他谈恋爱的时候没少来这里。

她闭着眼睛,能很轻易地想起来过去的一幕幕——程一鑫的奶奶喊她来家里吃饭,厨房里有烟火的气息,他们三人在房间里打闹。程佳倩抓她当手模,给她涂指甲油,涂了一半,被奶奶喊出去帮忙做饭。程佳倩把甲油胶往程一鑫的手里一塞:"我哥可会了,让他继续给你涂指甲油。"剩下他俩面面相觑,程一鑫颈侧的青筋暴起,很是不自在,说:"哥一个大男人怎么会涂,你信她的话吗?"金潇"扑哧"一声笑出来,说:"我信。"程一鑫是没少给程佳倩帮忙涂树脂甲片,摆出一副丢死人的模样,认命地捧起她的手。

地上凹凸不平,四处都是积水的小坑。金潇转了一个弯,见小卖部的老板娘坐在屋檐的雨幕下嗑瓜子,老板坐在收银台前看挂墙电视里播放的球赛。他们家的两个小孩穿着雨靴,在泥泞的水坑里用水枪欢快地互相喷水。

世间的万物都有生存之道,她没体验过他们的生活,不代表他们没有顽强而倔强的生命力。这句话在几天后应验了,千银电子的官网和第三方招标代理机构的官网同步公示了中标的名单,一共有五家外包商中标。其中,线上以旧换新的中标方是隔壁省的线上修机平台"柠檬修机",类似"晚安修机",但人家起步早、体量大,现在有自己的应用程序和线上的商城了。线下的中标方一共有四家公司,他们瓜分了滨市里二十四家千银专营店的驻场。

"晚安修机"特立独行,只中标了一家专营店的驻场以旧换新,分数很高。经济标里有一个复杂的计算公式,评估时要根据各个投标方预计承包的体量进行计算。虽然晚安修机的各项指标不占优势,但标书里报的承包体量本来就很小,晚安修机顺利地拿下了外包的资格。

这个消息让店里的所有人都激动起来,驱散了飞姐他们从华强北破产退出的黯然心情。飞姐一撑凳子,坐上玻璃柜台:"今晚姐请客。"

她重重地捶了一下程一鑫的后背。听他低咳几声,飞姐想起来那件事,说:"哦,你们鑫哥还没好,过几天咱们再去撸串喝酒。"

她得到了众人的支持,他们纷纷地欢呼。

滨市可是千银的大本营,当地用千银手机的人占38%,市场占有率非常高,光是一家专营店的以旧换新业务,就能让他们一年不愁吃饭了。飞姐早就清醒了,眼看黑解的途径无望被解禁,约了物流,让他们明天从华强北把变砖的手机运过来,开始拆零件。

千银电子的内部同样喜气洋洋。这件事给他们注入了新鲜的血液,一扫以旧换新亏损一两年的晦暗局面。张伯笃的情绪非常暴躁,除了滨市,全国其他地方的以旧换新业务还是归他管——他却管不下去了。十几年前,张家的四兄弟在千银一起奋斗的时候,确实是想做出一点儿成绩的。到后来,千银越来越大,他们好像躺着就能挣钱,心思就渐渐地不在经营公司上了。

电子资讯类的公众号闻风而动。

"惊,千银CFO(首席财务官)亲口说以旧换新从未盈利过。"

"估值或将大幅调整?还有人去千银官方以旧换新吗?"

"盘一盘各家公司的二手3C(计算机、通讯和消费电子产品这三类电子产品的总称)处理模式。"

"提高本地市场……回收渗透率,增加当地渠道商的合作机会……"

没过几天,标题又变了。

"第八届千银杯马拉松比赛本周日开始现场报名,届时将招募四十二名志愿者,蒙眼接力一公里测试'千银之眼'的导盲效果。"

"WOOD太子跑第一棒,千银公主跑最后一棒,爱是从始至终?"

"千银之眼"到了研发的最后阶段,WOOD系统那边也升级了旁白朗读的功能,同时正在开发很多其他的功能。因为要测试"千银之眼",蒙眼跑的选手要通过练习熟悉设备和系统,虽然春季的全球发布会明年四月才会举行,但马拉松比赛提前半年就开始招募志愿者了。

正如传闻所言,金潇出现在马拉松比赛的报名现场。经过几个月的直播跑步,网友认可了金潇的身体素质和耐力。她边直播边跑还能一小时跑十公里,堪称行走的跑步机。网友更是被她的家世和颜值所吸引,说"比你有钱的人还比你努力"。

金潇在台上致辞，没多说，就秀了自己的跑步记录。三个月内她跑了五百公里，每公里的平均配速是五分二十秒，这个成绩在马拉松的专业圈子里不算耀眼，但一个有工作的富家千金能把马拉松跑成这样，算是挺认真了。

她填写了自己的报名表和体检报告，把它们亲自投递到信箱里。她拿起工作牌，和其他人一起坐在工作人员的席位上，看着人群开始排队。金潇面前的队伍最长，因为大家都想问她问题。

有女生问："伍迪会来吗？"

"会。"

"你们会复合吗？"

"不会。"

"谢谢呀，"英姿飒爽的小姐姐交了报名表，"那我去追男神了。"

报名当志愿者的人有不少，对于户外博主来说，他们跑马拉松跑不出来什么花样了，但如果蒙眼跑，能带来不少流量。然而他们均被告知："除了跑第一棒和最后一棒的志愿者是固定的，其他志愿者抽签决定跑步的顺序，以免因为熟悉路况而无法测试'千银之眼'的功能。"

秋高气爽，阳光照射下来有些刺眼，金潇讲得口干舌燥。几乎每个人都要问她一遍伍迪的事，她从旁边的箱子里摸出一瓶矿泉水，一仰脖子喝了半瓶水，眯着眼睛看了看，旁边的报名台前坐着一个奇葩。他穿着一身深灰色的卫衣，戴着鸭舌帽，把帽檐压得极低，用口罩遮住了大半张脸，生怕别人看出来他长什么样似的。

她旁边的工作人员问："先生，我们要核对本人与照片是否一致。"

穿灰衣服的人压低声音说："我出了水痘，不方便摘口罩。"

工作人员感觉非常无奈，又不能说什么，毕竟到举办马拉松比赛的时候，人家的水痘早就好了。工作人员继续问："您报名的是蒙眼跑一公里的志愿者？"

忽然有人抽走了报名表，金潇把一块"暂停服务"的牌子放在桌面上，冲隔壁桌的工作人员说："别给他报名。"

她指了指那个报名者："你，跟我出来。"

穿灰衣服的人用古怪的嗓音说："凭什么不给我报名？"

金潇狠狠地瞪他，从喉咙里挤出他的名字："程一鑫。"

程一鑫一缩脖子，老老实实地抽回了自己的报名表。

两人走到临时搭建的舞台后。他高高瘦瘦，却走出了一种小学生挨训的感觉。脸白且瘦，他把口罩一戴，简直像哪个偷偷地出门的练习生。四下无人，金潇劈头盖脸、毫不客气地骂起来："自己的身体什么样，你不知道吗？"

既然被她认出来了，程一鑫就郁闷地摘了口罩："感冒好了。"

金潇伸手："给我报名表。"

程一鑫背着手，把报名表往身后藏："不给。"

金潇皱眉，用越发严厉的语气说："拿来。"

她绕到他的身后，他又把报名表拿到身前，两人纠缠着，胳膊绕来绕去。金潇在狭窄的地方没办法发挥出来她的搏击技巧，而男生到底有力量，最后他揽住了她，单手按住她的手腕。

"给我。"金潇恨恨地踩他一脚，听程一鑫"呲"了一声。

"别闹。"程一鑫仗着身高的优势，举高了报名表，生怕表被她撕了，"这是我在打印店里彩打的证件照，两块钱一张呢。"

金潇被他别扭地搂着，说："你松开我。"

"行，你不能抢我的报名表。"

两人数了三下，一起警惕地松手。结果程一鑫往后退了一大步，金潇跳起来扯报名表。他早有准备，又把表拿低，让她扑了一个空。

金潇气愤地道："你这次又为什么要参加马拉松，缺钱？要奖金？"

程一鑫看了她半响，勾了勾唇，笑容有很淡漠的讽刺意味。他的黑历史太多了，金潇还记得他为了奖金跑马拉松，那时候他跑得住了院，真是丢脸。他笑不出来，却感觉自己可笑，最后笑意里还是透着惨兮兮的意味。他说："我想陪你一起跑。"

金潇愣了愣，问："你不记得以前你跑出心肌炎的事了吗？"

"记得。"

"如果你是因我的前男友也要跑而感到不安……"金潇深吸了一口气，"大可不必，他跑第一棒，根本不会与我有接触。"

程一鑫看了看，旁边的宣传海报上，她的头像和伍迪的头像紧挨在一起,这叫"不会有接触"?即便知道这是企业的营销,他看着还是难受。但他想陪金潇一起跑马拉松是为了看她飒爽自信的样子,不是纯粹跟伍迪争风吃醋。程一鑫郑重地向她保证:"我最近一定会认真地训练。"

"怎么训练?"

"做力量训练、体能训练,锻炼下肢肌肉的耐力、核心力量,提高关节的稳定性,再逐渐增加公里……"

哪怕他做了功课,这件事也没有商量的余地。金潇往外面看了一眼,见队伍越来越长,制止道:"你不用说了。"

程一鑫以为她同意了,低头一笑,把胳膊撑在舞台后面的铁架上,将她困在自己的臂弯里面,笑得眼睛都熠熠生辉,把报名表递给她:"我能跑了吗?"

这人怎么回事呀?他一不小心就能得一场重感冒,胳膊细得跟女生的胳膊差不多。心律不齐的毛病是他能训练好的吗?程一鑫看见金潇的脸色越来越沉。她姿容姣好的脸上眉头紧锁,他总觉得不染俗尘的一张脸上不该有这种表情。程一鑫泄了气,垮下肩头,拿开搭在铁架上的手:"你别皱眉,我走就是了。"

"你……"

程一鑫转头看她,眼里隐有期待。明知道他在卖惨,金潇还是不情愿地接过报名表,勉强松口,说:"量力而行。"

程一鑫和飞姐一起去千银电子里签了合同。从下个月开始,他们正式地派人在千银的专营店里当驻场人员,排班很简单,除了小丁还嫩,其他几人轮流去,一人去一天,一周刚好轮完一遍。劳模程一鑫得了一场重感冒后,把工作强度降下来了,晚上跟飞姐的小弟们轮流直播,一周里有时直播三天,有时直播四天。

轮到别人上播时,小丁在门口卖笑。黄顾和章鱼压力山大,认真地学习修机,练练手。程一鑫闲来无事,把双手揣进兜里,姿势潇洒地站在柜台前,微眯眼睛,有几分懒散、几分肆意。他站在监控摄像头下,安安静静的,眼神里竟然有一种说不出来的温柔。

章鱼戳了戳黄顾:"他魔怔了?"

黄顾清了清嗓子："我哥这是当老板的表情。"

章鱼嫌弃地说："发工资的时候他才是老板。"

程一鑫："……"

他敲了敲两个碎嘴的人的脑门，进屋换了一套方便跑步的衣服，把两颗巧克力揣进兜里，迈出大门。小丁正蹲在门口抽烟，问："你去哪儿？"

程一鑫懒洋洋地挥手："去跑步。"

小丁一脸迷惑地回到店里。其他人七嘴八舌地把事情告诉他，他这才知道原来他的老板鑫哥是学体育出身的。人家虽然瘦瘦的，好歹是百米成绩经过认证的国家二级运动员。

复健是很艰难的。长跑时身体的负荷尤其大，他有心率不齐的毛病，受不了高强度的训练。程一鑫有自知之明，觉得不太可能拿到名次，能追上金潇就行。到春节的时候，他至少要跑进三小时里，剩下的两个月中就练习蒙眼跑一公里。这周他打算每天定距跑五公里，同时穿插着做体能训练。

悦跑圈提示他"请选择自由路线或设定图案"，程一鑫想了想，悦跑圈里有不少人秀了跑出来的花式图案，爱心属于比较基础的图案，冰墩墩属于进阶的图案。图案不同，但他们的起点都在滨江大道和疏影公园的附近，他一狠心，斥巨资打车到指定的地铁站。一群年轻的男男女女站在地铁站的入口处，后面有一条横幅，上面写着什么"劲跑团俱乐部"。见他们边热热闹闹地聊天边热身，他忽然有一种找到组织的感觉——应该是要从这里开始跑，路线清晰，适合跑出图案。

从出租车上下来的有着蓝灰色头发的帅哥很亮眼，又高又瘦，白皙俊朗，很有渣男的气质。人群中有女生眼睛一亮，冲程一鑫打招呼："帅哥，你跑什么图案？你要不要跟我们一起跑？我们跑哥斯拉的图案！"

"不用了，"程一鑫谢绝道，"我为我的前女友跑。"

"哇！"没想到一群人都惊呼了。前任是他们最有共鸣的话题——他们无论为何而分手，当初总算诚恳地爱过对方。

有一个妹子当场红了眼，说："天哪，我也想要这样的前男友。"

多少人爱过，多少人恨着。

多少人放下，多少人遗憾。

人群中有一个运动型的男生站出来，说："啧啧，我有点儿想我的前女友了。"

他很快被群嘲了："渣男，你的现女友呢？"

"有现女友就不可以想前女友了吗？男女不一样，你们女生总说前任不得好死，但失恋对男生来说后劲儿才足。我们开始时庆祝单身快乐，后来才难受，最后一辈子都忘不了前女友。"

"渣男的语录。"

"谁不爱渣男呢？"

刚刚的那个女生显然格外吃程一鑫的颜，八卦道："帅哥，从这里出发，你总要跑点儿什么图案吧？"

"我跑汉字吧。"

"哇，你想对她说什么？"

"不知道，"程一鑫摇头，"可能跑着跑着就知道了。"

劲跑团里的人热心地给他讲了诀窍，比如遇到车怎么避开、怎么修正路线。他们做完热身运动就先出发了，程一鑫还能隐约地听见他们在讨论前任的话题："前人栽树，后人乘凉。""不甘心又能怎么样呢？"

第一天，程一鑫跑了一个"我"字。第二天，他又碰到了这群人。昨天的同城悦跑圈里只有两个跑汉字的人，他们纷纷地问他是不是跑了汉字。程一鑫暗骂一句，感觉白冲浪这么多年了，都跟不上时代了，怎么把动态设置成"所有人可见"了？劲跑团里的人多数是大学生，滨江以北的大学城里的学生格外多，很多人都是跑着跑着加入劲跑团里的，第二次见面时开始跟程一鑫聊起来："你是哪所学校的？"

光阴不等人，他错过读大学的年龄了。程一鑫回答："我没读过大学。"

"我也没……"妹子沉默了几秒钟，差点儿以为他说的是没读研，说，"呃，我是财大的，他们几个是理工大的。"

程一鑫笑了笑，说："我就在理工大的后门那里开店，如果手机有问题，你们可以来找我。"

"这么酷。"

程一鑫调出二维码，加了他们的微信。

"这是你的微信，还是你们店里的微信？"

"本人。"

妹子把图片发给他："你看，我们昨天跑了哥斯拉的图案，它是不是超可爱？"

"挺好看的。"

"今天我们跑魔斯拉的图案，你要不要跟我们一起跑？"看出程一鑫的疑惑，妹子解释道，"摩斯拉是哥斯拉的女朋友。"

程一鑫一怔，他一时没忍住要贫嘴："这年头，连哥斯拉都有女朋友了，哥还单身。"

有男生搭话："哥们儿，过几天是光棍节，一起跑吗？"

程一鑫答应下来。几年前他跟金潇一起看过《哥斯拉》，没空去电影院，金潇就等他收摊，和他一起回家。他们一起坐在床边，用简陋的投影仪把画面投在泛黄的白墙上。他们吃着薯片喝着可乐，倒是看得津津有味。再后来，哪里有人跟他一起看电影啊？二手手机快变成一张贴在他脸上的名片。程一鑫经过刚才妹子的提醒，觉得是时候搞一个店里的微信了。

今天程一鑫到得早，大家同时做完热身运动。起初程一鑫跟他们一起跑，被提问了："你今天跑什么图案？"

"'不'字。"

"哈哈哈，很有想法。"

程一鑫有点儿尴尬，说："我不看月亮，也不说想你，这样月亮和你都被蒙在鼓里。"

几个妹子给他提建议："你为什么不直接一点儿，问她要不要复合？"

"因为我还没想好。"程一鑫坦诚地道，"我和她的差距太大了。"

在一群大学生的面前，他能说心里话。他周围的人不是马丁和小丁这样打定主意泡富婆的，就是黄顾这样被前女友坑了买新手机的，他们一旦沾染了物质的俗气，便爱得不够纯粹。金潇是不在意他和她的种种差距，但他们真的能跨越沟壑吗？能的话，当初他们遇到事情就不会爆发矛盾了。

"勇敢一点儿呀，现在的女孩子都喜欢直白的男生。"

"好。"程一鑫笑着答应。

金潇岂止是喜欢直白的人？她自己就很直白。

"听你们的，我换一个字重新跑吧。"他后退几步，掉头跑回地铁口处，冲他们挥手。

年轻帅气的男生、为爱回头的背影、夜色缱绻之下的成全，这一切都令多愁善感的女生唏嘘泪目。

这天，程一鑫重新设定了一个"们"字。

第三天，他跑了一个"复"字。第四天，他跑了一个"合"字。

"'我们复合吧'？"女生猜出来了，问，"你是要跑这句话吧？"

"对。"

"你什么时候把记录给她看哪？"

"等到跑够九十九遍吧。"

"好浪漫。"女生惊呼，"你为什么要跑九十九遍？"

"如果她愿意，我把剩下的一遍留给她跑。"

"哈哈。"

其实程一鑫当年也帮人跑过图案，只不过几年前还没悦跑圈这个软件。这两年悦跑圈开始打造同城的圈子以后，有人秀跑出的"2022"，有人秀跑出的图案，很久没有一天跑一个字、把字连成句子的人了，他们难得见这样的跑法。

他第一天不慎发了所有人可见的动态，第二天发现有很多点赞的人。劲跑团里认识程一鑫的人评论了他要把那句话跑九十九遍的消息，跑友连续关注了他几天，"大明湖畔第二苦情男"就此诞生。他们纷纷地问女主角究竟是谁，没得到答案，越发好奇。不利用曝光度就可惜了，程一鑫改了昵称和头像，又成了"晚安修机"的活广告，这回小心谨慎地屏蔽了金潇的悦跑圈账号。

他跑完第五天的"吧"字，迷茫好像被驱散了。月亮时隐时现，他挥汗如雨，在路上听着金潇的网易云歌单，步频和配速都和她发在悦跑圈里的相同，好像她在身侧似的。

他跑这几个字时一直在想金潇，起初还想他们究竟合不合适，回忆起过去的恋爱时光又遗憾不已。到后来他跑着跑着，有了分享欲，看见一朵好看的云，看见人们在疏影公园里新开的网红甜品站前排起长队，看见年轻的恋人你一口我一口地分享甜品，看见路边的广告牌上印着即将上映的电影。如果金潇在身边，该有多好。

他跑到"吧"字竖弯钩的末梢时，刚好跑到一家咖啡厅前，复古的蓝调悠扬浪漫，昏黄色的灯光充满柔情。程一鑫停下脚步，刚剥开巧克力的糖纸，忽然看见路边似乎有什么眼熟的事物，身体的本能让他的脚后退两步。眼角抽搐，他僵硬了起来——流线型的剪刀门、三叉戟的亮眼标志、三个7的车牌尾号，一切都眼熟得令人止步。

夜色无边无际，夜空中有零星的几颗星辰，细细的弯月被轻云遮蔽，杏花树下疏影横斜。前面和后面是夜跑的跑道，木质台阶的纹路像圆圈，把他引导到这里。咖啡厅的里外有好几个座位，程一鑫却很轻易地用目光锁定了那个纤细的身影。在户外的棕色遮阳伞下，在质地柔软的沙发上，漂亮的女人放下手里正在读的书，低饱和度的茶棕色头发微卷。她面前放着一杯咖啡，对面明明无人，桌上却放着一杯白开水。

程一鑫像在做梦似的一步步地走到她面前，掐了掐手，真疼。

金潇指了指对面的座位，示意他坐下，轻轻地谴责他："你跑得太慢了。"

红唇饱满，她托腮一笑，喝了一口咖啡。她此刻优雅安静，不像傲人带刺的玫瑰，不再拒人于千里之外，更像一朵山茶花，欲说还休，唇一启一合。

耳膜鼓胀，程一鑫快听不清声音了。人都有直觉，此刻的直觉太强烈了，他的心脏"怦怦"地跳起来，比刚才他跑步的时候跳得更快，这大概是心律不齐的症状。他问："你……怎么在这儿？"

金潇伸手。她换了一个法式的简约美甲，手指修长纤细。她把装着白开水的透明玻璃杯推到离他更近的地方，慢悠悠地道："我来跟你说一句话。"

程一鑫手疾眼快，趁她推玻璃杯，把干燥修长的手掌覆在她推杯子的手上。杯中的水凉透了，她觉得手被他攥得很紧，甚至感到生疼。他们的动作令水面晃动不已，迸溅出来的水珠顺着两人的指缝溜走，浇灭了丝丝热忱。

一股寒意沁入心脾，程一鑫没来由地惧怕起来。唇不自觉地微颤，他把她的手握得越发紧，生怕一松开她，她就走了。金潇出现在这里，一定是看见了他跑的句子。她今天来，是想温和地拒绝他吗？

程一鑫的心凉透了，他现在才意识到自己做了一件蠢事。她一向烦他哗众取宠，烦他在社交平台上上蹿下跳、四处博别人关注的目光。明明年龄比他小一岁，她却有他没有的成熟感，低调内敛，从不炫耀。后来，他明白这是她的家境使然，她爱惜羽毛，这不过是他们之间的其中一道鸿沟。

金潇似笑非笑地看着他。程一鑫忽然起身，用另一只手去掐她的下巴。金潇觉得他那天和她散打时一定保留力量了，他瘦削的手腕竟然像铁钳似的死死地箍住她的下巴，她被掐得唇部微张，像索吻似的，一定很不美。

程一鑫俯视着她，目光绝望地说："如果是要说拒绝的话，你不要说出口。"

他深深地看她一眼。便倾身低头吻下来。复古圆桌上的蜡烛被他的动作掀倒，火苗烧着了他的衣角，但他视而不见。

金潇都说不清楚话了，被他吻着，含糊地说："你放开我。"

程一鑫怕这是最后一次吻她，不理会她的反抗，闭着眼睛，加深了这个吻。她个子高挑，脸倒是只有巴掌大，说是有九头身的比例一点儿也不为过。他用一只巴掌就能捧住她的大半张脸。他掐着她的脸颊和下巴，追逐并吮着她的舌尖，那一丝咖啡的苦味在她的唇齿之间变成了香醇的甜味。

这个吻一直持续到他被她狠狠地咬了一口。金潇用指甲胡乱地掐他，用双手一起使劲儿地掰，总算掰开程一鑫钳制她的手。下一秒，金潇抄起面前的玻璃杯，里面还剩半杯白开水。她就像电视剧里准备向渣男泼水的女人，只不过薄怒时都是清冷高贵的，尖翘的下巴被他捏得微红，唇角的口红花了一片，那是他吮吻过的痕迹，可她的神色仍是高高在上、不可侵犯的。

程一鑫认命地闭上眼睛，知道她恼了。他被她泼一脸水也是活该的吧。他准备迎接半杯水的洗礼，没想到，腹部却有了冰冷而湿漉漉的感觉，半杯水被尽数地洒在他的衣服上。

金潇瞪他："你是不是有病？"

她再晚几秒洒水，他的衣服就烧起来了。程一鑫蒙了，看了看衣服。衣服被烫出一个黑色的洞，仍冒着烟，空气中弥漫着烧焦的羽毛的味道，只不过他方才只能闻到她的幽香。他又低头看了看她，问："我……理解错了？"

金潇愤愤地站起来。她很恼火，捂着肩膀，扯回被他拽松的毛衣领口："本来我想跟你说，剩下的九十九圈一起跑吧。"她幽幽的语气像熄灭的蜡烛，只有余热。她不满地道："现在，你还是自己跑吧。"

程一鑫看了她半晌，刘海儿被夜风吹乱，在额前来回地晃荡。他叹气："我跑。但是……"他征求她的意见，"先让我抱一抱，好不好？"

没听见金潇拒绝，他走近一步，揽她入怀。她的每一寸柔软的肌肤都贴在他硌人的骨骼上，时隔五年他们又有了契合感。他深吸一口气，把头埋在她的颈窝里，在她的耳畔说："你上次说的，我想好了。"

他想好了。他不是随便地撩她，是要与她一起再走一次爱河里的路，放下他易碎又可笑的自尊心，如果重蹈覆辙也绝不分手，要一直和她走到时光的尽头。

"程一鑫！"金潇凶巴巴地喊他的名字，难得有一丝委屈，说，"这是我第二次相信你，也是最后一次了。你不要……"

"不会了。"程一鑫打断她，"我保证，这是最后一次，绝不让你再恨我。"

她就在怀里，他清了清嗓子，喉结贴着她的脖颈滚动。程一鑫郑重其事地问出了跑了五天的那句话："我们复合吧，好吗？"

金潇轻声呢喃："好。"

他能和她再续前缘了，失而复得的感觉令人如入云端。他的心里又酸又涩，又惊又喜。程一鑫太不安了，仍对"无人知晓"里发生的事情耿耿于怀，闷闷地道："你不会睡了我又跑吧？"

那一晚他们的身体分明近了，他却离她遥远了。两人趁着醉意亲热，每分每秒都能感到对方在用力地告别，在弥补仓促地分手的遗憾。

他想：她见他这么难受，他不如放了她吧。

腰被轻掐一下，他听见金潇嗔怪道："你是不是想再被泼一杯水？"

第十一章
飞行模式

十一月的第一天,在疏影公园的地铁站口,劲跑团里的人在热身。几个妹子翘首以盼,直到该出发时程一鑫也没出现。同城圈里的人看不见他今天的跑步动态,纷纷地唉声叹气:"他今天不来了吗?"那个说要跑九十九遍"我们复合吧"的帅哥,放弃了吗?这让人再也不相信爱情了。

程一鑫回去直播了两天,弹幕里的人全在要求性感的手上播。是夜,程一鑫再次来到了疏影公园的地铁站口,一过去便感受到了众人的目光。劲跑团里的成员惊喜地问:"帅哥,你还跑呀?"

"跑。"

"还是跑'复合'?"

程一鑫握拳轻咳:"换一个吧。"

他要是真把那句话跑九十九遍,未免太尴尬了。他们的聊天被一阵咆哮的引擎声所淹没，一辆拉风的跑车由远及近地驶来，在路边停下，剪刀门流畅地升起。一双长腿引人注目，他们不用看就知道这是一个美人，乍见她的眉目，发现她比他们想象中的更美。她长着高级脸，有时尚感，像电影里的人一样出场，刺激着他们的神经。

美人下车以后环顾一周，很快锁定方向，径直向他们走来，在程一鑫的面前站定："我们走吧。"

她并不颐指气使，却隐隐地有一种气场，令人不自觉地服从于她。

大家如梦初醒。

"我认识你！"

"小姐姐的微博 ID 是'金潇 Tonight'吗？我关注你了。"

程一鑫面色一紧，下意识地揽住金潇，用肩膀挡着她的正脸，遮挡住他们打量的目光，压低声音道："你快回到车上。"

网络时代信息爆炸，他太大意了，没想到劲跑团里的人都知道金潇，他们还能一眼认出来她。平时金潇不需要这么谨慎——车来车往，她一个人在路上跑，别人认出她来顶多夸她自律，但他们现在是两个人。

程一鑫开玩笑道："一个个的都是脸盲，你们怎么不夸哥像吴彦祖？"

可是她真的很像跑十公里的小姐姐呀！尤其是女生真的觉得金潇很飒，忍不住偷瞄她。

金潇轻拍程一鑫的肩膀，从他的臂弯里大大方方地歪头露脸："你们好。"

女生低低地惊呼："真的是你呀，小姐姐，我报名了千银杯的马拉松，到时候你会跑最后一棒的蒙眼跑吗？"

金潇笑着点头："对。"

劲跑团里的成员基本都报名了马拉松，生怕中不了签，问金潇有没有后门可走。金潇想了想，说："在这种大规模的马拉松比赛前，工作人员在初筛志愿者过后已经把名单放进了抽签池里，但有几个志愿者退出了，名额有空缺，你们感兴趣的话可以把报名表给我。"

几人约好了回去通过微博联系金潇，注意力又回到被金潇挽着的程一鑫身上。他正默默地低头看金潇。她与人交谈甚欢，其实和高中的时候一模一样，认真地对待每一个认识的人，从不私下建立小团体拉帮结派，可惜无人珍惜她的美好。或许就是因为他钦慕她的勇敢无畏，她爱慕他的游刃有余，他们才意外地走进了对方的世界里。

看见一向嬉皮笑脸、吊儿郎当的帅哥满眼爱意，恋爱过的人瞬间就懂了，一看金潇就是他喜欢的人。夜色里充满柔情，漫天的繁星与他们比肩。这对颜值颇高的男女之间太有默契，旁人能想象出来，他们分手之前该是很相爱的。大家又联想到程一鑫说的"差距太大"，想起网上被传得沸沸扬扬的那件事——金潇的前任还是合作公司的太子伍迪。有钱人有好几个前任，分手又复合，其他人倒是可以理解。一直鼓励程一鑫要勇敢的妹子吐了吐舌头："小姐姐，你是看见他跑的那句话了吗？"

程一鑫搂着她的腰说："她当然没看见。"

她没看见那句话还跟他复合，难不成是被他的人格魅力所折服了？

金潇瞟他一眼，笑吟吟地对众人说："对，他昨晚直接跑到我家的楼下哭，说太累了跑不动了，问我能不能直接复合。"

众人"扑哧"一笑。程一鑫被她摆了一道也不觉得没面子，说："看看，她就是以前不珍惜我，现在还不珍惜我。"

哟，谁不珍惜谁呀？他们俩都故意把话反着说，嗔怪嬉笑。只有他们明白破镜重圆的坎坷，再说，谁也不愿意把昨晚复合接吻时把衣服烧着的事往外说了。

程一鑫拜托他们保密，他们一一地答应。两人和劲跑团里的人分开跑步，见程一鑫面带愁容，金潇挑眉："你也会怕？我以为你希望流量越多越好。"

程一鑫："……"

这能一样吗？金潇还在讽刺他在同城圈里上热搜的事情。唇角噙着笑，程一鑫坦然地接受了事实："早知道我就喊他们回来了。千银公主想给我引流，我有什么好拒绝的？"

被他喊"千银公主"，金潇觉得不自在，回到车里拿了一顶棒球帽，用帽子挡住半张脸。

两人沿着疏影公园的最外圈夜跑，金潇用小号看过程一鑫的跑步记录，可以看出来他在复健阶段的水平是稳步提升的。但现在她在他的身侧，仍能察觉出他还没练好呼吸。程一鑫以前练短跑的时候是憋气跑的百米,在中间的十秒里不用呼吸。他知道自己看视频学长跑学得不对,被金潇若有若无的目光审视着,既有刚复合的心痒难耐之感,又有几分训练后交作业的窘迫感。

他尽可能地按节奏跑,跑两步呼吸一次,发力时吐气,放松时吸气。金潇就在身侧,他忍不住用余光瞥她,看她细长的脖颈和优美的身姿,呼吸就不自觉地乱套了。别说跑两步呼吸一次,他连步伐都乱了。

两个人并肩跑着,金潇看了他半晌。程一鑫穿了一件克莱因蓝的连帽卫衣,皮肤又白皙,整个人都是冷调的。卫衣的中间有一个兜,她冷不丁地把手探进他卫衣的兜里,触碰到他伴随着呼吸一起一伏的腹部。她的手与他的皮肤之间只隔着一层单薄的卫衣,他的腹肌瞬间变硬紧缩起来。

程一鑫打了一个激灵,浑身僵硬了,闷声道:"这是在公园里。"

金潇"哼"了一声,说:"我知道。"

两人停下脚步,就站在原地。她仰头看他,把手紧贴在他的身上,却说着正儿八经的话:"呼吸的节奏不对,你吸气还不够深,这样吸不足氧气。"

程一鑫抓着卫衣兜里的那只手,语气隐忍地说:"你先把手拿出来。"

金潇反倒钩着他的小指,继续隔着衣服摸他的腹肌:"你练过真空腹吗?"

程一鑫又不是第一天练体育,还是分得清胸式呼吸和腹式呼吸的。他用的是腹式呼吸,但心肺功能不算强大,呼吸得还不够深。程一鑫点头:"我好久没练了。"

练真空腹能减腰围,程一鑫因为腰窄且有腹肌,全靠跑步锻炼身体,基本上不练这玩意。

金潇"嗯"了一声,说:"你做一组真空腹,我感受一下你的呼吸。"

她的目光中流露出认真之色,程一鑫被她注视着,回忆真空腹的动作要领,呼出所有的空气,憋住气,提起膈肌。他抓着她的手,让她去摸他腹部肌肉的流动和凸起的肋骨。

金潇提醒他:"你没吐尽空气。"

好不容易憋了一分钟的气,他恢复了呼吸,腹部飞快地起伏几下。金潇还算满意,觉得他真空腹的效果比她想象中的好。她说:"再来一组。"

程一鑫快被她折磨死了。他再也憋不住气，全把注意力放在腹部上金潇的这只手上，他就知道她是故意这样做的。她简直是在诱惑他吻下去。

事实上，他也这么做了。现在能肆意地捉弄她，他比上几次见她时都更难克制自己。在这里夜跑的人有很多，程一鑫生怕出了丑，吻她之后，脖子上都露出了青筋，握着她的手也越发用力。他隐忍地唉声叹气："我好像一组也没法做了。"

金潇退后半步，抽出手，低下头，微窘地说："那下次再练吧。"

光棍节将至，劲跑团里所有单身的成员计划去跑四个"一"字。

程一鑫原本跟他们说好一起去跑步，现在不是单身狗了，理直气壮地爽了约。这是两人复合以后的第一个光棍节，怎么说都得出去撒一把狗粮庆祝一下，不虐别人不痛快。

程一鑫冥思苦想，现在不像以前了。以前过光棍节、情人节之类的节日时，他好意思扯着金潇回家，和她一起看盗版的电影。要不他就开着小破车，两人去江边兜风，放十块钱的烟花和孔明灯就能很快乐。现在他感觉金潇在富家千金的圈子里什么都见识过，她哪里看得上他的娱乐活动啊？

金潇表示他想多了，说法国的夜生活更无聊。她爱去咖啡厅，偶尔和陌生人聊聊，大概是被孤立惯了，喜欢感受朴素的善意。但她不愿意去蹦迪、参加音乐节。熬夜太损害身体健康，她还是信仰生命在于运动。

那天两人跑完步，金潇在他下车前递给他一个信封。程一鑫在拆开信封前调侃她："这是情书？"

金潇把胳膊撑在摇下去的玻璃窗上，歪着脑袋看他，身段风流，顾盼生辉。她说："是呀，你不是说我不珍惜你吗？我现在就开始珍惜你。"

她还拿程一鑫那天当众说的话来讽刺他，当初提分手的人分明是程一鑫。他毫不脸红地接话："你不珍惜我不要紧。"

金潇的眼神很疑惑。

"错过了这个村，"程一鑫对着路灯看了看信封，看见里面花花绿绿的，继续说，"我就在下个村里等你。"

眼见他要拆开信封，金潇制止他："你回去再拆。"

程一鑫愣了几秒钟，按着她的肩膀把她的身体扭过来，两人在车里面对面地对视。眼角一抽,他又感到一丝慌乱,强作镇定地开玩笑:"这不会是分手信吧?"

金潇哭笑不得。他是不是有分手后遗症?他怎么表现得好像他才是当年的那个被分手的人?一想到这五年来程一鑫每天都幽怨地想她,金潇推推他的胳膊,嗔怪:"你赶紧给我下车。"

程一鑫放心了,回去一看,信封里装着两张话剧票。他仔细地一看,又不放心了,座位对着舞台的中央,是前排的贵宾座,一张票的价格是一千两百八十元。滨江剧院坐落在滨江大道的南面,规模很大,声影效果好。据说剧院的人从国外运回了顶级的影音设备,用高薪挖过来一支演员的队伍,话剧颇受观众的欢迎。

他放下票,急急地打开衣柜,扫视了一圈,愤然地关上柜门,又深吸一口气,重新打开柜子。天哪,他的衣柜里都是一些什么非主流的衣服?他只怪程佳倩的审美太幼稚,她净给他买一些上不得台面的衣服,还忽悠他,说他穿着这些衣服很帅。程一鑫用修长的指尖敲了敲衣柜的门,敲出"咚咚"的响声,他的脑壳很疼。还有两天时间,他得去哪里搞一套看话剧时穿的绅士西服哇?

单身节如约而至。许多人赶在节前脱单的愿望破灭了,他们哀号着又要当一年单身狗了。在滨江剧院的附近,从傍晚起就陆陆续续地有观众过来。因为这一场话剧在节日里上演,又是罗曼蒂克的类型,所以场面格外热闹,观众里情侣居多。附近有卖玫瑰的小贩,几位等女伴来的男士都买了一朵玫瑰花。

从出租车上下来后,程一鑫不自觉地捋平西装,生怕把衣服坐出了褶子。他用指尖轻捋发梢,三七分的背头丝毫不乱,额间的几缕碎发也是程佳倩精心地帮他抓出来的,蓝灰色的头发很飘逸。幸亏他没迟到——计价器上的红色数字让他心疼不已。今天滨江大道被堵得水泄不通,他要不是穿得这样正式,早就跳车改骑共享单车了。

他捏着信封,闻见一股浓郁的馨香气息。互相挽着手的男女从眼前经过,不止他一个人为爱打扮得用力过猛。他环顾一周,应该比金潇到得早。程一鑫松了一口气,步履轻松地上了剧院门前的台阶。他是天生的衣服架子，肩宽、腰窄、腿长，将光泽顺滑的西装他轻松地撑起来。尤其是几个大腹便便的秃头中年老板携美女进去后，更显得他有着少年般的身姿，回头率极高。

程一鑫给金潇发了消息。灯光梦幻，音乐浪漫，一切都很美好。唯一不太对劲儿的是，剧院门口的门童穿的衣服跟他穿的衣服一模一样。门童也穿着纯黑色的西装和白衬衫，系着黑色的领带，穿着黑皮鞋，梳着一丝不苟的背头。

程一鑫："……"

他是不是穿得过于齐整了？程一鑫站在门童的旁边，尴尬地踟蹰着。

门童主动地跟他打了一个招呼，问他门票的信息："先生，您订了贵宾座位，可以先去等候厅里等。"

"不了，谢谢。"

还是在这儿等金潇吧，程一鑫决定离门童远一点儿。金潇堵在路上了，他打电话都能听见她那边传来一片烦躁的喇叭声。他叮嘱她慢点儿开车、注意安全。他等到话剧开场时，有剪刀门的跑车才呼啸而至，顺着车行道上坡后急转弯，最后停在剧院的门口。

程一鑫等得无聊，打了两把游戏冲榜，一回头惊呆了。金潇穿着有几个链条的破洞牛仔裤、涂鸦印花风格的卫衣、粉色的皮夹克，顶着一头奶奶灰色的头发，从车里匆匆地下来。车没熄火，她把钥匙扔给门童，让他们去停车。

程一鑫看了看自己的西装，两人对调了穿衣的风格，这……就是所谓的"双向奔赴"吗？他们对视一眼，金潇"扑哧"一声笑，问："你怎么穿成这样？"

话剧开场前，不少人卡点到了，两个门童都拿着钥匙帮人停车去了。金潇走到旁边接了一个工作电话，一回头发现程一鑫不见了，再一细看，他跟另外一个穿着黑西装的工作人员站在一起。穿黑西装的工作人员跟另外两个门童穿着一样的衣服，问他："那个，詹姆呢？"

程一鑫判断出来门口的两个门童之一叫詹姆，好心地回答他："他停车去了。"

"你过来一下，帮忙搬道具。"

程一鑫："……"

果然最尴尬的事情还是发生了，他转头看金潇，她挂了电话，在那儿看他的笑话。她打开钱夹，捏了两张红票子，娇滴滴地对他们开口："帅哥，送我去贵宾位。"

小费丰厚，让程一鑫帮忙的门童顿时把搬道具的事抛到脑后，眉开眼笑地说："美女，我送你去吧。"他跟程一鑫说："你去搬道具吧，去一号厅里找杰瑞。"

程一鑫看着金潇表演。

金潇翘起指尖直指程一鑫，一副傲慢又有偏见的模样，说："他长得帅，我要他带我去。"

门童眼睁睁地看着几乎到手的两百块钱飞走了，冲着对讲机狠狠地喊其他人搬道具，准备晚上回去找领班投诉此人。

走进剧院的大堂里后，程一鑫无奈地斜睨她："宝贝，演够了吗？"

金潇演是演够了，笑得花枝乱颤。这几年她修炼的气场太强了，不笑的时候是可远观不可亵玩的富贵花，现在笑起来，还挺像几年前的漫画少女。她挽着他的手臂，眉眼弯弯。见程一鑫略显恼火地把领带胡乱地扯下来，她好奇地接过它："你从哪里买的领带？"

其他观众里就没有穿得这么正式的人，主要是因为天气冷了，只有门童穿得这么薄。就算人家潮男要风度不要温度，穿西装也不忘戴一副银边眼镜、打两个耳洞。程一鑫翻车翻得很尴尬，咬牙切齿地说："程佳倩买的。"

好在室内的暖气很足，他在进场前脱下西装，把左手给金潇，右臂上挂着外套。程一鑫单薄，穿白衬衫时像哪一位学长。金潇看着他微红的耳尖，说："我刚刚说的不是假话。"

程一鑫疑惑。

"我第一次看你穿成这样。"金潇抿起唇笑，"你还挺帅的。"

"你笑完了才知道夸我？"

"你投标时怎么不穿成这样？"

"投标没你重要。"

因为他们反复地算过,如果无内幕,他们凭着按报价和规模计算得出的分数一定能出圈。是金潇给他的勇气吧——有她在,竞标中就不会存在肮脏龌龊的交易。虽然程一鑫说得轻巧,但金潇听出了他的胜券在握。其实让他冒险的事情不多,他以前做事时总比别人缺乏一些运气。他是很悲观的人,否则不会积攒这么多年人脉和资金才出来单干。两人谈恋爱的时候,不少人在"大世界"里干两三年就跑了,金潇对此见得多了。

他们一坐下,话剧就开场了。随着厚厚的帷幕被缓缓地揭开,程一鑫下意识地去抬起两人的座位中间的扶手。他的动作令金潇侧过了头,他忽然顿住了。他们恋爱时没去过几次电影院,但每次都把中间的扶手抬起,把两个座位变成一个座位。她能轻轻地靠在他的肩头上,两人牵着手,看着大银幕上幽蓝色的光,感受顶级的影音效果。

程一鑫把扶手又压下去了,金潇没说什么话。过了十分钟,话剧里有一个令人愉快的笑点,两人对视一眼,程一鑫伺机伸了手。他们牵起手,都收拢了手指,相比平时握得更用力,很快就汗涔涔的了。但谁都没说话,都在享受这种烙印般的轻微疼痛,对方的手仿佛嵌入了自己的手里,这种真实感能证明对方是存在的。

他们看完话剧出来,金潇的不高兴显而易见。门童把车钥匙给了她,她不接,程一鑫把车钥匙接过来。他们走到停车场里,金潇自觉地坐在副驾驶的座位上。程一鑫愣住了,不敢坐在驾驶座上。金潇装作没看出来这一点,挑眉命令他:"开车呀。"

程一鑫摊手苦笑:"你看我像会开车的样子吗?"

他一个只开五菱的人要开玛莎拉蒂,这不是笑话吗?这句话把金潇点燃了。她双手环肩,冷言冷语地说:"以前我说了不用,你非要开黑车送我回家。你天天开车的时候我还没见过驾照的影子,现在你又跟我说不会开车。你礼貌吗?"

程一鑫:"我不礼貌,但理你。"

"程一鑫。"金潇不看他,说,"我给你两个选择,开车,或者自己走回去。"

门童在看他们,程一鑫硬着头皮坐进车里。金潇倒没有真为难他,提醒了他几句。程一鑫顺利地开车上路了，然而握着方向盘的指节是用力的。明明天气很冷，他穿的西装也很单薄，他的额上却冒出一层薄汗。不过操纵跑车带来的推背感到底不同于往昔，程一鑫熟悉操作后放松下来，低声下气地哄金潇："我又惹你生气了？"

她的那顶奶奶灰色的头发是假发，她坐在敞篷车里，觉得风太大，就把它扯掉了。原本茶棕色的卷发露了出来，搭配一身嘻哈街头风的衣服，这还是很不像金潇的风格。她对今晚的期待值是很高的，两人穿情侣装该有多亮眼。

"你觉得去剧院太高级，开我的车说不会，连放下扶手都不敢。你要是觉得我是你消费不起的人，何必复合？好像我强迫你似的。"

程一鑫叹气："还是以前的你比较好哄。"

金潇揉了揉太阳穴，觉得一丝寒风吹得她头痛心冷。她还是喜欢程一鑫以前的模样，他在她一个学生妹的面前要多大胆有多大胆。她说："你还是以前的时候比较帅。"

但事实是他们都不一样了。沉默片刻，金潇觉得头痛，说："我不至于为你换一辆车吧？"

程一鑫开着车转了一个弯，刹车，把车停下。

"你干吗？"

"我今天遭到了毒打，需要安慰。"说完他鼓了鼓腮帮子，示意金潇。

"我涂了口红，会留印子。"

"不要紧，我今晚留宿在你的家里。"

"这回你不嫌我高档了？"

"你再说，我就不让你亲了。"

程一鑫显然对金潇的住处耿耿于怀，一直记得几年前突然得知她的住处时那种震惊的感觉，今天难得主动地说要留宿，真是想开了。

"不亲就不亲。"程一鑫睨她一眼，问，"你想好了？哥可是打算明早还带着唇印去上班的，你不想宣示主权哪？"

"真的？"

"你看监控呗。"

那也不能现在亲哪,金潇知道他是在哄她,主动地凑过去,嚣张地在他的侧脸印了一个鲜红的唇印。她还在欣赏唇印呢,想偷拍一张照片,程一鑫却托着她的后颈又深深地吻下去了。她不知道在手机上按了什么,闪光灯一闪,两人却无暇顾及,直吻到大脑缺氧才放过对方。

程一鑫揉了揉她的唇瓣,口红应该被尽数地抹在他的脸上了,但她的唇也被吮得通红,面颊更是白里透红的。他低声道:"再给我一点儿时间适应,好吗?"

金潇睫毛轻颤,她的脾气来得快去得也快。她现在也感到刚才自己略显急躁了,解释道:"我是怕你再提分手。"

程一鑫重新发动了车,状似不经意地问她:"所以,你以前一直不告诉我你的家境,也是出于这个原因吗?"

"我听见你说白池莉是有钱的大小姐,她拿你寻开心。"

"有谁找哥的时候不开心?"

金潇那时刚高考完,鼓起勇气去接近他,生怕他掐断她的希望。她说:"我怕你知道以后不会再跟我接触。"

"你不一样。"

"怎么不一样?"

程一鑫似笑非笑地说:"我想被你玩弄。"

金潇掐了掐他的腰,威胁道:"你看你果然就是这么想的,我玩弄你,寻开心。"

程一鑫龇牙咧嘴:"你家的司机第一天上任就被掐死了。"

金潇愉悦地笑了,又摸了摸他的西装:"下次你别穿得这么正式了。"

程一鑫瞥她:"你发司机的制服吗?"

"发。"

这句话在一个月后应验了。

千银电子在这两个月里完成了几件大事,最激动人心的是引入外部资本的新闻,员工终于要开始持股了,公司发年终奖的时候会启动阳光普照计划,每人持一股。他们在春季发布会上对"千银之眼"的雏形进行了测试,效果不错。他们还申请了实际项专利,由四十二位志愿者组成蒙眼跑团,程一鑫、金潇以及劲跑团里的几位成员都在其中,开始进行周期性的训练。现在他们还在做整机,把整机发放到各个领域,想进一步优化性能和可靠性。另外,秋季发布会上的"冥王星"的图纸最终被确定了,他们预计在春节前生产出非量产的第一批整机。千银电子一向在西方节日那天开公司的年会,今年很豪气,问过投资方后包下了滨江大道上的一家豪华酒店,把酒店作为会场。"晚安修机"将作为合作方入场,金潇亲自把邀请函给了程一鑫。

因为程一鑫他们给的报价比其他专营店的驻场给的报价略高,这件事很快在网络上传开了,以旧换新业务无形之中在专营店之间流转,从其他专营店慢慢地流向他们。程一鑫以前都是小打小闹,现在一步登天,竟然收到了千银电子这种手机大厂的年会邀请函。人人都想去参加年会,但名额只剩下最后一个,于是他们在微信上摇骰子,又玩剪刀石头布,争了半天,谁都对结果不满意。

一个合作方最多可以去三个人,最后飞姐发话了,除了她,黄顾是跟着程一鑫的元老,按先来后到的规则,以后有机会的话她的小弟再去。黄顾听后,感激不已。

为了避免程一鑫再闹出用力过猛的笑话,年会这天的下午四点多,金潇就接了他:"司机,走,给你发一身制服。"

黄顾屁颠屁颠地跟上:"哥、姐,带上我呗。"

黄顾到了地方才傻眼,使劲儿地咽口水:"这么高级?我……还是算了。"

他早就买好了一套衣服,听说他俩要去捯饬捯饬,想顺便换一个发型。现在他懊悔不迭,开剪刀门跑车的小女朋友能去什么便宜的地方?鑫哥真是傍上大款了,老天爷咋不赐他一个这样的前女友——不对,是复合的现女友?

金潇回头安慰他俩:"没关系,我把费用报销了。"

打扮自己只是为了出席千银的年会,黄顾至今还没把金潇和千银公主联系起来。他一贯秉持着小人物的心态,知道中标了也老老实实地驻场修机,豪门的生活离自己太遥远了。黄顾没听出来金潇是什么意思,挠着头乐道:"那我沾沾光。"

程一鑫同样咂舌:"不用了吧?"

这里疑似明星或贵妇去的造型工作室,私家花园里有喷泉,门口停着几辆豪车,他在滨市土生土长了二十多年,竟然不知道还有这种地方。

金潇嫌弃地轻碰他的头发:"你不是嫌颜色廉价吗?重新染色吧。"

这是他们第一次重逢时说的话,没想到金潇还记得。程一鑫不好意思说他没嫌颜色廉价,那纯粹是他为了面子自嘲而已。他夏天染了蓝灰色的头发,新长出来的一截头发是黑色的。他的意思是,以后不染这些杀马特的颜色了,现在正经地做生意,不需要搞这些花里胡哨的东西吸引别人的注意力。

金潇在一旁冷冷地道:"你以前怎么不正经了?"

她翻旧账真令人瑟瑟发抖。程一鑫投降,坐在凳子上跷起二郎腿:"宝贝,听你的。"

造型师过来跟他们沟通。黄顾要求得最简单,吹一下型、选一条领带就行。程一鑫本来说听金潇的话,又有了主意,钩起她的一撮头发,偷偷地轻刮了一下她的脸侧,问道:"她的头发是什么颜色?"

造型师眼前一亮,说:"帅哥皮肤白,茶棕色很适合你,沉稳大气,高级帅气。"他瞟了一眼金潇,说得很客气,"而且,我还是第一次见有男士愿意为了女朋友改发色。"

金潇一怔,问:"你要不还是把头发染回灰色?"

她认识程一鑫这么久了,知道他就喜欢扎眼的颜色,好在他不喜欢大红色或金黄色。

程一鑫轻捏她的手:"你还怕我跟你的头发撞色吗?"

造型师打圆场:"你们刚在一起吧?好甜蜜。"

程一鑫接话:"是呀,刚三天。"

造型师惊了,问:"你们刚相处三天就这么默契了?"

金潇冷冷地看他,知道他要唬人。果然,程一鑫把镜子前的化妆刷像转笔一样转起来,勾唇一笑,说:"昨天、今天、明天。"

造型师:我学到了。

两个造型师吃饱狗粮,去拿工具了。包间里短暂地剩下他们两个人,金潇的情绪略显低落,程一鑫笑她:"你怎么感动成这样?"

金潇略显自责地说:"我好像强迫你适应了我的生活。"

"我不就染一下头发嘛,你还想这么多。"程一鑫揉了揉她的脑袋,"我的生活有什么好的?你过一天我的生活就知道了,正常人都巴不得过你这种生活。"

"我又不是没试过。"金潇不自觉地轻掰他修长的手指,低头说道,"你的生活挺好的。"

高考完,她几乎一天不落地在他的店里度过了暑假。她以前就很羡慕他,他平凡普通又充满梦想,简单快乐。就像她的奶奶说的爷爷年轻时的奋斗历程,每一滴汗水都凝结着意义。他能养活自己和他的奶奶,能当程佳倩的精神支柱,能为未来打下基石。她不像他——千银有她没她都无所谓,叔叔伯伯同样把公司经营得挺好。她做得好别人会说富三代坐享其成,做得不好家业便会毁在她的手上。程一鑫从无到有搞事业,她连为千银锦上添花都未必能做到。

"因为你不缺什么东西。"程一鑫半蹲下身子,在她低垂的目光所及之处仰望她,"你以后要适应,我为你做不了什么事。"

金潇想起来以前的事就好笑,说:"我高考完,你给我看手相,不是说我缺你吗?"

程一鑫:"……"

亏她还记得,他以前的情话比现在的还土。好在造型师推门进来,给他俩的形象进行"施工",他不必继续回想尴尬的往事。

程一鑫从镜子里看金潇在后面盘发,她露出细细的脖颈和漂亮的肩胛骨。她选了一席长裙,把心思全放在背后。她选长裙是因为前几天练蒙眼跑的时候摔破了膝盖,不得不用裙子遮盖伤疤。当时她趁着程一鑫上播的时候练跑步,急于练出成果,也想在极限的环境下尽快暴露设备的缺陷。她要跑最后一棒,顶着全网瞩目的压力。别人都互相看护着练习跑步,她竟敢独自尝试短距离的蒙眼跑。

程一鑫那几天很生气。现在技术没成熟,还在测试的阶段,她就敢相信"千银之眼"的导盲效果?万一她跑到车行道上出了车祸,后果不堪设想。以前他不让她试着翻柜台,她也不听,总拿自己体育好说事,艺高人胆大。

他黑着脸把她悦跑圈的资料改成"未成年",把自己设置成她的监护人,凡是看她低配速地跑步就反复地确认身边有没有人陪她。

黄顾在外面如坐针毡,就先去吃饭了。他错过了程一鑫和金潇出来时的亮眼一幕——般配的身高差、一致的发色、同款冷白皮、简约大气的黑白色系礼服,他们般配得像从电影里走出来的情侣。

千银包了酒店最高的两层作为会场。黄顾像进了大观园,觉得无比新鲜,四处摸着,还没等年会开始就一口气发了十几条朋友圈。等程一鑫到了,黄顾就给他介绍哪里可以拿香槟酒、哪里有甜品,更重要的是哪里有美女聚集。

程一鑫:"名片带了吗?"

黄顾如梦初醒,从屁股兜里掏出一摞"晚安修机"的名片:"带了,我差点儿忘了发。"

"你不是差点儿,"程一鑫无奈,说,"是已经忘了。"

"妹妹都太漂亮了。"黄顾指了指那边透明的旋转楼梯,一群女人在上面拍照,"你看。"

程一鑫顺着他的目光望去,倒是见到熟人了。两人对视片刻,他移开目光。或许是他把自己收拾得太惹眼,女人径直端着香槟酒走过来。看猎物似的盯了他半晌,女人嚼着笑说:"帅哥,我们是不是见过?"

那次在"无人知晓"夜店里,他们隔着面具打过招呼。程一鑫开店久了,记人算得上本能,何况张玛丽手腕上的文身"Mary"很好辨认。

他递过去名片:"见过,我是马丁的朋友。"

"哦。"张玛丽仍没想起来他是谁,轻轻地与他碰杯,"幸会,马丁还有这样的朋友?你和千银合作吗?"

她是兄弟的女朋友,程一鑫不愿多言,说:"千银赏口饭吃罢了。"

他有必要提醒马丁吗?程一鑫纠结片刻,放下手机。或许马丁乐意这样呢,程一鑫何必非要点破人家?上天眷顾一对情侣已是不易,世界上哪里有那么多缘分?像他和金潇这般相识于少年时、跨越山海地相爱才是难得。张玛丽看出来程一鑫的态度不冷不热,正要回去,开场进入倒计时了。她不好随便地走动,就在他们的身侧站定。

倒计时的钟声响起之后,全场喷了彩带,金潇搭着父亲张叔骏的手,从旋转楼梯上缓缓地走下来。现场掌声如雷，众人尖叫喝彩不止。今天有媒体到场，千银公主首次公开身份的意义重大，金潇继承人的身份坐实了。黄顾"咔嚓"拍了一张照片，拍完从天而降的碎彩带沫，回眸一看金潇，倒吸一口冷气，说："这不是……"

黄顾还没说完，就被程一鑫死死地掐住了胳膊："不是什么？"

黄顾急中生智，哂笑："不是我兄弟的女神吗？"

程一鑫感觉他可算聪明了一回，松开掐他的手。

张玛丽闻言问："你们认识潇潇？"

"隔着网线很熟。"

"哈哈，你好幽默。"张玛丽笑了，问，"你是说网传她跟WOOD太子谈恋爱吗？"

程一鑫还没回答，张玛丽已经自顾自地羡慕起来，羡慕的重点是金潇风头无两。黄顾神色诡异地来回看金潇和程一鑫。他本来不觉得有什么，现在感觉他俩穿情侣装未免太高调了，他俩好像生怕别人瞅不出来这种关系。黄顾脑筋转了八百个弯。他们好不容易走出了大世界，生意刚迈上正轨，黄顾感觉店铺已经岌岌可危。

张叔骏的致辞很长，毕竟今年千银发生了很多大事。他说到员工持股和阳光普照计划时，所有人都爆炸一样激动，跺脚蹦高，经年累月地打工不就图点儿钱吗？后来金潇介绍了外部投资人——北沙资本创始人。

底下忽然传来"砰"的一声响，响声被金潇的声音覆盖，几乎微不可闻。附近的人听见了声响，紧接着惊呼几声——张伯笃满手鲜血，血顺着手掌流淌下来，把白衬衫染红了。这几年张伯笃他们一直在收购股份，做局让持股的股东离开公司，再找人代持股份。他们眼见手头的股份越来越多，兄弟几人的股份加起来仅比金昕菡的低了几个点。没想到金听菡他们杀鸡取卵，非要把好好的家族企业拱手送给人家投资公司，稀释了他们的股份。更重要的是，张伯笃他们并没有把代持股份的事做得天衣无缝。代持者似乎想反水，监管机构还放出了风声，有找他谈话的意思。张伯笃预料到过了年会迎来一场腥风血雨，于是借酒浇愁，没想到醉酒后不小心跌倒，被摔碎的玻璃杯扎破了手掌，狼狈地离开了座位。

金潇介绍完毕,把话筒交给主持人。各部门的领导和供应商开始进行年度总结的致辞,线上的外包商"柠檬修机"作为以旧换新的外包代表进行总结。后面的环节是年度颁奖,颁发个人的、小组的、部门的奖项。金潇作为"冥王星"的负责人,又上台领了一次奖。

金潇和程一鑫各自都有社交圈,隔空对视过几眼。程一鑫除了和见过的千银员工打招呼,还和别人交换了一摞名片。果然人靠衣装,他的交谈对象里不乏本地有头有脸的商人,他多说了几句场面话,又给晚安修机拉了几单潜在的业务。

所有打工人最期待的是抽奖环节,今年的大奖是一辆新能源汽车,车就停在酒店一楼的停车场里,谁中了奖就能开走它。大奖究竟花落谁家?所有人都跃跃欲试。程一鑫和黄顾进门的时候各拿了一张号码牌,现在可算搞懂号码牌有什么用处了。期待了半天,就黄顾中了一个电饭煲。他喜滋滋地上去领奖。

主持人从箱子里摸出来抽奖的题目,题目很别致:"满足一个不超过千元的愿望。"

被抽到的是一个年轻的男人。他是供应商家的公子,做完自我介绍,野心勃勃、势在必得地说:"我想要你们千银公主的微信。"

这太劲爆了,谁不爱看点儿狗血的剧情呢?大家都在寻觅金潇,直到金潇在人群中现身。有人把话筒递过去,她坦然地道:"不好意思,我有男朋友。"

一片哗然,男人不死心地问:"你和伍迪复合了?"

"没有。"

主持人打圆场:"等时机合适了,你会向大家公开恋情吧?"

金潇笑了笑,说:"现在也可以公开。"

额上出了一片冷汗,程一鑫把香槟酒随便地放在旁边的桌子上,四处瞄了瞄安全出口。这里一前一后有两个安全出口,他迅速选了一个道路通畅的出口,开始朝那里挪步。金潇早就在台上锁定了他,注视着他准备溜走的身影,半天不开口。主持人催促她:"谁呀?大家真的很好奇呢。"

金潇从容地一笑,说:"千银冥王星一代。"她鞠躬,"希望大家都能支持我的男朋友。"

主持人再次打圆场："我们金潇组长的意思是搞事业不搞爱情,对吧?"

金潇一笑,不置可否。觥筹交错间,她不自觉地喝到微醺,去洗手间里整理妆容,低头看见了程一鑫发的微信。

晚安修机:"想你了,在安全通道里抱一分钟?"

半个小时过去了,她不知道他还在不在那里。金潇在心底埋怨程一鑫厌厌的举动——她还不一定会莽撞地公开他们的关系呢,想先透露消息,以后让大家更好地接受这件事,他一个大男人躲什么?

金潇Tonight:"你还在?"

晚安修机:"出来。"

得到简短有力的回复,她不再犹豫。程一鑫是懂她的,此刻她的情绪奇异地被抚平了些许。她补了口红,推开安全通道的门,那里只有一盏幽幽的绿灯。眼睛还未适应黑暗,她四处寻找程一鑫的身影,还没打开手电,手就被人按住。手机熄了屏,她的手被举高至肩膀之上,手背贴在冰冷的墙壁上,身子也一并被推到墙上。金潇下意识地抬膝格挡,刚碰着来人,程一鑫闷哼一声,说:"是我。"

金潇软了下来,任由他的吻细细密密地落下。黑暗之中,他们唇齿相缠。接吻不愧是让多巴胺分泌得最多的行为,她快要快乐死了。直觉决定一见钟情,多巴胺决定天长地久,肾上腺素决定出不出手,自尊心决定谁先开口。他们的各方面好像都是互补的,他只管出手,她负责开口。她让他的体温上升,他让她的心跳加速。

外面是她的王国、她的江山,众人玩闹嬉笑,其乐融融。这一年到了尾声,即将落下帷幕,他们的故事却刚刚重新开始。金潇一睁眼,安全通道外面的天空上出现了奇幻的景象。一个无人机阵组成了银色的"Thousand Silver"的字样,下一秒无尽的银色流光散开了,化作银河的星系,像千银手机的开机动画,最后重组变幻,组成了一个"金"字——千银为金,过了今夜有更多人会记得这件事。

流光再次闪烁,组成了"盖亚I"和"盖亚II"的字样,他们跟着流光开始回顾千银历代的手机产品。盖亚代表地球,是古希腊神话里的大地女神,这是千银专门在欧洲地区销售的手机产品。

金潇悄声说:"我们逃跑吧?"

程一鑫犹豫,问:"私奔?"

"哈哈。"金潇恨不得敲他的脑袋,说,"无人机阵的表演有二十分钟,会场熄灯,我们出去过西方节日吧。"

她补充一句,眼睛憧憬地亮起来:"两个人的。"

"不平安怎么办?"程一鑫叹气,"现在我脑子里的想法挺危险的。"

两人悄悄地从安全通道里出去,金潇左顾右盼。会场里的人还在看无人机阵的表演,靠近玻璃站着,外界流光溢彩、华丽炫目,无人留意他们从电梯间那里溜走了。

十二月底的天气已经很寒冷,前几天还下过一场小雪,门童的双手都冻得通红,他们朝双手呵了一口气,匆匆地把他们放在大堂柜子里的包和羽绒服拿过来。酒店的大堂里人来人往,十分热闹。门童跟他们说,每位客人都能从门外拿走一件礼物。

成年人的世界里早就没有了惊喜,金潇想起在国外和伍迪一起过西方节日的时候,但凡碰见惊喜,都会淡淡地一笑。伍迪的身上的确很有令小女生沉迷的贵族气息,他不会在讨彩头的事情上流露出普通人的情绪,只有在资本的市场上坐庄、在赛车场上飙车这些事才能刺激到他的神经。或许她本来就是一个灰姑娘,喜欢程一鑫蓬勃的生命力,他对星河滚烫和麻辣烫都有同样的热情。

有暖气的酒店和正是寒冬时节的户外简直像两个世界,金潇探了一下头就把头缩回来。程一鑫拿过羽绒服把她裹起来,从后面抱着她。两人依偎着不肯出门,在室内仰头望着门外,树上挂满了礼物盒。程一鑫帮她穿上羽绒服:"你想拿哪个礼物?我去拿。"

金潇回头,发梢轻蹭他的下颌:"我想拿高处的……有金色和蓝色雪花的那个礼物。"

那个礼物盒悬挂在篮球架那么高的树枝上,程一鑫揶揄地笑:"你嫌我的运动量不够?"

金潇瞪他一眼,改了主意:"我想自己拿。"

金潇真是对运动和挑战自我非常热衷。程一鑫觉得头痛,说:"你的膝盖还没好呢,别闹,我拿。"

金潇拽了拽他的手,两人顶着零下的寒风往外跑。程一鑫起初不乐意,她却笑得放松可爱,因为喝了酒而面色微红。在工作的这几年里,他们都成长了,几分钟前还在楼上的千银年会里为事业而各自打拼,程一鑫发名片把嗓子都说哑了。现在他们重新在一起,还能像高中时一样发疯,随时可以挽着手奔跑几千米。

金潇轻盈地跃起,轻飘飘地摘下来两个礼盒,邀功似的把它们递给程一鑫。程一鑫去接礼盒,她把手一晃就收回去,笑得狡黠:"礼物和我,选一个?"

金潇把双手背到身后,向前倾身,眨着眼睛,哪里还有继承人的气场?她分明是他记忆中的少女。程一鑫退后一步,张开手臂:"外面零下七度,我怀里三十七度,你选一个?"

金潇"扑哧"一笑。程一鑫身上的羽绒服是她选的,有柔软的质地,又时尚又蓬松——她抱他应该会很舒服。她把双手穿过他羽绒服的缝隙,环着他的腰,压缩了羽绒服内的空气,把羽绒服压出窄窄的一道边。两人的羽绒服轻蹭,发出"沙沙"的响声,声音像暖风吹过心底的声音,金潇的心柔软得一塌糊涂。

程一鑫背过手偷袭,拿走了她的礼物。

金潇大觉上当,说:"喂!"

"礼物和你,我都要。"

"不讲武德。"

"你还知道不讲武德呢?"程一鑫失笑,径直吻下去,品尝够了她的甜美,说,"这才叫不讲武德。"

两人仰头望着上面的两层楼,灯光重新亮起来,天空中的无人机阵离场了,没有留下一丝痕迹,唯有对千银的独特印象烙印在他们的心头。喝了酒,金潇把车丢在酒店的旁边,他们叫了一辆出租车。

"去哪儿?"

"不知道。"

出租车司机蒙了,问:"你们不知道要去哪儿?"

金潇说着要过西方节日,现在却一时想不到该去哪里。他们去热闹的酒吧应该会被吵得头疼,年会已经结束,她再不想去这样的地方了。再说气温也太低,她把手伸到程一鑫的衣领里取暖:"我不想出去了,好冷。"

程一鑫被她的手冰得龇牙咧嘴,用手把她的手捂热,掏出了一张百元大钞:"师傅,先随便开吧,去热闹的地方。"

金潇拎起两个礼物盒,又让他选择:"金色和蓝色,你选一个?"

"金色。"

"为什么?"

"你也姓金,我选金色,四舍五入等于选了你。"

"你还敢不选我?"

结果他拆出来一包叠星星的字条,这明明是学生才玩的把戏。

金潇兴奋地道:"你会叠星星吗?我小时候可羡慕别人玩这个了,又怕爸妈说小卖部卖的东西脏兮兮的。"

程一鑫笑了笑,问:"不是女生才叠这个吗?我倒是收到过不少星星。"

是呀,那时候女生喜欢一个男生,都会在字条上写一句话,再把字条叠成星星送给他。可惜金潇没体验过这种青涩的暗恋,她的成绩好,体育好,音乐好,美术也好。她从小学上到初中,虽然不至于被嘲讽装有钱人,但碍于各方面都太出色了,人缘不太好。

金潇冷冷地道:"你都收了她们送的星星?"

"收了。"眼见金潇瞪圆了眼睛,程一鑫咳了一声,说,"我又转手把它们卖给其他学校的女生了。"

这像是程一鑫能干出来的事。

金潇哭笑不得,问:"你小时候就很缺钱?"

"是呀。"程一鑫看了看窗外,飞驰而过的风景虽然属于他们熟悉的城市,但在夜色之下自然变得不一样了,火树银花,十分漂亮。他说:"我家以前就住在这附近,在老城区里,房子很破。我的爸妈一心要在挨着深圳的惠州买房,把我和奶奶接过去,所以平时我的零用钱很少,我就自己挣钱呗。初三时卖了学区房,我和奶奶就开始租房住。到后来,你知道的,我和程佳情一起住了。"

程佳情的父母出车祸身亡，留下她和这套房子。她还小，又长得漂亮。她的家在程一鑫高中时上的体校附近，有一次她被人尾随到家门口，被程一鑫和几个同学撞见了。那时候他们觉得自己是体校生，天不怕地不怕，还有几分热血，上去就一板砖拍在那人的身上。程一鑫和奶奶搬过去，想吓走觉得她一个人在家好欺负的歹人，没想到一住就住了很多年，和程佳情成了家人。

金潇安慰他："我小时候也在这儿学过小提琴，在老师的家里。他是一位音乐学院的教授，很出名，退休后很清贫，都把钱捐给山区了。"

程一鑫逗她："早知道我小时候就在你的面前晃一晃。"

"我可不会叠星星向你表白。"

"给你。"

"什么？"

程一鑫把一个硬硬的东西塞进她的手里："你刚才不是问我会不会叠星星吗？"

金潇摊开手，手心里是他不知何时叠好的星星。星星扁扁的，是紫色的，有漂亮的形状，在昏暗的光线下泛起淡淡的荧光。他刚才分明在望着窗外说童年的往事，到底有多熟练才能光靠手感叠出来一个星星？

金潇勾起唇角："就一个？人家都是收一罐星星。"

"错，"程一鑫轻笑，说，"这是半个。"

他牵过她的手，教她怎么把扁平星星捏得鼓起来："忘了跟你说，以前我不仅倒卖星星，还帮人叠星星，叠一颗要两毛钱，叠一百颗星星能挣二十块钱。"

金潇惊讶，问："一百颗星星？那你要叠多久？"

"一个小时吧。"

程一鑫发展了在附近的几个小学里叠星星的生意。星星几经易手，最后他甚至还收到了自己叠的星星，简直哭笑不得。他不仅手速快，还有做生意的头脑。现在程一鑫叠得和当年一样熟练，得意扬扬地说："下次哥有空给你叠几百个星星，一步到位，送你一玻璃罐的银河。"

金潇撇嘴:"太土了。"

程一鑫"啧"了一声,说:"是谁跟我说毒鸡汤,说每颗尘埃都是星辰?怪不得你看不上我,骗了我那么久。"

金潇:"……"

他们接着拆下一个礼物,礼物是一条质地廉价的金属手链,上面吊着一枚雪花。金潇欢天喜地地把它拿过去,程一鑫却把手链没收了:"你不是对非金银的东西都过敏吗?"

金潇小声嘀咕:"我就戴一晚上。"

"明天手就变成猪蹄子了。"

金潇瞥了一眼他细细的手腕:"那你戴手链,我看着,过过瘾。"

"这……"程一鑫搬起石头来砸自己的脚,说,"我一个大男人……"

金潇"哼"了一声,撸起他的袖子,看见他的左手腕上分明戴着一条银色的手链:"这是什么?"

她仔细地看了一下手链,呆住了,这条项链不是在风火俱乐部里被打断了吗?他是因为修不好它了,所以把它变成手链了吗?

程一鑫尴尬,说:"行吧,哥豁出去了。"

金潇给他戴上手链,欣赏了一会儿。雪花挨着刻着"xx"字母的银色吊牌,银色的吊牌磨损得很厉害,她问:"你是从什么时候开始戴它的?"

"和你分手后不久吧,我在夜市里看见了它,一下子就想起了你。我就想着干脆以毒攻毒,每天戴着项链,能早点儿忘了你这个没良心的人。"

"上次你还说'xx'不是我的名字。"金潇不乐意了,说,"也不知道是谁没良心。"

"谁让你分手了还不忘潜水和跳伞?"

"不然我怎么办?分手了我还买鞭炮庆祝?"

两人笑着闹着,司机是一个大老爷们儿,听了半天,忍不住弯起嘴角。司机从后视镜里看他俩,他们有着白皙的皮肤,像从冰雪世界里走出来的精怪,女生漂亮得令人不敢直视,男孩搂着她,眼神宠溺而温柔。司机真是越看越羡慕——他们让他回想起了年轻时的往事。他劝道:"现在的小年轻啊,太冲动了。这回你们和好了,可别再闹分手了。"

金潇晃了晃程一鑫的胳膊："司机大哥说你呢。"

"好，"程一鑫应道，"我永远追随公主。"

"肉麻。"

车行驶得缓慢起来，工人体育宫的附近热热闹闹。年轻的男男女女谈情说爱，巡游的演员吹着管乐器，唱着歌曲。

"你记得我们是怎么过第一年的这个节目的吗？"

他记得呀，那一周他们忙疯了，金潇大一时还没开始修双学位，但本硕博连读的专业岂容人小觑？那时候，有一个国外的乐队就在工人体育宫里举办演唱会，金潇通宵两天赶完了作业，快快乐乐地跟程一鑫一起去听演唱会。两人从大世界商城里批发了一堆荧光棒，卖完荧光棒，挣了一笔钱。他们一直没蹲到放出来的黄牛票，最后快快乐乐地站在门口跟着保安一起唱歌，特别投入。

车又拐了一个弯，前方的左边是城东，右边是城西。

程一鑫压低声音说："去我家还是去你家，选一个？"

这又是一道选择题，金潇耳侧的肌肤被他的气息吹拂着，和脸颊一起变成了一片粉白色。她"咯咯"地笑，说："我想去你家，佳倩在家吗？"

程一鑫咳了一声，说："师傅，右拐吧。"

"你俩还去哪儿逛？"

金潇看着窗外，素白色的指尖却在他的手心里轻刮。

"不逛了，"程一鑫被她招惹得喉咙发紧，说，"回家。"

程一鑫很快就觉得懊恼了，今天一定是喝酒喝得微醺了，忘记了他家是什么模样。两人拥吻着上楼，黑暗中滋生出无穷的旖旎。他们一进屋，羽绒服就双双落了地。他们听见了拉链磕在瓷砖上的清脆声音。地上没有地毯，程一鑫反应过来，开了灯，捡起来金潇的羽绒服拍了拍灰尘，把它挂在臂弯里。金潇搂着他的脖子，一向光彩夺目的眸子此刻变得暧昧迷离。她望着他，对他的行动表示抗议："别管它了。"

程一鑫弯腰把她抱起来，到沙发前放下她："宝贝，等我一会儿。"

他的房间里更乱，拆了一半的手机和零件堆得满地都是，程佳倩放在这里的甲油胶也乱七八糟。程一鑫后悔不迭，说："我先收拾房间。"

他挽起衬衫的袖子,准备埋头苦干。

卧室的门被轻敲两下,金潇的声音很是蛊惑人心,她说:"今晚的最后一个选择题。"

程一鑫无奈,打开轻掩的房门:"什么?"

她笑盈盈地看他:"你收拾房间,还是收拾我?"

昨晚的收拾工程刚开了一个头就"中道崩殂"了,第二天一睁开眼他就开始头痛。程一鑫蹑手蹑脚地捡起地上的衣服,听见一声轻笑,回头一看,金潇醒了,正侧躺在床上支着脑袋看他。

金潇打了一个哈欠,观察记忆中的房间。这里满是程一鑫晚上回家后加班捣鼓手机的痕迹,零件堆积成山。看样子,他真是把家当成第二个工作室了。除此之外,一切都没有变化,以前程一鑫从夜市里买来一块地毯,他们并肩坐在床边的地毯上,背靠着床沿分享零食和电影。现在地毯脏得看不出来原本的颜色了,金潇凭借形状还依稀能辨认出这是曾经的那块地毯,有点儿发窘。

"还收拾吗?"

"不了,"程一鑫哂笑,"下次咱们还是去你家吧。"

"下次?"

程一鑫听出来了她的弦外之音。金潇钩起足尖,轻轻地踢了一下他的肩膀,表达她对程一鑫继续收拾房间的抗议,结果脚被程一鑫抓住。他叹了一口气,回答她:"这次。"

"那你还收拾?"

"我拿几件衣服去你家。"

金潇不说话了,面色微红。他们以后就正式地同居了吗?他们对成年人的世界已经不陌生了,却第一次要开始过同居的生活,恍然有了十几岁时的心态,羞恼且期待。

两人来不及从少年的心态过渡到成年人的心态,因为到了年底实在是太忙了,又各自忙碌了一周。千银和政府签了协议,租用了郊区的一块荒地,把它布置成用来测试"千银之眼"的基地。他们模拟了几十种不同的路况,设置了水坑、沼泽地、楼梯、井盖、电梯、碎石路、施工标志等障碍,准备元旦后就开始招募一批真正属于视障群体的志愿者，让他们在专人的看护之下协助测试算法的缺陷。

程一鑫同样很忙，拧螺丝钉的时候发现黄顾盯着他的手腕瞧，才反应过来，自己还戴着金潇从酒店门口的树上摘下来的雪花手链。抽屉里还放着一沓叠星星的字条，两个圣诞礼物最后都归了他。他本想抽空给金潇叠一罐子的星星，却发现理想太美好、现实太残酷，没空叠星星。

他的得力助手黄顾还不给力。黄顾在年会上一直跟着他发名片，好不容易喘一口气，想问问他金潇的事，结果找不到人，千银公主更是不见踪迹。这几天黄顾憋得难受，跟便秘似的，总想逮着程一鑫八卦。他每次想开口时，两个大男人都大眼瞪小眼。黄顾满眼热切，程一鑫似笑非笑，浇灭了黄顾的一腔八卦的热情。

为此黄顾有一天主动地留下来加班到最后，与程一鑫一起拉下卷闸门。黄顾可算开口："哥，你和潇妹子……"

程一鑫低头上锁："咋了？"

黄顾暗骂一声，忽然不知道该咋问和问啥了。他该问你俩是偷情还是处对象，该问金潇到底是不是千银老板的女儿，还是该问他们拿下以旧换新的外包到底有没有黑幕？后面忽然传来喇叭的响声，金潇换了一辆车，摇下窗户："黄瓜哥，顺路送你回家？"

黄顾顺利地闭上了嘴。

金潇愉快地坐上了副驾驶的座位，程一鑫和黄顾上车。金潇把两份从网红甜品店里买的港式鸡蛋仔递给他们："我刚才跑步时路过甜品店，给你们带了一点儿夜宵，你们吃吗？"

黄顾吃得战战兢兢、如履薄冰，不敢说话。他噎着了，剧烈地咳嗽起来，呛得眼泪都出来了。程一鑫无奈，说："没出息，你想问就问呗。"

金潇回眸："问什么？"

黄顾打了一个嗝，尴尬地捂住嘴："你是……吗？"

金潇点头："我是。"

这两个人简直跟在说谜语一样。

程一鑫问："你俩是说了什么我听不见的屏蔽词吗？"

三个人都笑了。

金潇对黄顾说:"你想问我是不是你鑫哥的女朋友?"

"他想问……"

程一鑫还没说完,黄顾疯狂地点头:"对对,我是想问能不能叫你'嫂子'。"

程一鑫一脸疑惑:你就想问这个问题?这几天你一直幽怨地盯着我,把我盯得起鸡皮疙瘩,就想问这个问题?

金潇眉眼弯弯地说:"可以呀,但你好像有点儿亏,从黄瓜哥降级了。"

黄顾摇头:"不亏不亏,我血赚。"

金潇来了精神,说:"那你先叫一声'嫂子',我听听。"

黄顾:"……"

他憋了半天,别扭地叫了一声"嫂子"。金潇"扑哧"笑了一声,嗔怪地瞥了一眼程一鑫:"以后要麻烦黄瓜哥,你帮我好好地监督他。"

黄顾忙不迭地应了一声。程一鑫认识黄顾这么久,堪比他肚子里的蛔虫,替他说了:"他其实是想问,千银给我们以旧换新有没有内幕。他怕我们分手了,自己就没饭碗了。"

黄顾大惊失色,说:"不不不,我绝对没有这个意思。"

金潇听懂了,把双手交叠放在膝上:"如果有内幕的话……"

黄顾屏住呼吸,被她吊足了胃口。金潇的语气笃定淡然,她自信又飒爽地说:"我们不至于只给你们一间门店的驻场好处吧?"

这个回答真漂亮,程一鑫悄悄地对她竖起了拇指。金潇真是变了,以前很耿直,即便百般谨慎,说话间仍无形中给人清高又疏离的印象。现在她想开了,拿家世和身份来开玩笑,能自黑了。那天他在年会上看着,她矜持优雅而不失礼貌,与各个供应商的二代游刃有余地周旋,令人无法从她的身上移开目光。

黄顾彻底放下心来。这几天他因惶惶而工作效率低下,现在又加大了工作量。滨市的千银手机专营店内以旧换新的驻点一共有三十四家,偏偏"晚安修机"驻场的这家专营店的估价总是比其他店的估价高一两百块钱,微博同城里有越来越多的人提及这家专营店。其他店以旧换新的客流量被他们分走了一部分,金潇通过第四季度的财务数据可以一眼看出这一点,也把内部的统计数据给程一鑫看过,说等下个月举办第四季度的经营分析会时,可能会邀请他们去介绍经验。

"晚安修机"就这样悄然无声地进入了年度忙碌的冲刺阶段。手机行业的师徒制一向非常严苛,水深且浑,学徒只干活没钱拿,甚至还要交巨额的学费。程一鑫高中时代时学技术算得上是偷师。若不是齐叔惜才,他一个连学费都交不起的人怎么能学到技术?现在,程一鑫和他们更接近于合伙人的关系,鼓励他们都注册社交媒体的账号,让他们吸引流量。

黄顾发愁,抓耳挠腮地说:"鑫哥,你发朋友圈是咋写的文案呀?给我瞅瞅。"

程一鑫正忙着,把手机丢给他,让黄顾自己去翻朋友圈。黄顾磕磕巴巴地读着一条程一鑫几年前发的朋友圈,准备复制一下。

"距离新年还有十天,距离春节还有二十八天,接下来全是好日子。生活要有仪式感,'我喜欢你'这句话太轻浮,'我爱你'这句话太沉重,'我给你买'这句话刚刚好。"

抄袭完毕,黄顾瞬间收获了几个赞,惊叹:"哥,你太能忽悠人消费了。"

程一鑫回过神来,问:"你刚才说什么?"

"忽悠人消费。"

"上一句。"

"那不是你的朋友圈吗?你说了一串关于什么新年、春节的话。"

程一鑫恍然大悟,问:"今天跨年了?"

"对呀,晚上咱的这台电视里能不能不播你修手机了,播跨年晚会?"

程一鑫放下螺丝批:"谁跟你说我今晚还修手机?"

黄顾戳了戳他身后的值班表:"周六的晚上,你说流量多你上,其他时间里练跑步。这是你自己排的班。"

程一鑫一怔,环顾一周,说:"今晚谁替我干活?我开三倍的工资。"

话音刚落,一群人大叫"我",连还没学好技术的小丁都来凑热闹,说:"三倍的工资呀,啧啧,铁公鸡拔毛。"

算了算今天不直播的亏损,程一鑫顿时没了愧疚感,匆匆忙忙地约金潇去了。

跨年的活动有很多，他们去了滨江北岸的一个很火的游乐场，据说那里有烟花秀和演出。程一鑫起初还担心人多，怕金潇不方便，直到见她打扮得和女大学生别无两样，才放下心来。她穿着白色的羽绒服，系着一条围巾，戴了一顶棕色的毛绒帽子，上面有两个小熊耳朵，整个人毛茸茸的，脸被遮得只剩下眼睛和鼻子露在外面。

鉴于程一鑫之前的光荣历史——他们谈恋爱的时候，他强撑着和她一起玩过山车，下来后吐得昏天黑地，金潇不敢再让他玩刺激的游乐项目了。于是他们挑着玩上幼儿园时玩的游戏，坐旋转木马，开游园的小火车。他们走到用飞镖射击气球的小摊旁，程一鑫看出来金潇跃跃欲试，掏了钱，拿了十发飞镖。能用十发飞镖投出九十环以上的成绩就可以拿终极大奖，可以抱走店里巨大的布朗熊玩偶，好多小朋友央求着父母出手，父母们纷纷地铩羽而归。小朋友们撇了撇小嘴，几乎要哭出来。

金潇试了试手感，一开始投中了九环，用后面的七发飞镖都投中了十环。哭鼻子的小朋友不哭了，仰头观望她，拍手鼓掌："姐姐好厉害。"

程一鑫勾唇笑，贴着她的耳畔说："你也练过这个？"

"嗯。"

"我怎么不知道？"

金潇微弯唇角，用讽刺的语气说："说起来还是拜你所赐，我分手以后练了几个月。"

程一鑫忽然有一种不祥的预感，谄媚地递上一支新飞镖："咱专心地扔镖，不说以前的事了。"

金潇接过飞镖把玩着，不会放过他，压低声音说："偏不，我把你的照片贴在十环那里，百发百中。"

程一鑫感觉头皮发凉，唉声叹气地说："你舍得吗？"

金潇眨眼："说实话，你有点儿帅，我不太舍得，但后来换了一张照片就舍得了。"

程一鑫得意后又觉得震惊，说："哥还有不帅的照片？"

他当然有不帅的照片，金潇还有不少呢，是高考后在他的店里度过暑假时照的。他困了就趴在桌子上睡觉，把脑袋枕在胳膊上，一张俊脸被挤压得变形泛红，难得没那么帅气夺目了。

金潇描述完照片，察觉出程一鑫不对劲儿。

眸子里亮起危险的信号灯，他勾唇一笑，审问她似的说："哦？我记得某人说过，她早就把以前的手机里的各种记录都清空了。"

金潇："……"

这就叫作一时大意、马失前蹄？脑子高速地运转，她飞快地想出来对策，说："我的手机里还有一些学习资料，清空太麻烦了。"

程一鑫憋着笑，点头："明白，我绝对不会多想，比如你对我还余情未了、你半夜想我想得睡不着之类的事。"

金潇羞恼地反将一军："我不像某人那么无情，他还把手机恢复原厂设置后卖掉了。"

程一鑫充分地发挥不要脸的精神，将文字游戏进行到底，说："我卖了手机，不代表删了记录。"

原来两人在重逢的那天都说了谎，现在不由得一起失笑。程一鑫揉着她的帽子顶端的两只小熊耳朵："你还有这么笨的时候呢，真相信我删了？傻瓜。回去我给你看看以前的聊天记录，我在你们的校运会上偷拍你的照片和视频也全都在呢。"

金潇想了想，程一鑫偷拍她，就像她偷拍他的丑照。她尴尬地小声道："那还是算了。"她忽然又瞪大双眼，反应过来，难以置信地问，"你那么早……"

高中的校运会，原来他那么早就喜欢她了吗？

程一鑫轻咳一声，说："可能比你想象中的还早。"

四周是玩小游戏的摊位，有人用枪打爆了气球，旁边传来一声声的爆裂声、欢呼喝彩声、遗憾的叹气声、笑声和哭声。他们在人声鼎沸之中对视，游乐场里的一切都变成了背景板。金潇忍不住喃喃道："有……多早呢？"

程一鑫叹气："你还记得我第一天见你时发的朋友圈吗？"

金潇茫然地摇头。她的记忆力向来很好，老师说她读文科的话没准能上北大，但她实在想不起程一鑫那天发了什么朋友圈。他营业得很勤快，每天发好几条朋友圈，一年就发了上千条朋友圈。她想拿出手机翻翻，发现手机还在程一鑫的兜里。

程一鑫笑了笑，说："回去再看吧。"

飞镖店的老板紧张死了，感觉今晚得亏一百块钱，得把玩偶拱手送人。金潇还有两镖没扔，老板见他俩旁若无人地聊天，急得提醒她："美女，那个……你还玩吗？"

金潇正色，说："不好意思，我继续玩。"

程一鑫轻握她的手，低头呵了一口气。她才摘了手套片刻，指尖就变得冰凉了。他说："你赶紧扔完飞镖，戴上手套，咱们抱着玩偶回家慢慢地说。"

金潇扔了五环，还剩最后一次机会。老板松了一口气，感觉有希望保住布朗熊玩偶。金潇瞄了半天——程一鑫看出了她的犹豫，她不忍心让老板亏钱，却想赢走公仔。两人难得有时间享受这种平凡普通的恋爱时光，每个瞬间都弥足珍贵。

程一鑫轻声说："今晚别当公主了，当一穷二白的晚安妹妹吧。"

虽然晚安妹妹的一穷二白也是装出来的，但金潇很怀念刚和他在一起的时候，那时他们能轻而易举地攫取普通的快乐。她不再犹豫，带着锐利坚定的眼神，甩出去飞镖，投中了十环。一切都尘埃落定，她戴上手套，接过半人高的布朗熊。布朗熊跟她帽子的颜色相近，她抱起它来太过于可爱，老板忍不住问能不能给她拍一张照片，想把照片放在店里作为宣传。

金潇笑着答应："我可以不露脸吗？"

"当然。"

程一鑫重新整理了她的围巾，把她裹得严严实实，这回连她的鼻尖都看不见了。帽子和围巾之间唯有一双明媚的眼睛，她古灵精怪，像漫画少女一样抱着布朗熊，留给这家店一张拍立得的照片。

两人玩累了，找了一家甜品店，在室外的板凳上坐下。金潇一向控糖，受跨年夜喜气洋洋的氛围的影响，看了两眼身侧的雪糕海报。

程一鑫问她："你要香草味的还是提拉米苏的？"

金潇下意识地回答："提拉米苏。"她回答完就意识到不对劲儿，发现这是程一鑫在给她挖陷阱，噘嘴道，"我不吃。"

程一鑫起身："我想吃。"

金潇没想到他拿回来两杯雪糕。在零下的温度里，雪糕有着极好的品相，丝毫没有融化的迹象，诱人至极。

金潇埋怨他："不是你想吃吗？"

他干吗买两杯雪糕？

程一鑫回答："好不容易能享受第二杯半价的优惠，我一时激动。"

金潇："……"

两人开始吃雪糕前，旁边有一个小男孩眼巴巴地看着他们，好像十分想吃雪糕，却什么都不敢说，默默地站在桌子旁。金潇被他盯着，实在不好意思挖一勺雪糕。程一鑫倒是自来熟，跟小男孩聊起来，得知小孩的父母是游乐场表演团的员工，他整晚都自己玩。程一鑫问他要不要吃雪糕，小孩懂事地摇头："谢谢哥哥，我的妈妈说，想吃东西要自己花钱买。"

金潇听着小男孩的话，起了爱怜之心。程一鑫与她对视一眼，开口道："我们玩一个游戏，如果输了就给对方一件礼物，怎么样？我输了请你吃雪糕。"

小男孩的眼睛亮了，又黯淡下去，他说："我没有礼物给你。"

"有哇，"程一鑫指了指金潇，"姐姐说想听你唱一首歌。"

"真的吗？"

金潇点头："'一闪一闪亮晶晶'，你会唱吗？"

小男孩认真地道："我会。"

程一鑫倒数了几个数："开始咯，我们都是木头人，不许说话不许动。"

他和小男孩对视着，连眼睛都不敢眨，苦苦地瞪着眼睛。金潇没想到他玩得这么认真，还想提醒他，转头一看，小男孩更认真，把脸憋得通红，攥紧小拳头，死死地咬住牙。程一鑫准备让步，小男孩却先打了一个喷嚏，功亏一篑，简直伤心透了。

程一鑫安慰他："这次不算，咱们重来一次。"

小男孩认真地说："男子汉大丈夫，愿赌服输。"

程一鑫想了想，说："我输了，刚刚动了。"

小男孩疑惑地问："哥哥，我没看见呀？"

"你当然没看见，"程一鑫瞥了一眼金潇，说，"我心动了。"

这超出了小男孩的知识范畴，小男孩很迷茫，问："什么叫心动？"

程一鑫回答："就是你看见一个人时，觉得心快要跳出来了。"

金潇忽然插话，说得通俗易懂："心动，就是你以后会遇见一个女孩子，你想把冰激凌送给她吃。"

小男孩勉强理解了，挠头："那……我真的赢了吗？"

程一鑫把雪糕推到他的面前："当然，心动是看不见的，只有自己知道，我输了。"

"谢谢哥哥。"小男孩拿了雪糕，又转头看金潇，不好意思地说："谢谢姐姐。"

等他走远，程一鑫看着金潇，唇角流露出坏坏的笑意。他问："所以，你什么时候吃我的冰激凌？"

金潇装作听不懂吃冰激凌、吃豆腐这种话的含义，狠狠地挖了一勺冰激凌："现在。"

控糖的事情，她明天再说吧。

跨年的烟花声势浩大，他们像恋爱中最幼稚的男女一样，给漫天的星火拍了一个又一个无用的视频，主角是金潇赢来的布朗熊。他们在人群的簇拥中向跨年表演的乐队挪去，挪到前排的位置。最后，他们一起倒数十秒。新的一年，他们可以一起经历三百六十五天，春夏秋冬和所有的节日都完整无缺，未来可期。金潇仰头看他，眼含感动地说："新年快乐。"

回答她的是围巾忽然被揭开，冷空气刺激着她的口鼻和脸颊。下一秒，铺天盖地的吻落下来，他用冰冷的手捂着她的脸颊，遮挡着旁人的目光，怀里还有一只巨大的布朗熊，金潇快被挤得窒息了。他们都尝到了残留的提拉米苏冰激凌的味道，觉得又苦又甜。他记得她喜欢的口味，她留着他的照片，原来谁都没忘记谁。金潇在这个令人窒息的吻里，竟然奇迹般地想起了他们第一天见面时的场景，包括他的朋友圈——"你相信一见钟情吗？"

程一鑫结束了这个吻，将她的围巾重新捂回去："Bonne année（法语，新年快乐）。"

在她出国的那几年里，程一鑫看她发的脸书视频，学会了用法语说"新年快乐"。她说的法语真好听，优雅俏皮。他听说过法语是世界上最高贵浪漫的语言，听见了她从唇舌间说出的法语，才深信了这一点。

金潇的心情从惊诧变成惊喜，她又想笑。声音太吵了，她晃着他的手："再说一次。"

程一鑫一向厚脸皮，但面对不擅长的事时依然脸色微红。他说："你又想笑我，我不说了。"

"不笑，我保证。"

"回家听。"

二人同居的生活开始得悄无声息。

最先发现这件事的是小丁。那天，程一鑫请了一位技术人员过来调整"晚安修机"小程序的模块，他们想给小程序新增类似"每日秒杀"这种活动的页面。他们自己搞的时候，小程序总是出故障。他们抢到了后台，又拉不起支付的页面。技术人员说他们的店里还挺香的，问他们是不是放了香薰。

等人家走了，小丁凑过去，问："你在我姐的家里住得怎么样？"

程一鑫全神贯注地看电脑："挺好。"

他一说完，小丁就做了一个鬼脸，一副了然的神情。程一鑫反应过来，敲他的脑袋："你诈我？"

"我早就知道了。"小丁笃定地说，"你不觉得你很香吗？羽绒服也香。"

"有吗？"

程一鑫忽然想起来，金潇每天都换羽绒服和大衣，一个月内穿的衣服都不重样。上周她叫了干洗店的人上门取件，似乎看他挂在门口的羽绒服十分不爽，把他的羽绒服也拿去干洗了。他原本以为他社会、她富贵，他们井水不犯河水。然而再一次相信感情后，程一鑫还挺上瘾，每天回去拥她入怀，沉迷于闻她身上的馨香气息，气味幽香扑鼻，却不甜腻。她有一种月光般的清冷气息，似梦似幻，永不真切。他怕随时都会再次失去她。

其次发现金潇和别人同居的是金听菡女士。女儿两三周没回家吃饭，她刚好结束了一个实验项目，心情颇好，亲自下厨做了甜品送过去。她发现金潇把单身公寓的门锁密码换了，再瞥了一眼鞋柜上的44码男鞋，开口问了金潇。女儿痛痛快快地承认了同居的事，让金听菡愣了片刻。金听菡曾经一度以为女儿会留在法国，所以后来不再争夺对千银的控制权了，争了又能如何呢？无人继承家业。

这倒真是奇怪，金潇在学生时代时连一个朋友都处不来，只有一个跟屁虫方好好围着她转。别人说你们家女儿长得这么漂亮，要提防女儿早恋，但金听菡不介意这件事，再说女儿也看不上别人。优秀的男生很有才华，而金潇只会更胜一筹。后来金潇出国,金听菡托伍迪照顾她,两人谈起恋爱,被称为一对金童玉女。金潇决定回国时,金听菡起初真不信她是想争回千银的控制权,一度担心她是失恋了回国逃避现实。现在,金听菡还真信了,唯独担心金潇找的男朋友是什么人。金听菡提醒她:"不要像你的小姨一样冲动地结婚,你如果要结婚,必须签好婚前协议。"

金潇讥讽地一笑:"像你和我爸那样?"她冷冷地问道,"您觉得有用吗?"

虽然金听菡和张叔骏举案齐眉,但他们的婚姻仍是一桩败笔,日常相处的融洽不能弥补信任的缺失。金潇叹气:"我们最近很忙,没时间考虑这些,您别瞎操心了。"

复合以后他们仍是脆弱的,试图一点点地接受对方的生活习惯,互相理解对方因为时间和身份而产生的敏感情绪。而且忙碌不是借口,两个人都很忙,程一鑫最近总是忙到半夜才回家,金潇跑完步就睡觉了,给他留一盏小夜灯。她常常睡得迷迷糊糊后,才感觉周遭彻底暗下去,床的那一侧轻轻地陷下去。再过两秒,她被一具清瘦的男性躯体揽进怀里,且被胡子的青楂扎得很痒。他的骨头轻硌着她,他把手指穿过她丝滑的发丝,有一搭没一搭地顺着她的头发。

男人的气息越发靠近,程一鑫低头吻在她的额间。他蜻蜓点水地吻了一下,并不满足,又吻了吻她挺翘的鼻尖和饱满的唇,立刻后悔了。他本来回家后都累得洗澡时差点儿睡着了,吻了她片刻便浑身躁热,忍不住用搂着她的手隔着睡裙摩挲她的肩头。

金潇睡眼蒙眬地推他,抗议:"睡觉哇。"奈何她的睡裙又轻又薄,经过她的翻身和滚蹭,早就松松垮垮地被卷到大腿上,和他紧密的怀抱一起升温。饶是意识模糊,金潇也清晰地感知到了属于男人的变化。他的呼吸变得急促粗重了,他握着她肩膀的手越发没轻没重。她在他的怀里翻身背对着他,以示抗议。然而两人的身体曲线太契合了,她忍不住轻轻地"哼"了一声。程一鑫"哒"了一声,低头吮了吮她的后颈,用满是薄茧的手扒开她的领口,丈量着她的锁骨:"你睡你的。"

金潇猛然睁眼:"你敢?"

脖子发凉,程一鑫缩了缩脖子,哀求:"就抱一会儿。"

金潇才不信他，蜷起足尖，恼火地说："我困了。"

程一鑫哑着嗓子逗她："你困我也困，咱俩好般配。"他在黑暗中诱哄她，"宝贝，配合一下，咱们争取早点儿睡觉。"

他洗完澡回来时，金潇已经气鼓鼓地跑到角落里睡去了，不想被他抱在怀里。她深更半夜被他折腾了一次，晨跑的计划直接泡汤。

第二天晚上，金潇恍惚地感觉灯灭了，他好像回来了，一身寒气地蹭了蹭她的额头。她睡到半夜睁开眼，床边空空荡荡的。程一鑫是忙到彻夜不归了吗？他真是长胆子了。她迷迷糊糊地想应该再改一次门锁的密码，叫他明天回不来。被晨曦唤醒后，金潇伸了一个懒腰，确定昨晚的念头不是幻觉，程一鑫真的一夜没回来。她打他的电话，正要发火，铃声竟然在房间的外面响了。她出去一看，程一鑫正蜷缩在沙发上睡觉，显得不太精神，唇色发白。因为他的个子高，沙发上的薄毯子盖不住他的腿，还在往下滑落。她凑近他就想掩鼻，闻到一股劣质酒精的气味。金潇轻轻地拍醒他："你怎么在这儿睡？"

程一鑫睁眼，眼底血丝密布，模样很疲惫。意识很模糊，他似乎以为他们还在床上，搂着她的腰就把她往怀里带。幸好金潇反应快，及时甩掉了拖鞋，被他拽倒，两个人的重量令沙发陷得更深。沙发上的空间有限，他浑身的酒气熏人，金潇直皱眉。程一鑫被她跌落下去时沙发摇晃的力道晃醒，下意识地骂了一句粗话："天亮了？"

金潇"嗯"了一声。

程一鑫打了一个哈欠："它完全不管我困不困，说亮就亮。"

他晃了晃宿醉的脑袋，眨了眨眼，目光亮晶晶的。略显疲惫的神情消失了，他用兴奋又期待的语气对金潇说："换衣服，我带你去一个地方。"

在郊区的一个小型工厂里，他们买下了处理废旧零件的金属提纯机器，机器是二手的，价格是一手机器价格的60%。随着"晚安修机"在修复数据的方面有了名气，挽救报废机的数据成了一项重点业务。有顾客把机子送给他们，他们一直把废旧的零件以白菜价卖给回收站。

程一鑫兴致勃勃地向她介绍："昨晚我们几个人轮流把厂长喝倒了，把价格压了一成。怎么样？这些其实是七成新的机子，我们算过这笔账，如果机子多，我们几个月就能回机器的本。厂长还说包教会，小丁实在没有修手机的天赋，我就让他学这个活。等到明年，晚安修机就可以多竞标一家专营店的驻场了，我听说江北要新开一家专营店。"

程一鑫见金潇半天不说话，及时闭嘴了。没想到金潇看他半晌，不忍心地道："虽然是生意，但你下次别喝那么多……"

原来她是在心疼他，他勾唇一笑。下一秒，金潇顿了顿，说："假酒。"

程一鑫的笑容当场凝固，又重新生动起来，他揉了揉她的脑袋："你被我教坏了。"

金潇冷静地道："我自学成才，谢谢。"

程一鑫看得懂，她将担忧的心思收敛了，生怕给了他压力，使他再次知难而退。无论和她有多大的差距，他这次也绝不会再后退了："你知道吗？我刚开始打工的时候，有同学还在上学，向我借钱。"程一鑫拍了拍机器旁边的台子上的灰尘，跃上去坐着，"我就怼他，说大家都是同样的年纪，你没钱，我能有吗？"

金潇"扑哧"一笑，说："你对我阴阳怪气？"

他说的是她借给他十万块钱的事情。

"不敢。"程一鑫伸出手指晃了晃，"我想说，我把这句话说错了。以前我以为大家在同样的年纪里都差不多，不想承认你的一切都胜过我许多。我现在的目标是距离你近一点儿。"

她如果没有家境的支撑，也不会做得比他更好。金潇由衷地道："你离我已经很近了。"

程一鑫笑了笑，说："上来。"

她把手交到他的手心里，他一拽她，他们并肩坐在机器的旁边。老旧的工厂里荒草丛生，清晨的阳光逐渐变得清晰，照亮了双向奔赴的道路。

春节的前后，网传千银的春季全球新品发布会有可能延期。千银电子和WOOD公司一直没出来辟谣。有一位报名马拉松蒙眼跑的志愿者练习的时候从路边的台阶上摔落，骨折了，受了重伤，但没有给千银带来舆论的风险。年轻的大学生乐观地说研发革命性的产品一定会有人牺牲，提前发现算法的缺陷总比以后视障人群摔倒更好。他们签了风险自担的协议，千银又为他们买了高额的保险，给了该给的赔偿。然而，那位大学生确实受伤了，不得不休学半年。

所有做产品的人不仅是为了挣钱，还由衷地希望产品能给使用者带来便利。科技令生活更美好，金潇一想到热爱运动的大学生要在床上躺几个月，就觉得生活里简直笼罩着一层阴云。最重要的是，这件事影响了公司内部的人对产品的信心。算法有缺陷，运行的速度不够，硬件的水平也有待提升，他们当真难以在无障碍化这条路上迈出一步吗？

　　受伤的学生是在下雪天里蒙眼跑步的，雪花落在"千银之眼"的摄像头上，影响了它对障碍物的提示。他们和WOOD公司开了紧急的沟通会，调整算法的灵敏度，优化了产品对雨雪天等恶劣天气的提示。最难上加难的是让"千银之眼"指导视障群体过马路，一番激烈的讨论过后，他们决定取消让"千银之眼"指示视障群体过马路的想法，把功能改成识别并判断斑马线前的人群，建议使用者求助并和人群一同过马路。

　　自从资本入场，千银电子的投资方的话语权就很大。千银的人本以为这是一件很难接受的事情，但资本方表示，希望投资是一场三五年的合作，如果产品上市后再退出市场，或者等出了事故再赔偿受害者、召回产品显然更不明智。最后他们修改了官网上的产品预告，下午各个通信资讯的公众号就开始嘲讽。他们做这个决定很艰难——这意味着他们承认了"千银之眼"并不具备100%的导盲能力、承认了产品的自身缺陷——他们短时间内没办法翻越技术的大山。

　　张叔骏主导开发"千银之眼"的设备，要测试改动种种的硬件，但国内的供应商都休假过春节了，说没法给他找来技术工人。见他急得嘴上长泡，金潇宽慰父亲，一家三口订了机票，去瑞士滑雪。

　　"晚安修机"的店里就剩程一鑫和黄顾两个人了。他们是本地人，不用回家，两班倒，延长了小程序上的出货和维修的时间。飞姐是滨市人，但未婚生的女儿还在深圳，过年便去看女儿了。

　　程一鑫忙到下午两点还没吃饭。闹钟响了，他发微信问金潇有没有平安地抵达瑞士。两人几乎同时给对方发消息。金潇问他吃没吃午饭，程一鑫短暂地顿了一秒，说："吃了。"

　　胃不好，但他还经常有一顿没一顿地将就着吃饭。

　　"真的？"金潇警告他，"我能看监控。"

　　程一鑫老老实实地改口说："吃了一包薯片，现在饿过劲儿了，我不吃了,去里屋躺半个小时。"

金潇和父母去拿行李,应了一声,让他先去休息。过了半个小时,程一鑫被电话吵醒:"先生您好,您订的外卖到了。"

程一鑫恍惚地说了一句"放在外面的桌子上",出去一看,蒙了。他明明没订外卖呀?他拍了一张照片,把它发给金潇。

晚安修机:"宝贝,你给我订了外卖?"

金潇Tonight:"不是。"

程一鑫更蒙了,想了想订外卖的人到底会是谁,屏幕上显示金潇正在输入。

金潇Tonight:"你最近招惹别人了?"

晚安修机:"好像是有一个女生。"

金潇发来三个问号。

晚安修机:"我正想跟你汇报,她特别孤独,总找我说话。我可怜她,多说了两句。"

金潇气得冒烟,这人是什么情况啊?他不知道自己对于孤僻的人有致命的诱惑吗?他无差别地释放友善的气息,高中的她并不是唯一一个被他吸引的人。

金潇一边排队等租车的工作人员处理事情,一边给他打电话:"程一鑫,你真是有本事。"

程一鑫显然对她的着急很愉悦,轻笑,说:"我还没说完呢。"

金潇恼火地说:"我不听解释。"

"不是解释。"程一鑫认真地说,"你一定很孤独,住在我的心里,没有邻居。"

金潇:"……"

她很生气,但这种土味情话又很让人上头。他突然说这么一句话,她多巴胺疯狂地分泌,让人挺头晕目眩的。

金潇用舌尖顶住上颚,缓解了情绪,语气轻松地说:"那我也搬家了。"

程一鑫低头哄她,无奈又好笑地说:"别搬哪,还不是你先逗我的?我早就猜出来是你订的外卖了,谁像晚安妹妹这么大方?你给我订一顿外卖花的钱,就赶上我直播一晚上挣的钱了。"

金潇没想过这个问题，表示同意："我下次注意。"

"不用不用。"程一鑫本来就在逗她。她距离他上万公里还有心订外卖，他感动还来不及。他说："我开玩笑呢，外卖还挺好吃的。"

程一鑫发现下午说错了。晚上他直播修手机时，有人给他刷了一百个宇宙飞船，相当于送给他五百块钱。

程一鑫："……"

金潇Tonight："这回外卖的钱就赶不上你直播一晚上的钱了。"

程一鑫笑了笑。

晚安修机："请我的有钱房客再刷二十块钱。"

当晚的榜一变成了"晚安妹妹"。她豪掷五百二十块钱后，直接收获了鑫哥清唱的一首《水星记》。看鑫哥直播的人都知道，这是他专属的背景音乐，鑫哥修到伊拉克成色的机子就会心情暴躁，就开始听《水星记》来舒缓情绪。今晚，他竟然为了感谢榜一"晚安妹妹"的打赏，第一次清唱了一遍《水星记》。迷妹们快哭了，满屏的弹幕里都是荧光棒。

他依然没露脸，画面上是工作台。螺丝批被放在一旁，冷光幽幽，一个个被剥落的电子零件散落在桌面上。粉丝们放大画面看去，芯片坑坑洼洼的，整个台面像一个另类的金属废墟的遗迹。他们对技术宅有刻板印象，觉得技术宅都有烟熏般的公鸭嗓，晚安家的其他几个主播，比如黄瓜、章鱼、飞姐，都有着和公鸭嗓八九不离十的嗓音。唯独鑫哥直播的声音很好听，清朗又有磁性，打破了他们的固有认知。他唱得愁肠百转，声音里有淡淡的落寞。

"鑫哥是一个有故事的人吧。"

"听哭了，鑫哥说点儿什么吧？"

程一鑫想了半天，不知道该说些什么，有多少份感情能像他们的感情一样经年累月却不褪色？他和金潇之间隔着邈远的星河，好在再难有他人进入他们的心扉。他清了清嗓子："新年了，祝你们不恋旧。旧的不去新的不来，手机是这样，人也是这样。"他说完就下播了，在晚安修机的直播间里挂了一条放假的公告，祝大家春节快乐，打算到大年初六再复播。

其实从一月开始，大学生们就放了寒假，陆陆续续地回了家，业务量锐减。程一鑫他们最近若不是忙着处理各种业务，估计还能更清闲些。这几天店里只剩下程一鑫和黄顾，两人反倒更加忙碌。大年三十，大街小巷里都洋溢着浓浓的年味，街上有移动的花市、卖对联的人、卖红包的人、卖"福"字的人，这种氛围是老城区特有的。他俩决定不值班、不上播了，早上打扫了店，中午放了一串鞭炮，拉上了卷闸门，把从花市购入的一张"大吉"贴到门上，贴到初六开门的通知旁边。

程一鑫看着眼前普通的卷闸门，理工大后街上的这家再普通不过的小小门店，原本安静地待在电子街的一隅，却在不到半年的时间里成了附近最繁忙的一家店。黄顾看了一眼旁边旺铺转让的通知，说："估计这家店的店主过了年就不回来了。"程一鑫"嗯"了一声，喉头有些发涩。

隔壁同样是一家手机店，店主是当初砸他们场子的同行之一，故意拿一些修不好的手机让他们直播时修，反倒成了他们扬名立万的垫脚石，成就了他们的技术佳话。生意场就是这么残酷，如果当初失败了，几年的积蓄打了水漂，他们是否又会有飞姐重新开始的勇气？

黄顾低声问："要不咱们过年回来后把这家店盘下来，打通两间店？"

他们是该扩张店面了，飞姐他们在附近租了一个房子，房子基本上被当作半个仓库用，其他人各自又把好多零件带回家放着。程一鑫走下台阶："万一他们过了年还回来呢？再说吧。"

黄顾同样觉得不好受，说："行，过年不想这些。"

他们暗自知道，事情大概不会有回转的余地了。年关是多少人的期望，他们熬不过去的时候，想想熬到过年就走，总归能多几天的盼头，此前不过是硬撑着。穷人的信念是过年，而富人能过满三百六十五天里的所有节日。

程一鑫和程佳倩两兄妹一起过了除夕夜。两人都早早地自己讨生活了，下厨是小菜一碟。程一鑫下了饺子了，一遍遍地加水，很有耐心。他转头看见程佳倩拌凉菜时不专心——她忙里偷闲地发微信，唇角漾起笑意。他一看就知道她在发恋爱专属的微信。程佳倩跟这个男朋友处了许久，不像以前谈恋爱那样随意了。

程一鑫打了一个响指，唤回程佳倩的注意力，说："你要是定下来了，就把男朋友带回来，让我见见他。"

他算是她唯一的家长了。

她爽快地答应："行啊。你呢？大过年的，你被潇潇姐抛弃了吧？"

429

程一鑫："……"

瑞士此刻是黑夜还是白天？金潇一大早就滑雪去了，春晚播到一半时，她的电话才姗姗来迟。程一鑫接起电话，起身去阳台，大家却死死地拽着他的毛衣，不让他走。

"你打完这把牌再走哇。"

"哥，你的牌不错呀。"

程一鑫笑骂："你又偷看我的牌。"他把牌扔到程佳倩的怀里，又把一张钞票丢在桌上，"算我输了。"

"喊，没劲。"

"儿子，别写作业了，过来替两把。"

金潇的声音很清冽，电话的那头还隐约地有风声，她说："这么热闹？"

"嗯。"程一鑫笑了，说，"不知道你对隔壁的邻居还有没有印象，他来凑热闹了，和我们一起打牌。"

金潇想了两秒，说："我记得他。"

程一鑫的隔壁住着一家五口人，年轻的夫妇在楼下开了一家小五金店。那时候他们家的孩子刚上小学，被老师说有多动症，很调皮，整天挨打。程一鑫的奶奶一听见夫妇俩在打孩子就去劝他们，说程一鑫小时候就爱动，他长大后练了体育，也没什么不好的。结果邻居家的老人痛心疾首，说："你家鑫鑫知道找一个读滨大的高才生女朋友，你怎么就不允许我们教育孩子、让他成才呢？"此后，毛毛依旧天天被逼着学习。程一鑫以前逗奶奶，说她影响了人家的家庭和睦。

程一鑫说："现在他家的毛毛上初一了，挺安静的。"

金潇感慨："时间过得真快。对了，你下午去跑步了？"

程一鑫哂笑："你看见了？"

他觉得配速太低了，有点儿丢人。他从手机店里出发，跑到滨江大道上，上桥围着疏影公园绕了一圈再跑回家。他跑了差不多半马的距离，勉强地跑进了两个小时内。过完春节，他们俩就可以尝试跑三十公里了。

金潇担心他的身体，问："我看你的平均心率是 165 次每分钟，最高是 187，你有过不舒服的时候吗？"

程一鑫实话实说："跑的时候还行，我跑完感觉有点儿胸闷。"

金潇再次劝他:"你不一定要陪我跑完全马,跑完蒙眼跑的那一段路,就可以撤了。"

程一鑫不死心,说:"还有时间,我再练练。"他又叹气,"我这几天不上班。"

"不上班你还唉声叹气的?"

"我的意思是……"程一鑫瞥了一眼室内,牌桌上的众人其乐融融。他往房间里走去,在一片"嘘"声中关上门:"这几天你看店里的监控都看不见我了。"

"所以呢?"

"所以,咱们要不要视频一下?"

"……"

金潇打算初五回来,回来以后还要和父母一起在奶奶家里住到初七。两人已经近十天没见面了,这还是复合以后第一次分别这么久。

金潇见到屏幕上的他就笑了:"这么红?"

程一鑫穿了一件大红色的毛衣,房间里还贴着一些土里土气的"福"字和窗花。这对于见惯了北欧风装潢的金潇来说还真是难得一见,觉得很新奇。程一鑫被她笑得耳朵都红了,咳了一声,说:"越穷越迷信。"

金潇懒懒地靠在沙发上,身后的窗外白雪皑皑,房间里放着她的雪具。她穿了一件白色的毛衣,毛衣软软地贴着玲珑的曲线。最近她的头发长长了一些,过了锁骨,细碎的卷发勾勒出一张小而精致的脸庞。她漂亮得像会发光,皮肤白得亮眼,和背后纯净的景致交相辉映。明明世间的万物都难以打动冰雪聪明的她,她怎么恰巧撞进了他的怀里?是他当时欺她年少,惹得她动心了吧。

程一鑫皱眉:"我好像有点儿低血糖。"

金潇坐直了:"啊?你晚上还没吃饭吗?"

"吃了饺子。"程一鑫专注地盯着她,"我是需要你讲几句甜言蜜语。"

金潇瞪他一眼:"你想听什么?"

"你想我了之类的话。"

金潇"咯咯"地笑,比了一个手势:"想你呀,也就那么一点点吧。"

"我比不上滑雪是吧?"

"那当然。"

程一鑫挑眉："呵,我也是。"

"也是什么?"

"不想你。"

金潇姿态慵懒地伸出指尖看了看,漫不经心地道："你敢?"

她比以前笃定多了,因为程一鑫说到做到,把出卖色相的事情交给了店里的小丁,直播时也从不露面——她得到的安全感大大增加。曾经,程一鑫总给她一种感觉——他早就读懂了她的心意,却揣着明白装糊涂,最后见她表白就随意地接受了。现在,他们重逢后的感情本身就带着五年别离的厚重感,仿佛有千钧重,若不是心里有对方,谁也不愿意面对支离破碎的过去。

程一鑫坏笑："我有什么不敢的?"他回答,"你每时每刻都在我的心头晃悠,我当然不用去想。"

金潇嗔怪："贫嘴。"

"滑雪好玩吗?"

"我下次教你呀。"

"算了,你还是先教我散打吧,不然我又多一个被你吊打的项目。"

金潇笑出声来,拿着手机到处拍,给程一鑫展示她的房间,没想到把摄像头对准门口时,金听菡正好进来。金潇手忙脚乱,猛然挂了视频通话。程一鑫同样有点儿慌。过了五分钟,金潇回了微信。

金潇Tonight："忘记关门了,我以为爸妈出去拍照了,结果他们问我在跟谁说话。"

晚安修机："你怎么说?"

金潇Tonight："实话实说。"

程一鑫不由得在阳台上踱了几步,想着金潇的父母问及他们的事时,她会怎么说?她会怎么介绍他的职业、他的条件以及他们之间的差距?他们会不会觉得他痴心妄想?

外面开始有人放烟花,夜空中一片绚烂,他却越发焦虑,像被点燃了引线。手机终于振动了一下。

金潇Tonight："我爸问你愿不愿意入赘。"

瞳孔一缩，程一鑫松了一口气。

晚安修机："就这样？"

金潇Tonight："你还想怎样？"

晚安修机："不瞒你说，我一直感觉自己的名字里还缺了一个'金'字。三金有点儿少，四金刚刚好。"

金潇发来一个省略号。

被这个小插曲一搅和，他俩开始互相开玩笑，直到夜里十二点的钟声响起。

金潇Tonight："金一鑫同学，新年快乐！"

晚安修机："程潇潇同学，年年有我！"

因为突然下暴雪，金潇一家回国乘坐的航班延误了。他们到初五的晚上才抵达北京，从北京转机回到滨市时已是深夜了。金香柏度完假，还比他们早回来一天，一家五口人难得在老宅里聚齐了。到了初六的中午，一家人才起床，除了金潇的身体底子好，其他几人还未从舟车劳顿之中恢复过来。

金潇先下楼，陪着奶奶在客厅里做操，回复了程一鑫的微信，说她起床了。门铃响了，她去开门，寒气袭面，还有一些雪花飞絮般飘进来。刚刚发微信的人站在面前，金潇惊诧片刻，问："你怎么来了？"

程一鑫抱着一个工具箱，靠在门框上："我来给奶奶修收音机。"

金潇不知道他在门外等了多久，他的发间都落满了雪花。他说得正经，目光却热切地在她的身上打转，喉结忍不住滚动。两人一周没见面了，金潇同样打量他。红黑格纹的羽绒服很显肤色，他在春节期间把气色养得不错，没黑眼圈了。他今天收拾得很利索，把胡子刮干净了，一张脸白皙清爽，雪景衬得他的眸子雪亮、五官俊朗，像大学里的系草。他压低声音说："我顺便来看看你，你一会儿就说我是你请来的修理工。"

亏他想得出来，金潇笑了笑，低头给他拿拖鞋。

奶奶听见门铃响，以为有老友来拜年了，脚步稍慢地走过来："潇潇，谁呀？"

金潇完全没按程一鑫安排的套路出牌，大大方方地说："我的男朋友。"

程一鑫抱着工具箱的手一僵。他恨自己带的是工具箱而不是大包小包的年货，难以置信地看了一眼金潇。她说就说了，还冲他一挑眉，示意他自己应付目前的局面。程一鑫努力地绷直身子，挤出一个长辈应该会喜欢的阳光的笑容，硬着头皮迎向老人家满是期待的目光，说："奶奶，新年好。"

奶奶对他看了又看，很是喜欢，转头冲屋里喊："你们快下来，伍迪来了！"

她笑眯眯地拍了拍程一鑫："我看你比网上的照片还帅。"

奶奶年轻的时候该是风华绝代的美人，如今有了满头的银丝，气质温婉优雅，他依稀能看出来金潇的眉眼和她的有几分相似。奶奶是认错了人，还是不欢迎他，想给他一个下马威？笑容僵在脸上，程一鑫强打精神，硬着头皮揣摩奶奶的心思。平时他一看就知道客户是怎么想的，今天愣是呆愣半响，生怕说错了话。

他方才抱着工具箱在屋檐下等她，发梢和眉梢上都落了雪花。他想起来以前自己半夜偷偷地跑到楼下哄她，仰着脖子看见她趴在二楼的阳台上，再收到她说起床了的微信消息。风雪灌进领口里，手指冻僵了，他心里却是滚烫的。他的心中因见到她那一刻产生的欢喜，值得他在寒风中站几个小时。

他一向悲观，今天却破天荒地不知是该悲还是该喜。奶奶认不出来伍迪，说明虽然金潇的那位前男友替代他陪在她的身边好几年，但伍迪大概还没登过门。程一鑫竟然感到一丝庆幸，原来这不是最坏的情况。他每每想起来伍迪的事，都痛得四肢发麻、心头缺血，总试图让自己再麻木一些，不去想象金潇和别的男人之间的过往。

其实，和金潇分手之后，在很长的一段时间里，程一鑫都是矛盾的。一方面，他骗自己金潇始终是他的，想着等他攒够钱重新在"大世界"里开了店，就问她愿不愿意复合。没想到他还没攒够钱，她就已经出了国。另一方面，他深深地知道他们之间有天壤之别，错过她，怕是再不会和她有交集了。他觉得金潇是由于年少一时叛逆才会喜欢他，想来她应该很后悔。她在以后的同学之中随便地揪一位出来，他们都不至于像他这般差劲。他高中肄业还招摇拐骗、卖假手机，简直是一个笑话。

对于分手，他当然后悔。但他想来想去，答案都不会变。他无可奈何，不得不和她分手，既无法接受金潇的十万块钱，又无法接受她充满怜悯的目光。她看他就像看着混社会失败的小混混儿,好像他随时都会蹲大牢似的。他偶尔还抱着一丝侥幸的心理,认为金潇骄傲,或许看不上其他的男人,被他这样的渣男甩了,估计很长的一段时间里都不想谈恋爱了。更多的时候,在他的想象中,金潇应该是在"无人知晓"时的模样,肆意地挥洒属于她的资本,享受在他看来遥不可及的人生。

他那次得知金潇找他刷机是为了给他素未谋面的情敌维护系统,恨得咬牙切齿。但很快,程一鑫就发现自己泄了气,恨不动了。和金潇谈恋爱的是华裔的天才设计师伍迪。怎么会是他?程一鑫当初学系统的时候看了很多伍迪的访谈和心得记录,觉得有生之年能像伍迪那样把手机玩到登峰造极,便是梦想成真了。

程一鑫深吸了一口气,尽量不笑得太过于难堪,说:"奶奶,我不叫伍迪。"

他不自觉地抠着工具箱上的锁扣。奶奶会失望吧?他不可能比得上她的前男友。

奶奶丝毫不惊讶,笑眯眯地说:"我知道的,你肯定有法语的名字,说自己叫伍迪都是给国内的媒体看的。"

在网上看过照片,她本来还担心伍迪是洋鬼子,现在却发现伍迪的长相很像中国人。除了肤色白得很像欧洲人,就面貌来说,他几乎没有混八分之一法国血统的特征。

"奶奶,您没戴眼镜,认错啦。"金潇瞥了一眼程一鑫,在奶奶的耳边低声说话,"我跟伍迪早就分手了。"

"不错,"奶奶戴上老花镜,再次打量程一鑫,欣喜万分地说,"我没看错,你确实挺帅的。"

程一鑫:"……"

难道奶奶看人的标准就是帅不帅吗?谁都是长着一个鼻子和两只眼睛,唯独在此项上,他和伍迪能勉强打平。程一鑫再擅长社交,在长辈的面前也不敢造次,抱着工具箱欠了欠身:"我叫程一鑫,冒昧地拜访,其实是听说您的收音机坏了。我觉得自己修手机的技术还行,想试试能不能修好您的收音机。"

两性之间,他的这张脸还算讨金潇的喜欢,在长辈看来却毫无加分吧?

于穷人比如他的父母来说，空有皮囊百无一用。母亲曾是烧砖厂里的厂花，空恨嫁了没本事的父亲，两人一起去深圳务工也挣不了几个钱，累死累活。最后一个人连命都没了，另一个人认清了丢掉儿子、换一个男人才是正道。所以，他妈根本不在乎他继续上学和短跑的梦想，在深圳发财的机会太多了，搞钱最重要。

奶奶反倒不乐意了，说："潇潇都说了你是男朋友，你这个小伙子还不好意思，修什么收音机呀？坐下来说说话，你俩谈恋爱多久啦？怎么认识的？谁追谁呀？"

程一鑫被金潇点破了身份，毫无防备，简直完全陷入被动之中。他揣摩不明白金潇奶奶的心思，奶奶不问他修手机具体是什么职业，反倒问一些花里胡哨的问题。他像游魂一样稀里糊涂地放下工具箱，搀扶着奶奶坐到沙发上。奶奶扶了扶老花镜："'星星之火，可以燎原'，那个'星'字？"

程一鑫恨肚子里没墨水，说："不是，是三金的那个'鑫'字。"

奶奶饶有兴致地说："哟，比我们家潇潇还多俩'金'。"

程一鑫的内心很尴尬，多一万个"金"都没用吧？他该没钱还是没钱，自家的女朋友可是抵万金。

金香柏出现在楼上，打了一个哈欠："伍迪？把他赶出去，大过年的不兴前任上门来讨债。"

她的声音酥软妩媚，还有一丝烟熏般的性感。程一鑫打了一个激灵，站起来。金潇看见他的夙样，很想笑，说："放松，这是我的小姨，嘉柏丽尔。"

金香柏撑着栏杆，睡衣的领口松松垮垮的。她像浑身没骨头似的，说："哟，不是伍迪，潇潇，速度可以呀。"

程一鑫当然知道这是她的小姨。他们以前捡到的那部手机里的视频，录的不正是金香柏在酒吧里打架的画面吗？他后悔那时候没多冲浪，否则知道了女主角是她，没准就能早些识破齐天的真面目。他分手后颓废地待在家里，因金潇而开始查千银的资料，隔着网线认识了金香柏。他后知后觉地想起来那个视频，就算把手机恢复了原厂设置，手机又被偷。金香柏也实在是好认，他和程佳倩都不会记错。他们又去了一趟警局补充线索，或许正是此举令警方最终把几件盘根错节的事情联系起来，齐天等人在不久后落网了。

楼梯上的金香柏过分香艳，和视频里一样气场全开。非礼勿视，程一鑫眼观鼻鼻观心地说:"小姨,新年好。"

金香柏仿佛听到了什么天大的笑话,"咯咯"地笑起来,说:"小姨?"

金潇提示他:"嘉柏丽尔。"

程一鑫冲她疯狂地眨眼,尴尬万分,压低声音说:"你再说一次,我没记住。"

英语底子太差了,他学东西纯靠死记硬背。奶奶接话,字正腔圆地读了一遍"嘉柏丽尔"的英文发音。程一鑫更尴尬了,耳尖都红透了。他欲言又止,不敢开口。

金香柏快笑死了,说:"叫我'小姨'挺好的。"

"不行,我太吃亏。"金潇从来没叫过她"小姨",现在有了恶趣味,用翻译外国电影的怪腔调,"嘉柏丽尔。"

程一鑫毫无障碍地复述了这四个字,轮到金香柏睁圆了眼:"真有你的,你给我拜了个好年,我今晚能做噩梦了。"

程一鑫松了一口气,总算没那么紧张了,说:"柏姐,你梦见我,潇潇会吃醋的。"

金香柏笑着转身回到房间里换睡衣,楼上却又传来脚步声。作为合作伙伴,伍迪说好了要在春季发布会时带一家人回国,由他们陪同玩几天。张叔骏和金听菡自然知道是"狼来了",慢悠悠地下楼。他们以为是老太太在同金潇开玩笑,没想到还真来了一个人。

他们作为父母和两个学术咖、技术宅,面面相觑。金潇去法国以后,替他们完成了不少商务工作。随着两家公司合作得越来越顺利,他俩就没再去法国了。伍迪作为金潇的男朋友,只跟他们隔着跨洋电话聊过。对方没来到面前,他们还能讲一些跟工作相关的事,没那么尴尬。现在猛然来了一个底细不明的人,他们难道要开始查户口了吗?

金潇打破沉默,示意道:"我的男朋友,程一鑫。"她补充道,"和我视频的就是他。"

张叔骏皱眉想了半天,说:"你好,小程。你好像有点儿眼熟。"

程一鑫摸了摸裤兜,没带名片,紧张得手心里出了汗。他在裤子上蹭了蹭手心,礼貌地伸出双手:"张总您好,我是'晚安修机'的,就是……"

张叔骏急忙跟他握了握手:"我知道了,你是以旧换新的承包商之一,是不是?"

说起来工作,他还挺来劲儿的,跟程一鑫在楼梯口聊了几分钟。上一季度赶上了年末,时间紧张,张叔骏还想在这季度的经营分析会上请他们来交流经验呢。现在他的状态不像以前只埋头研发了,女儿回来后就拖拽着他关心各类经营的指标,张叔骏明白这么高的以旧换新的报价有多难得。如果这种报价能大面积地铺开,就是促进利润增长的绝佳引擎啊。

程一鑫忽然感觉不用那么小心翼翼了,把称呼从"张总"换成了"叔叔"。金听菡还想拉金潇到旁边去问问,没好意思,就找了一个间隙想插几句话,暗示张叔骏别聊工作了。她看了一眼程一鑫的工具箱:"小程,过来就过来,还瞎客气,带什么东西呀?"

程一鑫:"……"

金潇压低声音说:"年前有人给我们家送山货,拿的就是这种箱子。"

程一鑫倒恨不得自己的那个破箱子里装的就是山货,那样总好过他两手空空地上门拜访、失了礼数。他向他们解释清楚,自己本是来修收音机的。

张叔骏颇为自责,说:"妈,我修就是了。只怪我们平时过来得少,我没留意到。"

奶奶摇头:"我上次就跟潇潇说了,不用修,怕装不回去了。我听它就图个念想儿,不是真的要听个响。"

张叔骏很诚恳,说:"妈,我会小心的,一定完璧归赵。"

他挽起袖子,摘下腕表,想借程一鑫的工具箱一用。

金潇朝程一鑫挤眉弄眼,说:"你以为我爸搞研发是靠嘴指挥的吗?"

程一鑫不敢闲着,拎起螺丝批:"叔叔,我给您打下手。"

张叔骏叹气:"我失职呀,让你来修。家里除了潇潇学技术半途而废,我和她妈妈都会修东西。我们本来是想让她以后研发芯片的,现在她连收音机都不会修。"

金听菡是挺遗憾的,轻戳金潇的胳膊:"等有空了,你再捡回来以前的专业吧?"

金潇摇头,坚定地说:"我不想学了。"

程一鑫怔住,这是什么意思?金潇读的不是通信工程的专业吗?

他们没想到的是,奶奶喊了一声:"停。"几人不敢动,她冲程一鑫招了招手,"让小程来修。"

这在金潇的意料之中,她把他推上前。程一鑫被盯着,开始小心翼翼地修收音机。好在这是他擅长的事,他的双手拆卸零件一向快准狠,像能耍出花来,指尖灵巧。

奶奶感慨万千,眼角泛起泪光。她说:"我还以为这是老头子年轻时的那双手呢。他没上什么学,就是手漂亮,像女人的手。别人嘲笑他,又比不上他的技术。他干活就是干得比别人都细致漂亮。"

他们默默地听老太太回忆过去,谁会不想念金老爷子呢?他是真正的一代天骄,有技术、有胆识、有魄力,为他们创造了如今的生活,留给奶奶一辈子温情的回忆。

中午程一鑫被留下吃了午饭,金潇被父母喊去问话了。他路过阳台,金香柏正懒洋洋地叼着一根烟,一边把玩打火机,一边喊他:"喂,帅哥!"

程一鑫低头接过打火机,动作娴熟地给她点烟,孝敬地叫了一声:"柏姐。"

"来一根?"

"我不抽烟。"

"为了潇潇戒烟?"金香柏感慨,"恋爱真令人头痛。"

程一鑫本来就不抽烟,转念一想,勾唇一笑,说:"我认识好多姐姐,她们平时都说自己不谈恋爱,享受独处的时光。"

"嗯,然后呢?"

"然后她们都跟闺密说想要男人。"

"扑哧"一笑,金香柏白他一眼,举起右手,用闪闪发亮的戒指证明她并不是真的独处达人:"我现在有点儿理解潇潇了,我的男朋友要是有你的这张嘴就好了。"

程一鑫无语。

"我知道你,"金香柏不再逗他,说,"潇潇和我说了,我的损友祸害了你的妹妹。"

程佳倩野惯了,向程一鑫隐瞒了男朋友的事。直到过年的时候他听她的意思,她这次好像定下来了。程一鑫还不知道她的男朋友是何方神圣,眉头紧锁地问:"程佳倩?"

"对呀,她不是你的亲妹妹吧?"

冷汗都流下来了，程一鑫恨不得对天发誓，说："柏姐，我和我妹一清二白，潇潇一清二楚的。"

"我知道，"金香柏吞云吐雾地说，"逗你呢。我的那个损友以前可是渣男，是不婚主义者，我本来还担心他祸害别人，看到你就放心了，令妹应该也是'一表人才'。"

眼皮跳了跳，程一鑫问："您这是夸我呢还是骂我呢？"

金香柏熟练地弹着烟灰，妩媚地一笑，说："皆有吧。不过，话说回来，当时那个视频在别人的手上，是我瞎指了一个交易的地点，坑了你和你的妹妹。如果我的损友有对不起你妹妹的地方，你就跟我说，看我怎么收拾他。"

程一鑫其实也觉得，程佳倩和她的对象在一起，谁祸害谁还不一定呢。他开玩笑道："选她的美甲店？那是柏姐看得起她。"

金香柏八卦道："听说你家还被偷了一个精光，啧啧，所以你才跟潇潇分手了吧？"

程一鑫想起来以前的事情也头痛，说："偷东西是我的体校同学干的，怪我不知道他们到处干黑活。"

他现在想起来了，齐天他们几个人倒卖赃机还想让他销赃，又搞来了不少非实名制的白板卡，替人接境外的非法短信，活该进局子了。只不过他没想到事情会那么巧，他们还替金潇的叔叔去拿视频威胁金香柏，再趁机黑一笔钱。以前金潇没说错，他早就该和他们划清界限。他那时候抱着侥幸的心理，贪齐天的货源，偶尔还和那些人一起去吃烧烤。搞不好就是齐天偷配了他家的钥匙，轻易地进门偷他家里的手机。

程一鑫第一次上门见家长，就在这种温情的氛围中抱着工具箱离开了。这算不算凯旋，他也不知道，反正过了几天，金潇初七上班后就回公寓住了。两人恢复了同居的生活，她也没流露出父母不应允的意思，说："我爸和我妈说，你对电路掌握得不错。"

得到两位滨大博士的认可，程一鑫还挺怀疑自己的，问："真的假的？"

金潇笃定地说："真的，我妈还问你想不想读大学。"

程一鑫垂眸："我想啊，其实以前要不是……"要不是发生了那件家底被掏空的事，他真想读大学。他顿了顿，说："我瞒着没说，你大一暑假的时候，我联系了老师，想再考一次滨大的体育特长生，刚好比你低两届入学。"

原来他们错过了这么多。以前他们本来就近在咫尺,一朝风雨后,他恨自己太无能,扛不起风险,眼睁睁地放她走。程一鑫沉默片刻,说:"等明年吧,就是我读书一直,喀……英语还烂。"

金潇一笑,说:"我看词典都快被你翻烂了呀。"

"因为那是你翻过的书。"

"哟,既然你这么爱翻我翻过的书,不如我提前翻一遍你要学的辅导书。"

"晚了。"程一鑫搂过她,把她按在怀里,胡楂儿刮过她细嫩的脖颈,气息肆意地在她的耳边作乱,"我现在能翻你,还翻什么书哇?"

两人在沙发上笑闹一阵,程一鑫起身,把被她甩飞的拖鞋捡回来,低头给她穿上拖鞋:"我还有一件事想问你。"

"嗯?"

"他们说你学专业半途而废,是什么意思?"

之前,程一鑫一直没有细想这件事。金潇由于高考的分数高,进滨大上的是本硕博八年连读班,所以他全然没想过她会在分手后的半年里就出国了。他后来得知了这件事,想想她的家世条件,千银在法国还有分公司,她说出国就出国也并不奇怪吧。

金潇耸肩:"就是你以为的意思呀。"

程一鑫的指尖有些颤抖,他轻敲了一下茶几,忍住满腔的酸涩,问:"是为了他吗?"

她因为认识了伍迪,陷入了爱河。就像当初适应他的生活一样,她为另外的一个男人放弃了国内的学业和专业,直接出国了吗?

第十二章
在线告白

　　夜色渐深，复式公寓位于顶层，两人把落地窗外的夜景尽收眼底。低垂的夜幕静悄悄的，隔音玻璃的效果太好，程一鑫恨四周太寂寥空旷，凝固的空气都快要结冰了。白炽灯的灯光里藏了无数把刀子，刺眼得厉害，一下一下地戳着程一鑫的眼睛。他垂眸瞥向她细白的手腕，想永久地圈住它。他实在保持不了一贯的嬉皮笑脸了，眼前分明是她，却总闪过她和另外一个男人的亲密过往。

　　男人问出了这种问题，挫败感会很强烈。他问完果然很后悔，唯有关系相近的人能说出伤人伤己的话。程一鑫宁可说一个轻松愉快的段子，也不想泄露自己狰狞的忌妒感。然而，他心底总有一个声音在呐喊：承认吧，你就是忌妒！他被和她分手之后的过往折磨着，就像未愈合的创口生了脓、长了蛆。它腐蚀着他健康的血肉，令忌妒感在五脏六腑里灼烧着。他以为总会好起来的，可越是拥有她，就越悔恨曾经失去的那一部分。

　　金潇轻笑一声，说："你凑近一点儿，我告诉你。"

　　一记响亮的耳光抽在程一鑫的脸上，他肤色很白，平时能显出血管，现在他的脸毫无疑问地变红了，留下了一个显眼的巴掌印。金潇是真的抽他耳光，程一鑫能尝到嘴里铁锈似的血腥味，半张脸麻了。他被她打，下意识地骂了一句粗话。

　　金潇轻轻松松地看向他："你还敢骂我？"

　　程一鑫没正形。她爱他的这种性格，他是俗世里最出彩的混子。其他市侩的人开玩笑时总透着一股阴森,做不成买卖就随时翻脸,他不一样,有一种永远不会急眼的气度。

她说:"这一巴掌,是替以前的我打的。"

当时金潇快恨死他了,都有拿一把刀捅死他的想法了。凭什么呀?他得知她的家境就想分手,生怕她是一颗甩不掉的牛皮糖,怕她耽误了他的青春。仿佛在他的心里,她和白池莉差不多,都是无理取闹的富家女,拿他当解闷的玩具。

程一鑫表面上和其他人一样,嘴里调侃着自己不想努力了,好像为了挣钱出卖尊严是天经地义的事。实际上,有人跟他谈及感情就跟要了他的命似的。他觉得就数他的梦想最值钱,要开三层楼的手机店,还是背着她出手了炸弹机和赃机。现在她理解了,程一鑫当时表现出来的或许是一种信任破碎的受伤感吧,他的防备心很强。理解归理解,她仍恨他这般轻浮,这些不该成为他放弃感情的理由。

心里不爽快,金潇说得很刺耳:"你凭什么认为,分手以后我会高高兴兴地投入别人的怀抱?"她字字诛心地说,"程一鑫,我有心哪。"

程一鑫难得有说不出来话的时候,沉默片刻,拉过她的手。他的一双手虽然漂亮得像艺术品,但实际上天天被螺丝钉和胶水打磨,掌心上和指腹上都长着一层薄茧。金潇有片刻的失神,挫败感是递进的、累积的,她的眉头蹙紧了。程一鑫将她的手紧紧地握住,把它夹在双手粗糙的掌心之间,颓然地低下头。他的气息拂过她冰凉的手腕,他最后深深地叹气,声音嘶哑地问:"所以,我们分手以后发生了什么事?"

"你说我出国的事?"

"嗯,为什么?"

金潇平静地道:"没什么理由,我挂科了。"

本硕博连读的资格又不是路边的大白菜,她考完高考也不代表就能轻松地放飞自我,挂一次科会被取消直博的资格,挂两次科会被取消直硕的资格,相当于变成普通本科班的学生。

程一鑫倏地抬头。

金潇刻苦勤勉,怎么会挂科?分手对她有这么大的影响吗?

他刚想说什么,她讥讽地一笑,说:"你以前不是总说我'好学生也会这样'吗？事实证明，我确实不是什么好学生。那段时间里，我特别厌恶手机，知道自己学不下去，干脆转专业了。还有你说我分手后去快乐地跳伞、冲浪，没错，我去了。"

程一鑫说不出话，摩挲她的指尖，愧疚得不能自已，觉得一句道歉太轻了。金潇看了看窗外，觉得眼窝子浅了，尽量保持语调的平稳："高三的时候，我是挺感激你的。如果不是因为你，我应该会和我的父母抗争到底，坚决不学通信工程的专业。和你在一起的时候，我学得挺快乐的，所以分手的时候把快乐都还回去了。咱们扯平了，你没必要为此感到遗憾。"

金潇最开始有多不想学通信工程的专业，程一鑫是知道的。高三的时候她逃了晚自习，宁愿去夜市里听他吹牛。大概是他悲惨的成长经历让她感慨过后有了珍惜现状的想法。她愿意去顺应父母的期待，承担家族的责任。

程一鑫终究亏欠了她。他伸手搂过她，搂紧她的腰，开口道："我突然有点儿庆幸。"

金潇不知道他的葫芦里卖的是什么药，给了他一个疑惑的眼神。

"我被打了一巴掌，好歹不会被你看出来，我的脸色红一阵白一阵的。"

金潇接话："不用谢。"

见金潇真要转过脸来看他，程一鑫捏着她的下巴，把她的头转回去："别看我了。"

话音刚落，沙发微微地弹起来，程一鑫起身站在窗边，任落地灯照在他落寞的身影上："是我对不起你。你是我见过的最优秀的人。我自己烂，身边的人更烂，所以从来没想过能和你在一起。"他望向只有蚂蚁大小的车辆，"如果不是你，我根本不会看见三十层的风景。"

而且时至今日，他的脑子里还狭隘地认为她出国是因为另一个男人，这是他自我保护的退路吧。他在意志薄弱的时候想一想，说不定和她复合又会重蹈覆辙。程一鑫吐出一口闷在胸中的浊气，明明都出了"大世界"，还是成了他自己最讨厌的那一类人。他满嘴喊着女神，却有满肚子的酸水。

他再回过头时，脸色不再难看，眼神也不再黯淡。程一鑫真是有天赐的清俊五官，身在俗世里，却不庸俗，身在沟渠中，却不阴暗。棱角干净，笑容耀眼，他低头用下巴蹭了蹭她的额头："让我抱一抱。"

"我困了。"

两人同时开口。

程一鑫笑得越发肆意,在她的面前弯下腰:"上来。"

金潇踢掉了拖鞋,趴在他硌人的后背上。他后背不算厚实,但骨架宽阔,家居服荡来荡去。最近程一鑫每天跑步,重了十斤,胳膊、腿和背上长了一些肌肉。他虽然和之前相差不大,但总归没那么瘦骨嶙峋的了,看着有男性的活力。最后他们在床上相拥,他从后面抱着她说话,把下巴搁在她柔软的颈窝里,同款沐浴露的香气里混杂着男人的气息和女人的馨香。

程一鑫用指尖钩起她的一缕头发,想明白了才开口:"你知道吗?遇见可怕的事情,我就爱往坏处想,暗示自己这件事没什么大不了的。比如当年,我爸走了,我妈说要留在深圳要抚恤金。两年了,我妈都不回来。我经常联系不上她,她最后还让我去深圳。我当时想的是,我妈会不会要抚恤金失败了,被拉到传销组织里了?所以高考前我去了一趟深圳,得知她另攀高枝,男人还是当年管我爸的包工头。我心想她平安就行,就接受了事实。"程一鑫自责地道,"所以,现在我不猜了。我想知道你出国后是怎么过的,你讲给我听吧,好吗?"

他松开她的那缕头发,掌心滑落下去,覆在她的手腕上。金潇感觉被凉凉的金属硌着,低下头——他还没摘下那条雪花手链,粗糙劣质的金属早就褪色了,被拴在橡皮筋一样的绳子上。

"好。"金潇想了想该如何去讲自己的事。

本硕博连读的资格被取消后,她有两条路可走:第一,重读大一,重修所有的学分;第二,直接转院。当初瞒着父母修的双学位起了作用,她不是不想读硕读博,是不想读通信工程的专业了,转到了数字媒体艺术的专业。那段时间里她的精神状态很差,她失眠,还瘦了一大圈。她怕情绪失控后随时都会落泪,就从宿舍里搬回公寓住。没过几天,她又嫌公寓里太冷清,经常在半夜想起他,木木地抱膝坐起来,翻来覆去地看他发的朋友圈。她总想再去问问程一鑫,家世又不是她能决定的,哪怕他不需要她伸出援手,也总不至于非要跟她分手。

可惜理智告诉她,不必再找他了。她不是没找过他,最后一次去大世界商城里找程一鑫时,他的淡漠显而易见。他说完他们不是一个世界里的人,就转头对顾客迎来送往,生怕和她撇不清关系会耽误他的生意。她还知道他故意躲着她，程一鑫不再在他们的学校里替人晨跑了。

她想起两年来他们相识相爱的过程，程一鑫是她的青春里最浓墨重彩的一笔。她再也不会遇见像他这样的男生，他会用不羁的言语肆意地打破隔阂，不怕她的疏离感，不嫌她假正经，不在背后暗自说她，对她释放出不需要回报的善意，能读懂她的一切喜怒哀乐。她想起高中的时候方好好曾经说过，她对程一鑫小火慢炖肯定不行，需要对他猛火重锤。结果她锤完了他，他就跑了。后来方好好陪她住了几天公寓，看闺密难受的样子，没少骂程一鑫。方好好甚至怪到自己的身上，觉得自己没陪金潇去"大世界"，害得金潇结识了不靠谱儿的社会青年。

金潇转了专业，本以为会被父母严厉地指责，谁知他们都很淡然。对于他们这种家庭来说，她一路顺风顺水固然好，倘若不能如此，以后也总有很多以金钱换时间的方式。金潇明白，当一个人放弃了自己，别人是能看出来的。没过多久，学校里正好有一个"2+3"的项目。法国并不陌生，她少说也去了三五次法国了。父母建议她出去散散心，就算她暂时不学通信工程的专业，未来千银也总归是她的。他们觉得不能让她放下手机的事业，拜托伍迪有空带一带她。

她完全是因为程一鑫才喜欢手机的，现在彻底失去了兴趣，丝毫不想碰手机。作为在法国长大的华裔三代，伍迪早就摒弃了国内的那一套人情世故的规矩，自洽、冷血、孤傲，反正他们都是各自对父母应付几句罢了。

直到那次在 WOOD 系统的新品发布会上，伍迪不止翻新了手机和电脑的系统，还热衷于参与资本市场里的腥风血雨。那段时间里他以合法但不甚仁义的手段将一个供应商做破产了，把那家公司收购到 WOOD 公司的旗下。光脚的不怕穿鞋的，别人成了丧家之犬，不知道怎么带着匕首混过了保安的检查，冲进伍迪的休息室里，试图白刀子进红刀子出，让运筹帷幄的贵公子尝尝咖啡之外的苦味。

金潇依然是身体快过脑子，三两下地把近一米九的欧洲大汉放倒了，让伍迪都还没来得及叫保安。大家都呆住了，包括金潇自己。她在擂台上揍过人，但没揍过真拿着匕首的人，只凭本能替伍迪擒拿格挡，没想到这么轻松地放倒了对方。

后来在那个暑假里，为了防止这种事件再次发生，她一直在伍迪的身边待着。伍迪喜欢独处，然而为了自身的安全，捏着鼻子在彪形大汉和娇俏的美人之间选了后者。出于回报，伍迪以前为了应付双方的父母而照顾她，现在会向她倾斜顶级的资源。他给她提供她感兴趣的时装设计，告诉她她喜欢的体育赛事，给她找来金腰带级别的搏击教练，甚至闲来无事时还愿意亲自为她打磨飞镖和弓箭。

金潇没拒绝他。伍迪有天才设计师的灵魂，但这改变不了商人的本质。伍迪有这样的眼界和能力，安排的活动自然很对金潇的胃口。她去参加环法骑行比赛，他还去现场给她加油。他有外国人的度假习惯——他去晒日光浴，她就冲浪；他去参加飞机驾照的年检考核，她正好去跳伞。

他们捅破了之间的那层窗户纸，是在去北欧看极光的时候。伍迪说："你不会以为我做这些事只是因为乐于助人吧？"金潇是有片刻的犹豫的。她不再像初恋时那样青涩，明白一个男人不会平白无故地为她付出。不会再有程一鑫那样的人了——他撩她只当白撩，她追他还躲。她揣着明白装糊涂，目光迷茫地问他，难不成他要她回报什么利益？伍迪的公司每年都向公益事业捐很多钱，外界的人说他人帅心善、不染世俗的尘埃，但他其实是在合法地避税，金潇理解。

她想起来刚出国的时候自己每晚从学校的图书馆回到公寓里，路过老鼠四处逃窜的闷热的地铁站。一个小帅哥常年在那里弹吉他卖艺，长得清瘦，一双手很漂亮，喉结凸起，锁骨深凹。他戴着银链子，穿着烂T恤和破洞的牛仔裤。法国人很爱抽烟，他一根接一根地抽烟，平常弹吉他的时候，也不忘把一根烟夹在耳朵上。除了眼睛是蓝色的，他身上的一切都很像程一鑫。他卖艺卖得极其讨喜，见她站久了，还凑上去问她想不想弹吉他。

和伍迪待在一起的时间刚刚好，金潇不再矫情。她发现自己渐渐地不再因为别人想起来程一鑫，仿佛那场青春期的感冒彻底好了。她学了喜欢的专业，在设计这方面崭露头角，有了更多的时间去享受她热爱的一切。

伍迪是良师益友，令她慢慢地拾回了对手机的兴趣。她以另外的一个角度——外形工艺的设计，去了解手机。伍迪像她在黑暗中航行时的灯塔，和程一鑫一样有自己的生存哲学。金潇第一次在一个人的身上读懂信仰的力量——伍迪是纯粹的工业崇拜者和资本崇拜者，沉迷于机械和技术，喜欢改装电子设备。他不爱跑步，却热爱马术。他热爱赛车，考了飞行驾照，热爱一切可驾驭的工具。他能征服资本，是天生的顶级玩家，在他钟爱的赛道上发光发亮。

  金潇开始思考自我。除了谈恋爱失败了一次，她做什么都挺轻松的。但当她完成了一项别人羡慕的事情时，得到的成就感很少，它维持的时间更是短暂。伍迪确实有一种贵公子的雍容矜贵，从不庸人自扰。对于金潇的感情经历，他不吃醋，说她经历得太少，失败感太过于难得，她才会对初恋念念不忘。他用了一句古话表达对她的信任："用人不疑，疑人不用。"金潇哭笑不得，谈恋爱哪里能跟排兵布阵相比？

  金潇回国前，伍迪问过她是否愿意留在法国。他们两家的事业被紧密地捆绑在一起，如果她愿意，他让专业的团队打理公司，可以让她把千银的全部控制权牢牢地握在手里。

  她说，谢谢。

  灼热的呼吸洒在金潇的脖颈之间，身后属于男人的宽阔胸膛起起伏伏。程一鑫平时不停地说段子，此刻却安安静静的。

  她清了清嗓子："喂。"

  程一鑫又气又无奈，发出一声长长的喟叹："弹吉他的小哥帅吗？"

  "帅。"这一点毋庸置疑，金潇说，"他长着天生的金发，头发卷卷的。"

  程一鑫不说话。

  金潇用胳膊肘戳他："你吃醋了？"

  程一鑫闷闷地道："你看都看了，我能怎么办？"

  "以前那么多女顾客都没少看你呀。"

  程一鑫把她的脑袋掰过来："我缺女顾客吗？我缺的是你。你以后只能看我。"

  他因为她看地铁站里的帅哥而吃醋，却不敢再提及另外一个男人。程一鑫的喉结滚动，他像一条雨季中被死死地压在了滑坡的山体之下的狗——湿漉漉的泥水灌进呼吸道里，他绝望到窒息，说不出话。

  他是在忌妒吗？不如说他是感到无力。他曾经猜测过，金潇离开那个男人或许是因为他们之间相处得不好。没想到那仅仅是因为金潇想靠自己的努力，她不想依附于强者。程一鑫不懂，自己有什么值得她爱的呢？她是出于对他的垂怜、年少时的眷恋、初恋失败的耿耿于怀才爱他吗？

金潇不知道他的所思所想，钩着他的指尖。现在他的指缝里没有黑泥了，她竟然有点儿怀念曾经程一鑫故意张牙舞爪地吓唬她的模样。她会笑着叫着往后闪躲，生怕他把黑手印印在她的脸上。其实他哪里舍得呢？最后落在她脸上的一定是他柔软的薄唇。以前程一鑫在夜市上摆完摊，收拾完东西，累得要命，直接拎着矿泉水的瓶子蹲在路边把手搓洗一番。紧接着，他会开着那辆"咣当"响的破车，赶在学校宿舍的门禁时间之前，把她骗下来搂搂抱抱。

金潇问他："分手之后，你是怎么过的？"

他？他希望从未和她分手，从未离开过她，完整地拥有她过去的五年。他在"大世界"里第一眼见到她，就喜欢上了她。他们分手后见完了最后一面，他身无分文，把店铺都转卖给别人了，期望她永不回头，希望她别看见他的狼狈不堪。

"我？"程一鑫不知道说什么好。没了她，他就像一摊糊不上墙的烂泥，很普通啊。尽管上次跟她说过了，既然她想听，程一鑫就详细地说了说。他把店转手卖了，也卖了车，早上躲着她不去跑步，白天不用去"大世界"里坐班了，因为没车，晚上也没办法去夜市上摆摊。

他干脆天天在家里打游戏，昼伏夜出，有时不吃饭，有时暴饮暴食，反正也胖不起来。有一天他心血来潮，想翻墙回体校看看，结果因为体力太差，只翻了一半就腿软了。他从墙头上掉下去，惹出了动静。值班的老师刚好是以前带他短跑的那位老师，恨铁不成钢，让他测了一遍体能和速度——自从他练了体育，体能就没这么差过。

金潇疑惑地道："可我记得，分手以后你还发了很多卖手机的朋友圈哪。"

那时候她天天关注他的朋友圈，总想读出一点儿他的黯然神伤，谁知道他依然在"大世界"里风生水起，生意兴隆。

程一鑫自嘲地一笑，把手机从床头柜上拿过来："要不你自己翻翻。"

金潇起初不理解他为什么要她翻手机，这些朋友圈不都跟她看见的一样吗？没有什么她看不见的内容呀。

程一鑫提醒她："你看有人评论吗？"

金潇愣住，有点儿颤抖地点开可见范围。果然，朋友圈仅她一人可见。他把独角戏演得惟妙惟肖。她不知道他是怎么坚持下来的，他演得真像啊，就为了劝退她。金潇的心揪起来，太疼了，她把指甲掐进他的肉里，但他的手上好像没二两肉，只有手背上有一层皮。她低声抱怨："你有病啊？"

程一鑫仿佛感觉不到疼痛，说："是挺有病的，每次发朋友圈，我都在想你啥时候删了我。那样我就解脱了，彻底死心了。"

金潇又想给他一巴掌了，叹气："我有点儿后悔。"

程一鑫越发用力地搂她的腰："你后悔没留在国外？"

目光游离，他想着差一点儿就会彻底失去她。

金潇"扑哧"一笑，说："我后悔信了你的鬼话，没再回'大世界'里看一眼。"

如果她看见店里换了人，那掘地三尺都会找到他问个究竟，他们还会错过这么多年吗？可惜没如果。过去的事已然成为伤疤，在感情的阴雨天里带来刺骨的疼痛。

程一鑫苦笑，说："那时候我真不想在你的心里惨败。"

金潇问他："后来呢？"

她想知道他是如何振作起来的。

程一鑫的振作有运气的成分。他先是被体育老师点醒，开始攒钱，换了一所学校替人跑步。他没钱买卖二手的手机，就接单上门维修手机，在每所学校开展校运会、文化节之类的活动时摆小摊凑热闹。

或许是因为他想起了金香柏的那个视频，向警方补充提供了线索，线索起了作用；又或许是因为他的运气好，齐天和小弟们自作孽不可活；还或许是因为金潇曾经画过标枪的画像，令警方一直盯着标枪——几个月后，法网恢恢，疏而不漏，警方总算将齐天他们连根拔起。可惜被偷的手机早就被卖了，警方处理了他们据点里的其他资产，弥补了程一鑫的部分损失，给了他重新开始的勇气。

不就是从头再来吗？他灰头土脸地从"大世界"里滚出来，打起精神再杀回去。他想起了金潇说的话——以前的店离厕所太近，程一鑫就下血本盘下了位置好的铺位。大世界商城里的人以为他未曾离开过，顾客还在，他又足够勤恳，慢慢地资金又流转起来了。

程一鑫渐渐地习惯了没有金潇的生活，却没有忘记她说的话。开哥不再控制他，他不碰赃机和炸弹机，有了越来越好的口碑，攒下了稳定的客源。

他从在开哥那里艰难地讨生活的小店主,变成了有生意又把技术教给别人的师傅。能扩张店铺的时候,他想起以前说过店要有三层楼高的豪言壮语,又想起来他们的感情仅毁在几万块钱的债务上,不再盲目冲动,静待羽翼渐丰。

周围忽然暗下来,原来深夜已至,她的智能家具太智能了,到了时间会自动地熄灯。金潇懒得研究家具,程一鑫毕竟每天跟电子产品打交道,拿着说明书查了英文词典,设置了熄灯的时间。因为有好几次两人还没说完话,就直接累得睡着了,次日醒来发现灯还开着。

黑暗像一团轻快的云,将他们包裹起来,气氛瞬间变得旖旎起来。程一鑫揉了揉她的脑袋,在黑暗之中倾身向前,摩挲着她的后颈和脸颊。他的胡楂儿微青,惹得她战栗了一阵,最后他将一个吻落在她小巧的耳垂之上。他蜻蜓点水地一吻,她还没缓过神来,耳垂就再次被吮住。他抚摸着她细皮嫩肉的手腕,她起了一身鸡皮疙瘩。

程一鑫的声音哑了,气息肆意地流动,他问:"你还想听什么?"

情人之间的耳鬓厮磨,很是缠绵悱恻。程一鑫的心底还是痛的,错过她的遗憾并没有得到缓解,听她说了过往,他只会清楚地知道伤口有多深。下决心剜去了那一块血肉,心里留下了一个难以愈合的空洞,他明白,没有什么比在怀里的她更似良药。

程一鑫其实还想问问她,那位才华横溢的设计天才怎么舍得放她走。伍迪不放她走的话,他将输得彻彻底底。程一鑫暗自苦笑,再优秀的人也照样跟他一样稀里糊涂,在感情的路上走错一步,就满盘皆输。

今晚够失态了,程一鑫在黑暗之中摩挲着她细腻的手腕。就这样吧,他不想再问她的过去了。金潇却不愿意了,还想听他的事,因为程一鑫把分手的日子说得太轻描淡写了。她抿唇,程一鑫撬不开她的牙关,辗转的吻落在她的眼睛上、颤动的睫毛上、挺翘的鼻尖上和精致的下巴上。

他含混不清地道:"等会儿再说。"

金潇后面的话尽数地消散在两人的唇齿之间。

漫漫的夜色于有情人来说稍纵即逝,他们拉开窗帘。窗外没有真正的黑夜了,城市的天边蒙蒙亮,电视塔射灯的灯光仍尽职尽责地巡视着。他们的楼层高,落地窗透亮,射灯的灯光像隧道里的流动光影,在脸上晃动。

刚才他们纷纷地宣泄了情绪,灯光照出双方脸上的几分情欲过后仍耿耿于怀的难堪。

错失了彼此的这些年,他们一贯很珍惜晚上为数不多的缱绻时光。白天他们都忙着工作,晚上还和志愿者一起练蒙眼跑马拉松,把运动量慢慢地提上去。冬季天气严寒,体能的消耗渐大,他们累得浑身酸痛。难得今晚没跑步,也不工作,他们憋着一腔对过去的幽怨,将过剩的体力发泄出来,他的胳膊上被她掐出几道血痕。金潇难以平复呼吸,面色像微醺似的红润起来。她抱怨他有这种精力还不如去跑十公里。

两人聊了一个通宵,一直聊到天边泛起鱼肚白,把分手后该扒出来和不该扒出来的细节通通说了一遍。隐忍了许久的占有欲虽迟但到,他们拿过对方的手机,翻了一遍朋友圈下的评论。醋是吃不完的,唯有更酸的、更涩的、更陈年的。

单身的时候,金潇在法国很受欢迎。她离开了在国内被排挤的环境,身上的高级感能轻易地吸引异性的目光。她后来和伍迪在一起了,但一直没公布地下恋情,评论区里充满了暧昧的气息,有人夸她的身材好,问她周末去不去看电影,还问她去不去公园里野餐。

程一鑫挨个儿问那些评论的人是谁。金潇起先还老老实实地说谁是留学的华裔同学、谁是在餐厅里打工练口语的男同事,后来实在是被程一鑫酸溜溜的语气弄怕了,开始选择性地输出。但她哪里骗得了程一鑫?程一鑫向来不会被骗,只会骗别人。他倒宁愿能被蒙在鼓里,清楚金潇在避重就轻。

于是,他听说了在金潇的车坏在路上时帮她修车的男人,还听说了她在咖啡厅里认识的男人。做再多思想建设也抵不住心底的叫嚣,他很介意这些事。程一鑫目光复杂地冷哼,这些渣男见色起意。金潇在他的心目中还是高中时的模样,对待男生从不假以辞色,但在分手以后变得平易近人了,这些男人难道都值得她敞开心扉吗?

金潇听他骂别人,他难道就不是渣男吗?她辩驳几句,说第一次在大世界商城里见到他时就觉得他不是什么好人。他染了发,打造了杀马特的造型,不拉上外套的拉链,腹肌一览无余。他还满嘴油腔滑调,和开哥联合把组装机卖给她。

程一鑫闷闷地说,男人认得出渣男,女人鉴得出"绿茶"。说到这个,程一鑫揉了揉太阳穴——算了吧，他都比金潇更能辨认出"绿茶"，她从小就不具备察言观色的能力，也不需要具备。他再次教育她以后遇上林冉茶那种人要长点儿心眼。听金潇小声说他也被齐天坑了，程一鑫本来就不甚晴朗的脸色变得更黑更沉了。她真是哪壶不开提哪壶。他磨了磨后槽牙，觉得确实是自己看走眼了，搂着她诚恳地认错，说他以后绝不再犯这种错。

程一鑫又指了指一条约她看展览的评论，问她去没去。金潇"嗯"了一声，说不记得了。程一鑫敲打她，阴恻恻地让她好好地回忆一下，话里带着一股醋意，仿佛金潇对不起他似的。

他想过她的生活会很多姿多彩，但没想到她的生活精彩到了这种程度。程一鑫的表情很幽怨，贫穷限制了他的想象，他一口气打翻了五年来的醋坛子，真不好受。如果不是舍不得，程一鑫恨不得狠狠地咬她一口。

金潇觉得好笑，说："咱们那时都分手了，就算我被渣男欺骗感情，和你又有什么关系？"

程一鑫目光复杂地咬牙，忍住心头涌起的苦涩。春寒未过，她的房间里开着温度适宜的暖气，他却冷汗涔涔。冷汗一层层地冒出来，胸口胀痛酸涩，心底最深的柔软之处像被巨石碾轧过，破碎了一地。他将最晦暗的梦境讲给她听："你还记得我说过的话吗？我喝多了酒，想打电话给你，想过最坏的情况——万一是一个男人接电话呢？"

程一鑫日思夜想，想象过无数次那样的场景。如果金潇接起了电话，他敢不敢说他还没放下她？他还想问她过得怎么样，问她以后还回国吗，问她是否还有一点点喜欢他。最后他想到，可能会是一个男人接电话。他好像什么都不必说，也什么都不必问了。

程一鑫闷闷地说："如果你没和他分手，我在网上看见了消息，应该会祝福你吧。"

没有他，金潇自然会过得很好。他会远远地祝福她，隔着茫茫的人海，隔着岁岁年年，但无人知晓。她的前任确实是一个优秀的男人，不渣，不像他——他没本事将月亮私占，还瞎撩拨她。他初中的时候就已知伍迪年少成名，伍迪没有任何花边新闻，做系统做得很纯粹。

金潇在他的唇边轻啄，声音很轻柔却很坚定："我回来了。"

程一鑫叹气："晚了点儿。"唇角被她吻过，他顺势捏着她的下巴，用舌尖描摹她的唇形。她没涂口红，唇却依然嫣红诱人。他平复了呼吸，摸了摸她柔软的头发："还好……"

还好什么，他没说。他们心有默契，一切尽在不言中。

风水轮流转，金潇问他后来白池莉是怎么放弃他的。

当年白池莉对程一鑫穷追不舍，每次来店里，金潇碰巧都在学校里上课。于是白池莉以为周围的店主是在开玩笑，压根不相信程一鑫有所谓的小女朋友。她有钱，程一鑫不愿意得罪她，就把事情含糊地搪塞过去。金潇再去店里时，从旁边的痘哥那里听说她来过，心里不知是何滋味。

程一鑫沉默，幽幽地说，真实的情况有点儿荒唐。

他把店铺转手卖掉以后，在家里颓废度日。白池莉去过一趟大世界商城，找不到他，竟然追到他家的门口堵他。程一鑫穿着跨栏背心和短裤开门，头发似鸡窝，像熊猫似的长着黑眼圈，造型实在不敢恭维。偏偏白池莉的目光很热辣，他实在有点儿怕，想了想，似乎还欠人家一顿饭，就请她去楼下吃一碗麻辣烫。

"大世界"里的人传谣说他单独出去挣大钱了，白池莉倒是了解他。程一鑫出门的那一瞬间，阳光刺眼，下意识地抬手遮眼，手白皙得不见血色，像许久不见天日了。大小姐的做派总是相似的，白池莉知道他遇到困难了，拿了一张银行卡，说里面的钱随便用，让他把店重新开起来。程一鑫破罐子破摔了，店没了，女朋友丢了，谁还在乎每个月挣白池莉一千多块钱？

他笑得很轻浮，从裤兜里掏出一张皱巴巴的粉色名片，说他缺钱，现在伺候别人了。白池莉难以置信——她的确喜欢程一鑫的一把劲腰。他在车后五颜六色的氛围灯下瞎晃着腰，有鲜活的青春质感，轻笑间薄唇释放出性感的气息，但前提是，这腰只为她折。这个女人抽了程一鑫一巴掌，哭着走了，说这几年瞎了眼，爱了一个傻瓜。

金潇"哼"了一声，说白池莉说的话挺对的，她也是瞎了眼。

程一鑫闻言，伸手捂住她的眼睛："你现在后悔也晚了，"他轻笑，"要不你继续瞎着吧。"

她的睫毛在他的掌心里颤动，她再瞎，也能看见若隐若现的晨曦。

这一夜的结果是，两位手机行业的劳模在年后开工的第三天双双请假。好在他们发过了开工红包，同事们没什么意见。他们想明白了一些事情，又好像什么都做不了，日子是平凡且闪亮的，不会多么惊天动地。

"千银之眼"的硬件性能被优化了，经过他们多次对导盲算法的优化测试，安全性也过关了。"千银之眼"一代和WOOD 12.0基本定版，准备投入量产。他们确定放弃了引导视障人群过马路的功能，留着遗憾，等开发下一个版本时再去弥补它。而金潇团队的产品"冥王星"在秋季发布会时上市，还在完善中，散热和防卡顿的功能总达不到预期的效果。"卡戎"手柄新鲜出炉，他们小范围地邀请了一些游戏博主做测评。

春天不知不觉地来临，草长莺飞，春暖花开，这是练跑步的好天气。金潇白天上班，晚上跑步。程一鑫把每周的上播时间调至周六，和金潇一起挥汗如雨，下定决心要陪她在春季发布会上跑完四十二公里。再怎么说，他也不能输给她的那位热爱赛车不爱跑步的前任。

春分的那天，他们跑了三十公里，用了两个半小时。第二天金潇拽他去体检，医生查了各项指标，又问他有没有心悸和胸闷，最后下了结论，建议程一鑫赛前一直吃药。他的病症属于运动型的心律不齐，他虽然循序渐进地增强体能，但从擅长的无氧运动短跑改练有氧运动长跑，强度大的运动会让他的心脏负荷不了。

药物安全，副作用小。金潇问他的身体会不会在兴奋剂的测试上出问题，程一鑫比医生先回答，很笃定地说"不会"。出来以后，金潇后知后觉，隐隐地想明白了。她十八岁的时候问他为什么不继续练体育，程一鑫说他瘦，长不了肌肉。金潇现在明白，他不是没钱买蛋白粉，是没钱维持高负荷训练时的用药。反兴奋剂的药物名单年年在变，程一鑫一直在关注。练体育的人都有一身伤病，吃药是家常便饭，别人若有他的短跑成绩，可能大学时就加入省队了吧。

可惜他这些年被病耽误了太多，再无可能加入省队了。程一鑫想跑马拉松，想挑战蒙眼跑，或许不仅仅是在为她和伍迪一起跑步而吃醋。金潇觉得，程一鑫其实和她是一样的人，热衷于大汗淋漓的运动，喜欢挑战自我。

两人一起练体能，练蒙眼跑，互相拍下来对方蒙眼摸索的傻样并"哈哈"大笑。他们各戴一只耳机，用情侣同款的粉色和蓝色毛巾，休息的时候一起喝葡萄糖水，非要把一颗巧克力掰成两半吃。志愿者之中渐渐地传开了，千银公主确实换了一个男朋友，但谁也打听不出来她的男朋友是哪家的公子哥。

两家公司在春季发布会上梦幻联动,确认伍迪会来国内。一群人提前在微博上蹲好,等着 WOOD 太子和千银公主同框,等着前任和现任打架的修罗场。实际上,伍迪携母亲提前一周就来了。他是移民法国的第三代了,在国内早无亲属,此番和他的母亲一同回国,纯粹是为了游玩和度假。赵女士年过五十,保养得当,还保持着少女的天真。她出身优渥,家里人在法国开连锁超市。她和伍迪父亲的结合,属于强强联合。丈夫能干,儿子省心,她自顾自地玩乐,插花、作画、调香水,还开工作室。

金潇去接机了。她的五官明艳出众,气质优雅时尚,她在法国的名媛圈里都是不可多得的美人。伍迪的母亲一向很喜欢她,远远地认出人群中的金潇,兴奋地推了推伍迪。伍迪蹙眉——他陪伴了金潇几百个朝朝暮暮,更早就看见了金潇,只是不想流露出来罢了。

伍迪的母亲热情地与金潇拥抱贴面。金潇用法语问候优雅的美妇人,对方则用中文回答。她压下惊讶的心情,两人寒暄几句。金潇又转向伍迪——他剑眉星目,鼻梁高挺,眼眸深邃,风采不减。他们对视一眼,同时伸手交握,皆是微怔,旋即松开手。赵女士的性格真不像国内的家长那般爱操心,两人分手丝毫不影响她将金潇当作晚辈中的朋友。因为她没有对接媒体的压力,所以她的中文水平比儿子的差远了,而且她的祖籍是温州,外国的口音之中还掺杂着一些吴侬软语,咬字不够清晰。

她扯了扯帽檐,吩咐儿子去开车。和金潇一起坐在后排,赵女士说为了回国苦练了半年中文,问金潇她有没有进步。她得到金潇的夸赞,快把尾巴翘上天了,直到儿子浇下来一盆冷水。

伍迪冷静客观地道:"她是跟你客气。"

赵女士不乐意了,用新学的网络用语戳儿子的痛处:"怪不得人家潇潇和你分手,你是直男癌。"

伍迪淡淡地从后视镜里瞥了一眼金潇:"有靶向药吗?"

金潇疑惑。难道她回国以后,没人跟伍迪说中文了?伍迪的中文水平退步了这么多?

赵女士由于水平有限,很是勤学好问,问:"靶向药是什么?"

金潇陷入了危机。那两人一个不懂直男癌的意思,一个不懂靶向药的意思,偏偏都一脸认真。她恨自己没有程一鑫的那张巧舌如簧的嘴。刚好伍迪的电话响起，他正开车，把蓝牙耳机盒递到后座，一如往常地暗示她。他是业余的赛车手，爱飙车，对国内的路况不熟悉，单手开车很危险。金潇犹豫几秒钟，接过来耳机盒，抠出一枚耳机，把耳机递给他。伍迪疏离地道了一声谢，和她分手不过一年，她就避嫌到了这种程度。曾经她很不喜欢他的种种危险行为，他喜欢开车接电话，还抽雪茄。如果他有非接不可的电话，金潇通常都帮他戴好耳机。

伍迪的语气无波无澜，他在有条不紊地安排法国那边的人布置分会场。金潇趁机低头发微信，悄悄地打字。

金潇Tonight："求助！他妈说他是直男癌，他问有没有靶向药。我尴尬死了，怎么办？在线等，挺急的。"

晚安修机："谁说没有靶向药？"

金潇Tonight："有吗？？？"

晚安修机："当寡王。Keep single（保持单身）。"

金潇忍不住勾唇，程一鑫的英语水平总算有了长进。自从见过了她家里的三位博士，他就抽空刻苦地背单词，等待年底重拾课本参加高考。家里的智能电器全是进口货，他又硬是啃完了所有的说明书。金潇笑过后细细地琢磨，程一鑫的回答确实很巧妙，他还暗暗地提醒了她要和前任保持距离。

金潇没这么厚的脸皮，在伍迪接完电话后就自如地说起流利的法语，避免因为中文的博大精深再度引起歧义。在把他们送到酒店后，有千银的同事来对接，她以工作为由告辞。她把跑车的钥匙留下了，人家是由于和十银的合作才远道而来，没道理还要自己租车。伍迪接过车钥匙，不经意间轻触了她的手心。他爱做手工机械，却保养得当，指腹上没有程一鑫手上的那种属于劳动人民的茧子。

金潇再次恍惚。

他问："你怎么回去？"

金潇对此习以为常，说："国内也有像Uber（优步）一样的软件。"

伍迪重新拉开副驾驶的车门，欠身护着她："我送你。"

"不用了，"金潇笑了笑，说，"倒时差很辛苦，你们好好地休息。"

伍迪用审视的目光打量她。在名利场里沉浮十几年，必要时他可以选择究竟是做意气风发的贵族少年，还是做有铁血手腕的无情资本家。他一语中的地说："你怕我纠缠你？"

伍迪的历任女友和他分手之后，都和他相处得很愉快。他的家中又不仅仅做系统，还有许多其他的产业，加上婚前协议堪称严苛，伍迪选择女友的余地不多。圈子里来来去去都是那些人，他们不可能老死不相往来。

金潇抿唇不语。

伍迪天生有一种居高临下的气质，说："上车。"

感受到门童在身后看他俩，金潇把心一横，拉开车门坐进去。

伍迪问她："你去哪儿？"

金潇设定好了导航："回公司。"

伍迪开车："我以为我们至少还是朋友。"他一眼就看出来了某些变化，说，"你和上次视频通话的时候不一样了。"

发布会在即，他们需要精诚合作，金潇认错道："我们当然是朋友。"

兴致勃勃地赛车赛马的大男孩，与状态拉满的顶级捕猎者之间是有区别的。金潇按捺下心头的错觉，连了蓝牙："听歌吗？"

音乐在车内肆意地流淌，缓解了尴尬的气氛。她试图解释："不好意思，我回国以后很容易就被前任文化荼毒了。国内的人说合格的前男友应该像……"

她顿了顿，忽然说不出对程一鑫说的那些恶言恶语了。

"什么？"

"像死了。"

伍迪沉默片刻，说："你觉得我像吗？"

金潇：您当然活得好好的。

她以前是没这么防备的，但后来和程一鑫不就是一个没把爱斩草除根的典型案例吗？人只能吃一根回头草。金潇觉得，伍迪要是会网上冲浪就好了。不必她说，网上多的是梗——"送前任一把伞，你若不举，便是晴天。"

伍迪再度开口："其实你没有误会。我这次来，是想在国内设分部。"

金潇是和他相处得最久的一任女友，他们相处起来安静又舒服。练自由搏击的名媛有不少，但渴望名利的人有更多，混影视圈蹭红毯。但金潇纯粹把自由搏击当成爱好，不想被别人知道她练这个。他所倾斜的资源只要在合理的范围内，她不拒绝；若他倾斜的资源超出了她的水平和两家公司合作的利益关系，她心里有数，笑着就推辞了。

他们相处得非常融洽，一直以来都在各自的舒适圈里活动，从未僭越。伍迪隐有察觉，金潇比他更谨慎，或许是受过情伤。她是一个花样年华的少女，有着令男人浑身酥软的资本，可以尽情地撒娇邀宠，但并没有这样做。有一次，她分明因他开赛车时受伤而心有余悸，却理智地道："我们喜欢的东西不一样，我尊重你。"

他们的分手更是融洽，她想回国，伍迪送她去机场。在登机口，伍迪清晰地记得，金潇笑得很轻松洒脱。她说，谢谢他这几年的照顾。有一瞬间，他想再问问她要不留下吧，想说他继续照顾她。可他知道，她不会改主意的。

伍迪在开什么玩笑？金潇头痛，实话实说："我有男朋友了。"

"看出来了，"伍迪挑眉，"所以，很遗憾。"

他蹙起浓眉，用指尖轻敲方向盘，眸色深邃，腕间的表反射着天光。那光刺着金潇的眼，这块表是她送的。伍迪趁着等待红灯的间隙，淡淡地说道："抱歉，我来迟一步。"

迟了。

这句话很耳熟。

程一鑫说她回来晚了，伍迪也说他来迟了。感情的路上总有迟到的人，然而不是每一次迟到都会被等待。程一鑫等了五年，不是在等她，是在等他忘记她。偶尔有流星划过，他怀揣着渺茫的希望，孤独如影随形，等待成了习惯。最后他见到她，千言万语化作强颜欢笑——他问她："美女，买手机吗？"

他说还好，还好他还在等。

是日，晚安修机的店里来了一位不速之客。

年后，旁边的那家手机店真的被晚安修机挤垮了。店主最近搬空了店铺，把店铺转手卖给他们。看着昔日的手下败将，中年老板说不出什么好听的话，只给他们两根烟，黄顾笑纳了。二手手机的行业说大不大，他们后来打听到了鑫哥在"大世界"里的口碑有多好。后浪杀前浪，他们输得不冤。

程一鑫他们要把两家店合成一家店，肯定得推倒中间的墙。他们找人看过，中间的墙不是承重墙，可以被彻底打通。他们年前添置了提炼金属的机器，现在又盘下了旁边的店，资金不阔绰了。小丁说他爹就是建筑工，自己学了几手技艺，自告奋勇地上阵。飞姐嫌脏嫌吵，出去溜达了，剩下一群糙爷们儿。他们毫不嫌弃电钻声和飞扬的尘土，非要蹲在隔壁的这家店里，兴致勃勃地围观打趣。屋里脏得离谱，程一鑫是他们中最干净的人，但头发上照样落了灰，卫衣上也有斑斑点点的污渍。

黄顾笑得厉害，问："鑫哥，又把头发染回了奶奶灰色，有什么感受？"

小丁"啧啧"地说："帅就一个字。"不知道是不是因为电钻声太吵了，程一鑫没接话。小丁回头比画半天："哥，到时候做成这样行不行？"

这回，大家都发现程一鑫在走神了，互相戳了戳胳膊。

程一鑫心不在焉，不是因为不信任金潇。她去接机是他们商量好的，但他还是忍不住想象他们见面时会说些什么话。几人憋了一肚子的坏水，正准备调侃难得呆滞的程一鑫，黄顾瞥了一眼外面，出声提醒："好像有人。"

说那人是顾客不太合适。他不太像他们的顾客，与环境格格不入。程一鑫他们闻言纷纷地瞥向这位不速之客，那个男人站在路边，隔着三四级台阶，仰头看着晚安修机的牌匾和门面。他身材高大，西装笔挺，气场很强，气度不凡。他戴着一顶深色的绅士帽和一副墨镜，打着格纹领带，穿着白衬衫和咖色的裤子，双肩背带很复古。白衬衫被裁剪得很流畅，又很修身，和他们穿的一百块钱一套的廉价西装完全不一样。他的穿搭跟电影里的人的穿搭一样，却并不显老气。他们很难忽视这个男人的气场，他的周身像有一个深不可测的旋涡，天然的磁场引人注意。他们遥遥相望，程一鑫颔首，叮嘱黄顾："你们继续。"

不速之客登上台阶，走进了晚安修机的门店里。男人率先伸手，用醇厚低沉的嗓音做了一个很正式的自我介绍："Woody Poirier（伍迪·波里尔）。"

程一鑫猝不及防，很尴尬，想起刚才抹了一手墙灰，把手在卫衣和裤子上蹭了半天："Sorry, I……can't speak English.（不好意思，我不会说英语。）"

偶像来到面前，程一鑫醋意十足，又不想丢脸。情敌偏偏在这个时候来，他感觉头发上落满了灰，眨了眨眼，感觉睫毛上也沾着灰。如果他当场拍一拍身上，灰尘会不会扬人家一脸？程一鑫真的很想跟伍迪商量一下，

460

伍迪改天再来不行吗？而且程一鑫的英语口语水平太烂了，人家趁金潇不在来，可真是出场就赢了。

伍迪坐了十个小时的飞机，没及时地倒时差，刚摘了帽子和墨镜，眼底一片淡青的颜色。他打量程一鑫半晌，觉得金潇回国后选的这个男人是有点儿表演喜剧的天赋。程一鑫还在绞尽脑汁地想口语，在裤腿上使劲儿地把右手擦了又擦，伸出手。

伍迪凝神看了片刻。不得不说，他好像理解了金潇喜欢程一鑫的原因。程一鑫的手很漂亮，像维也纳音乐厅里的钢琴家的手。他的指腹上和掌心上都长满了老茧，伍迪一握便知，程一鑫是专业维修手机的，绝不是光指挥不干活的老板。

他们握手片刻后，一起松开手。两个男人的身高相仿，他们不自觉地挺直了腰，免得矮人一头。

伍迪挑眉，替他说了："程一鑫，我知道。"他淡淡地道，"不好意思，出于好奇，我黑进了 Smart phone 论坛，查了你的 IP 地址。"

伍迪现在说了纯正的中文。Smart phone 论坛的安全级别那么高，他竟然能黑得进去，口吻还如此轻描淡写。程一鑫想倒吸一口冷气，每个搞技术的男人的终极梦想，不就是能在任意安全级别的电子空间里来去自如吗？程一鑫尽量克制住想疯狂地点赞的冲动，垂眸，掩饰着目光中复杂的情绪，感到崇拜、警惕、忌惮还有忌妒。

程一鑫犹豫两秒钟，做了决定，问："你来是想……？"

伍迪开口："金潇把车借给了我。"

程一鑫神经紧绷地说："我知道。"

伍迪递过来一个东西："我想，这应该是你的。"

程一鑫："……"

这本红皮口袋书《高中生必背英语单词3500》确实是他的，非常袖珍。估计是昨晚他把它塞进了车的侧斗里，忘了把它拿出来，扉页上还写着他歪斜的名字。

伍迪把书还给他："抱歉，我未经同意就翻了翻它。"

程一鑫觉得脑袋痛，尴尬到窒息。加上刚才连一句英文版的自我介绍都说不出来，他感觉脸皮上有一种灼烧般的疼痛感，实在丢尽了脸。程一鑫把单词口袋书收起，咳了两声，说："对，这是我的，我最近在学英语。"

伍迪没见过单词书，饶有兴趣地轻敲玻璃台："我还以为第一个单词是你想表达的，Abandon（放弃）。"

程一鑫的眼角抽了抽，情敌真是一个人才，谁能靠一个英语单词劝退别人哪？他借机针锋相对地说："你要是这么理解也没错。"

他们终于还是打开天窗说亮话了。

他反倒无所畏惧了，说："换一个地方说话吧。"

伍迪礼貌地问道："方便让我参观一下工作间吗？"他摊手，"我说了，出于好奇。"

程一鑫凝视他几秒钟，确认他不是找碴儿，说："当然。"

环境简陋，桌面上散落着工具和零件，一切都没什么好掩饰的。程一鑫将直播的架子拎到一边去，拖过来两把旋转圆凳："不介意的话，坐吧。"他在饮水机下接了一杯水，"只有矿泉水，见谅。"

在法国，伍迪的工作间比这里宽敞、豪华、干净百倍。但伍迪看得出来，该有的设备，程一鑫这里都有——他是一位有追求的手机行业从业者。伍迪丝毫没有流露出小觑之意，收回打量的目光："上次我还没谢谢你。"

"谢我？"

"我没猜错的话，国内的刷机方法大全，是你提供的。"

不敢班门弄斧，程一鑫坦言："论坛上都有。"

"不一样。"伍迪把十指交叠起来轻轻地对敲着，"我承认我低估了国内的刷机手段，系统里留下了很多安全隐患，黑解卡贴机的方法也是华强北首创的。国外没有这些破解的途径，我以为论坛上的刷机方法仅停留在技术探讨的阶段。"

换句话说，由于国情不一样，他以为会刷机的人是凤毛麟角。在欧美国家里，人工成本很高，知识壁垒也很高，刷机的成本加上合约机的钱都足以买一部全新的手机了。伍迪完全没想过国内会有成千上万的手机从业者，他们把廉价的刷机方法口耳相传，黑解卡贴机的现象层出不穷，成本竟然仅仅相当于几杯咖啡的钱。

对方忽然变得客气起来，程一鑫也实话实说："其实，我拜读了你在论坛上发的每一个帖子。"

伍迪在论坛上用的是实名，还是 Smart phone 论坛某一模块的荣誉版主，等级刚好比程一鑫的等级高了三级。

"拜读？"

"就是看了。"

程一鑫心想：伍迪的中文水平也没那么好嘛。

伍迪丝毫不介意，"嗯"了一声，说："我以为你至少还看过我的发布会。"在发布会上回答记者的提问时，他能流畅地切换中、英、法三种语言。

"我看过，还看过不止一遍，包括电子杂志的访谈、编程比赛的获奖采访还有你的每一篇论文。"程一鑫解释，"你在发布会上说中文，我还以为你是提前背诵了稿子。"

见伍迪的眸子里闪过饶有兴趣的神色，程一鑫顿住，怎么就长了他人的志气、灭了自己的威风？他讪讪地补充一句："我看你的这些东西……是在认识金潇之前。"

他并不是出于忌妒心才关注伍迪的，那样就太没面子了。

伍迪长叹一声："你认识金潇的时候，她是一个什么样的人？"

程一鑫听得出来伍迪到底是介怀的，想了想，说："她和现在没什么两样。"

金潇是口是心非的小姑娘，对他有很大的脾气，很需要被哄。他们都是初次谈恋爱，毛手毛脚，毫无心得，经常笑闹，更是经常掐架。或许是吃准了他会没皮没脸地哄她，或许是他真的惹她生气了，或许是自身爱得患得患失，总之金潇动不动就拉黑他。为此，程一鑫低三下四道过很多次歉。他们重逢以来，她好像没什么变化，拉黑得依然很娴熟。她口口声声地说不想给他当监控室里的保安，不想给他当人力，不想给他当财务人员，不想给他当翻译，也不想给他当教练。

其实，他只要脸皮够厚，一点点地向她靠拢，就渐渐地找回了以前的那个矜傲小公主的影子。她还是十八岁时的那个正义感爆棚的小姑娘，勇敢、坚定、无所畏惧。她可以在路见不平后狂追小偷，可以指挥他把店铺打扫得一尘不染，可以唾弃他卖组装机的行径，可以理直气壮地要求他修机不许做手脚，说恨他就在擂台上打得他鼻青脸肿，说爱他就想睡了他再狠狠地放下他。她会理直气壮地禁止他跑马拉松，也会温柔地支持他的所爱所想。

伍迪儒雅的脸上流露出一丝苦笑:"可以说,我很忌妒你吗?"

伍迪忌妒他见过这样的金潇。

程一鑫拥有过完整的金潇。

程一鑫拥有伍迪不想拱手相让的金潇。

情敌甘拜下风,但程一鑫毫无胜利的喜悦,他的笑容更苦涩。切肤之痛溢于言表,他说:"你忌妒我什么?忌妒我弄丢了她这么多年吗?"

他如果不犯蠢,会有这样和对面的男人交流的机会吗?伍迪是手机行业里偶像级别的人物,但程一鑫觉得这种机会不要也罢。

两个男人似乎都清楚对方的所思所想。伍迪拿起水杯,上面喷绘了晚安修机的标志,长着黑金色翅膀的小月亮很可爱,又不哗众取宠,很显然是出自金潇的手笔。他说:"我很后悔。"

程一鑫自嘲地一笑,说:"后悔这句话,我真是说累了。"

伍迪很同意,后悔是一种后知后觉的情绪,随着金潇回国一点点地滋生和蔓延。有的人说不上哪里好,但好像就是无法被别人替代。她不是毫无主见的笼中雀,也不是众星捧月的公主,从不过分地强调自我,甚至不知道自己是月亮。金潇漂亮吗?法国名人的圈子里总有人长得和她不相上下。金潇聪明吗?他的某一任前女友十五岁时就拿着家族的资金创业了,是法国美妆零售界的新巨头。金潇温柔吗?任何人见过她自由搏击时的狠劲儿,都不会有这种感觉。

伍迪说不清楚他为何会来这里。他和金潇分了手,他们谁都没有对不起谁。她回国后,他享受了一段时间的单身生活,非常愉快。即便后悔,他也并不感到困扰和纠结。投资要讲究所谓的艺术,进行严谨的立项,并做好能让利益最大化的投后管理,他完全可以追投。不过,这都建立在回国后设立分部的基础上,他不打无准备的仗。伍迪的眸子里有迷茫的神色,他感到惘然。他来这里是想看看程一鑫和金潇之间的感情是否真的无懈可击,是想印证金潇和他在一起是不是把他当作替代品,还是想了解让她流露出真实情绪的人究竟有何等的性情?

一阵很炫酷的铃声响起,程一鑫的微信弹出语音通话的提醒。金潇抱怨道:"你在忙什么?不回我的微信。"

"来了一个顾客。"

金潇轻轻地"哼"了一声，说："伍迪？"

心头警铃大作，程一鑫问："你怎么知道？"

"我看监控了，他跟你说什么了？"

程一鑫瞥了一眼伍迪，说得支支吾吾。

"算了，"金潇使唤起两人来毫不客气，说，"你让他接电话。"

程一鑫压低声音说："宝贝，这是男人之间的事，我们自己解决吧。"要是伍迪以为他在向她告状，他就太没面子了。

金潇笑了笑，说："是女人之间的事，我想问他的妈妈今晚的安排。"

程一鑫不得已，把手机递过去。不知道他们是不是故意不想让他听懂对话，程一鑫听了半天，觉得他俩讲的应该是法语。

天哪，女朋友和她的前男友用我的手机打电话怎么办？在线等，挺急的。

挂了电话，伍迪也不解释，站起身，重新戴上绅士帽。他风度翩翩，仿佛刚才脸上的意难平和种种失意的神色只是程一鑫的一场错觉。他们知道话说尽了，两个情敌再度握手。

"发布会上见。"

"See you（再会）。"

伍迪很忙，自从有人爆料他提前抵达了滨市，酒店里的工作人员就拦截了许多粉丝，粉丝中99%的人是女性。一周后，千银电子和WOOD梦幻联动，举行春季新品的全球发布会，发布会在万众期待之中拉开帷幕。春季的新品是"千银之眼"，目标客户是视障人群和老年人，最大的亮点是"智能避障"。那是一种有主动性的避障功能，不需要客户手持导盲杖试探路面，能通过识别路况和人量的计算提前判断出障碍物，并合理地引导客户避开它们。

大家期待的名场面，正是宣传海报上的画面——千银公主和WOOD太子这对有高颜值的前任站在一起。

但他俩仅同框了几分钟。他俩先后代表公司致辞后，各自领了马拉松的号码牌。

所有参加千银杯的马拉松选手一起出发，程一鑫的身边有熟悉的劲跑团成员，还有一起练蒙眼跑的志愿者。程一鑫隔着人群看了一眼金潇。她离他不远不近,会全程直播。她今天穿了一套樱花色的运动服,展示出姣好的身材。她将长长了头发扎成一个高高的马尾辫,马尾辫刚好垂落在细白的后颈上,随着热身的动作轻盈地晃动。金潇似乎对他的目光有所察觉,瞥向他,那双眸子仿佛会说话。程一鑫读懂了,给她比了一个"放心"的手势。蒙眼跑的志愿者全部完成了抽签,程一鑫抽到了二十一号,将跑到第二十一公里处等待。待第二十位蒙眼跑的志愿者跑过来,他就会蒙眼出发,跑到第二十二公里处再摘下眼罩,继续跑完剩下的路程。

伍迪作为蒙眼跑的第一棒,受到了万众瞩目。围观的人尽是喊他的名字的女粉丝,被工作人员拦着。道路平坦,路况简单。在习惯了无视觉的失衡感后,伍迪服从着"千银之眼"发出的向左或向右的指令,从容地以慢跑的速度完成了比赛。粉丝感慨,男神的腿真长,他连跑步都这么优雅。

伍迪没有继续跑,调整呼吸,回到旁边临时搭建的发布会的演播室里稍作休息,在马拉松转播的画面和发布会的话筒前,向全世界介绍着千银手机的系统 WOOD 12.0 的重大突破。伍迪提出了两大技术障碍:第一,"千银之眼"过热或手机系统死机的问题,怎样得到有效的解决;第二,"千银之眼"引导视障人群过马路的问题,很遗憾,他们无法解决。这主要是因为他们不敢尝试,任何一个算法的错误,对盲人来说都是致命的。

伍迪一边解说,一边观看直播的画面。其实,他很容易就能看见那两个身影。金潇在前,程一鑫在后。她是樱粉色的,他是灰蓝色的,他们隔着不远不近的距离跑步。网上的观众不知道他们有何关系,他们却始终同框。

男性到底有强健的体魄,程一鑫本来就练过短跑,爆发力强。随着他耐力的增强,春节后,他的配速就超过金潇的配速了。医生建议他严格地控制心率。男性的选手之中,程一鑫不快不慢,刚好跑在落后金潇二十米的地方,看轻盈似小鹿的她一步一步地跑在他的心尖上。

所有志愿者一起练了半年跑步,抽到了不同的路段。和往常一样,他们偶尔有突发状况,但都有惊无险地完成了比赛。金潇是第四十二棒,要比其他志愿者多跑一百九十五米。

跑到最后两百米时,程一鑫超过了她,回头看了一眼他的小姑娘。风声很动听,程一鑫站在终点处,弯腰撑着膝盖,平复着剧烈的心跳,等待金潇出现在被汗水模糊的视野中。

他回想起第二次见到金潇的场景。清晨，他们在滨大的操场上进行百米赛跑，他也是这样先她几步跑到终点等她。他本想让她，后来没让——她从不需要任何人让。程一鑫勾唇笑了笑，看她在人群的欢呼声之中抵达终点。她摘下眼罩，露出明艳自信的笑容。他真没想过他们会有后来，更没奢望过他们会有今天。伍迪说他后悔，其实，程一鑫比伍迪还后悔，后悔放了手。如果早知事情会如此发展，他当初一定勇敢地下手，不会让她患得患失地暗恋他。

春季发布会顺利地落下帷幕，庆功宴却不怎么顺利。因为伍迪的母亲赵女士丢了手机，手机是去年的新款千银水星5。

她本来就是移民二代的华裔，生于法国，长于法国，母语是法语。提到国内，她只能想起每隔几年随父母回国探亲时小住几日的场景。父亲过世后，她一直没回过国。这次回来后，国内翻天覆地的变化让赵女士瞬间被花花世界迷了眼睛。她每天都在惊呼好吃、好逛、好玩，作为有少女心的冲浪达人，飞快地适应了无现金支付的便捷生活。因为翻译的软件太强大，她对自己勉勉强强的中文水平都自信起来。

赵女士前几天已经习惯了在金潇的陪同下吃喝玩乐。今天的春季发布会上，赵女士觉得无聊，自己揣着手机就出门玩去了。她不像儿子那样有驾照，而是学着使用类似Uber（优步）的软件线上叫车，好不自在。

这年头，没几个人的兜里有现金，小偷唯一能偷的就是手机了。赵女士低调地出门，看起来依然非富即贵。不到两个小时，她就成功地被人盯上了。手机不翼而飞，她甚至不知道手机是在哪里丢的。她打过去电话，手机已经关机了，定位的数据无法通过网络被传输回来。

找回手机这种事情本就希望渺茫，金潇对此很是抱歉。伍迪安慰母亲，丢一部手机倒是不要紧。他亲自升级了系统，无人能解锁ID，小偷基本上很难刷机，只能拆零件，伍迪让她不用担心。赵女士有点儿生气——她不在意一部手机的价值，但游玩的好心情被破坏了。

滨市可是千银的大本营，金潇去专营店里拿了一部全新的水星5给她。赵女士重新登录了ID，想翻翻这几天拍的照片，试图通过云空间的备份把照片找回来。傍晚，她收到了一条短信——"尊敬的千银用户：您的设备正通过刷机被重新激活，系统已定位IP地址。如非您本人操作，或者您的设备已遗失，请及时登录 www.thousandsilverid3.com，锁定 IP 地址，我们会协助您及时找回设备。"赵女士看见短信上全是中文，觉得不要紧，用翻译的软件把中文转换成法语。然后她点击网址，输入了账号和密码，完成操作后去找儿子问下一步该怎么办。

伍迪的面色变了，显而易见，这是假网址。赵女士输入账号和密码后，信息大概已经泄露了。对方可以顺利地登录赵女士的千银云空间，拿到里面的一切信息，包括她储存的大大小小的网站、应用程序以及银行卡的账号和密码。

在计划好的庆功宴上，所谓的男女主角都缺席了。受邀来到现场的媒体纷纷地揣测伍迪和金潇是否去私下约会了，当事人却焦头烂额，这简直是一个笑话。一群手机行业的业界精英，被不懂刷机还需要骗 ID 的账号和密码的小丑耍得团团转。丢手机的事小，ID 云储存的信息更重要，谁的心情都不会好。张叔骏安排大金他们全组出动，给伍迪打下手，反向追这个贼。伍迪拒绝了，对自己的技术有自信，别人帮不上忙。他希望知道这件事情的人越少越好。不过，他只带来了一部笔记本，需要性能更好的台式电脑。

最后，谁也没想到，伍迪今夜的归宿是金潇的公寓。伍迪表示自己一心想和贼斗智斗勇，她的现任如果不放心，不如和他一起来这里。情敌见面，格外眼红。两人累了一天，跑完全马又分别在发布会上讲了几个小时的话，现在一起坐在电脑前，眼睛里尽是红血丝。

事已至此，几人无可奈何，没心情思考什么吃醋的事了。伍迪本想封了赵女士的 ID 以绝后患，后来想想，不如在对方登录 ID 的时候锁定 IP 地址，会一会这位偷了手机又拿假网站刷机的人才。

谨慎起见，伍迪给法国的银行和瑞士的银行打了一个又一个电话，购买各种保险信托。伍迪一贯淡定优雅的眸子里有被愚弄的怒意——手段卑劣的贼惹恼了他。他年少成名，多少年来都没遇见过这样的事情。这是一场高手之间的对决也就罢了，偏偏对方愚蠢得可笑，连刷机都不会。而且，不知出于什么原因，对方拿了账号和密码，却迟迟地不肯登录 ID 刷机。

伍迪道了谢，接过金潇递过来的水杯。金潇和程一鑫的水杯不是透明的玻璃杯，是情侣款的马克杯，一粉一蓝，图案幼稚。同居的痕迹显而易见，伍迪全然没有思想准备。

见伍迪不着痕迹地打量金潇的公寓，程一鑫打破沉默，转移话题："你高估他们的水平了。"

"什么意思？"

"或许在一周后，或许在一个月后，还有可能在半年后，他们才会登录ID。"

程一鑫对团伙作案再清楚不过了。当年齐天他们几个人在滨市里偷了手机，把攒起来的一些手机寄到华强北去，让那边的人解锁手机后再把它们寄回滨市。等风头过了，他们才会找店销赃。

程一鑫就是他们看中的店主之一。因为齐天叔叔的关系，也因为受开哥的钳制已久，程一鑫怀疑过，但最终还是相信了他们。

伍迪疑惑地问："为什么？他们不怕我改了ID的密码吗？"

"他们可以再钓你一次。"

那种手法如此低端，伍迪皱眉："会有人信吗？"

跑到大世界商城里哭诉的人有很多，还有人希望在"大世界"里找回被偷去贩卖的手机。金潇以前都对此见怪不怪了，肯定了程一鑫的说法。

伍迪还是眉头紧锁，说："里面有……上亿的资产。"

程一鑫斟酌着用词，生怕伍迪以为他瞧不上他们家的万贯家财。他说，这个团伙里负责刷机的人可能连高中都没读过，不一定看得懂ID里储存的法国应用程序的相关信息。他们用假网站骗来ID的账号和密码，应该只是想刷机。一个团队卖二手手机挣到两千块钱，负责刷机的人分到的钱就如同他说过的那样，只有相当于几杯咖啡的钱。

伍迪很快反应过来，理解了国内的灰色产业链。但因为母亲手机里的信息有被盗取的风险，他还是按照惯性思维把这当作一场涉及上亿金额的"抢劫"大案。

程一鑫跟金潇开玩笑："你的前男友一向这么信阴谋论吗？"

伍迪笑了笑，不介意这个玩笑，反倒若有所思地说："你和金潇很像，她跟我说一模一样的话。"

伍迪三岁时就被绑架过，十岁就开始着手给自家系统的网络升级安全级别。更别提那次有人想"暗杀"他，他才会和金潇结缘。所以，他们在一起的第二天，伍迪就给金潇看过婚前协议。圈内的规则是，情侣两人不论能不能走到最后，都要看过婚前协议再谈恋爱，这是对双方的尊重。伍迪的爷爷是法国的贵族，奶奶是华裔。奶奶去世后，伍迪的爷爷和女佣产生了感情。后来奶奶的遗嘱被女佣篡改了，好在协议上写得明明白白。伍迪相比其他人对此事更加谨慎。

伍迪和金潇把"婚前协议"四字说得很轻松，像在开玩笑。程一鑫复述了一遍，嘴里咀嚼着对他而言全然陌生的词汇，眸色黯淡下去，觉得仿佛在这个公寓里，伍迪才是男主人。白炽灯照得他的面色惨淡，程一鑫想确定一些事，尽量克制住泛着醋意的忌妒心，问："你们以前已经到了谈婚论嫁的地步吗？像电影里的那样，你们是彼此的未婚夫和未婚妻？"

他的金潇也曾给别人当过未婚妻吗？她曾是愿意嫁给别人的吧。但以前他们十几岁的时候，总觉得那些事很遥远。他们之间有巨大的贫富差距，程一鑫连攒奶奶的手术费都很艰难，更别提去许给她一个未来了。他拿三层楼高的手机店吹牛说笑，只有金潇这样的傻子会当真吧？

伍迪和金潇对视一眼，发现程一鑫完全误会了他们的意思，他似乎完全不理解。显而易见，婚前协议是保证夫妻任意一方背后的家族资产不会因为两人的结合而受损的协议，并不是一个求婚的仪式。

伍迪难以相信程一鑫会有这样的误解。他的五官到底是有混血的影子，很立体，眸子也深邃，增强了他脸上的疑惑感。他问："你没跟他说过？"

金潇摇头："不需要，我信任他。"

程一鑫巴不得逃跑。以前她总担心他知道了她的家境会跟她分手，他说她像白池莉一样玩弄他。程一鑫想挣钱，嘴里喊着要一夜暴富，但实际上勤勤恳恳地给别人贴膜、跑步、修手机——这样换来的每一笔钱才令他安心和快乐。就是在最困难的时候，他也不曾从她的手里借过一分钱。

伍迪消化了半晌这个事实，苦笑道："我忽然有些理解了。"

他理解了金潇究竟想要一种怎样的爱恋。她想要全然的信任感，而他做不到那样，也给不了她那种信任感。

金潇不知该如何解释，轻轻地握住程一鑫的手，平静地道："与此无关。"

夜色渐深，守株待兔也不见有人登录ID，两个男人开始通力合作。金潇原本以为他们还会互相冷嘲热讽，没想到他们很快认可了对方的专业度——确切地来说，是伍迪认可了程一鑫对民间的二手手机市场的熟悉程度。她记得上大学时，自己还帮程一鑫翻译过几篇伍迪的论文，程一鑫向来是把它们奉为圭臬的。

程一鑫提议："先查这个假网站。"

伍迪同意他的思路，飞快地敲动键盘。程一鑫第一次近距离地看见他的手段，眼睛发亮地问："哥们儿，能不能展开讲讲？"

伍迪冷冷地瞥他一眼："我们当不成哥们儿。"

程一鑫："……"

涉及专业知识时，伍迪用的不少术语是英语，金潇没想到她还要当翻译。数据反馈的结果是，假网站下的所有请求实际上是基于一个外国的站点。伍迪浏览页面的PHP（超文本预处理器）程序，select（选定）语句查询数据库，再修改提交包，把select语句修改成dele（删除）语句，全部删库。或者他修改查表，查出admin（管理）表字段，让它显示出密码，也能配合后台进网站。

伍迪是各大电子论坛里顶尖级别的高手，但因为没有满意的电脑，进了网站也花了近两个小时。假网站内，他们所获取的ID账户、密码和时间一览无余。赵女士的账号赫然在列，是最新的一条数据。被偷手机的人真不少，伍迪清除了赵女士在假网站里留下的ID账号和密码。

然后他们又陷入了僵局，假网站里还设置了收件邮箱，那是一个十一位数的QQ邮箱，对方应该已经收到了邮件，只是还没有采取行动。他们黑进腾讯的服务器？腾讯的安全级别太高，加上还有法律的约束，连伍迪都觉得这种做法不现实。

伍迪抿唇，侧脸的线条流畅完美，鼻梁高挺。在电脑的幽幽蓝光映照之下，他发色显得很黑，眼眸也黑，肤色是欧洲人特有的白皙肤色，比程一鑫的那种冷白皮更加显得冷峻。他思索片刻，又开始敲代码。

程一鑫猜出来他的目的，问："你留了后门？"

伍迪解释："我插了一段XSS（跨站脚本攻击）定位代码，等他们登录后台。"

几人之中，金潇平时睡得最早，还有晨跑的习惯，生物钟让她的精神不济。程一鑫摸了摸她的发顶："先去休息一会儿。"

金潇有困倦之意，哈欠连天，但撑着不肯去睡觉。她是很藏不住情绪的人，保护欲都写在了脸上。

伍迪淡漠地开口："我不会把他怎么样。"

程一鑫安慰她："放心，去睡吧。"

他们又不可能当场打一架。

金潇迷迷糊糊地听见程一鑫说，长夜漫漫，不如听听《水星记》，这是他当年和她分手后听的"网抑云"神曲。

伍迪问："什么是'网抑云'？"

程一鑫说："真羡慕你，有钱人一般都不会听'网抑云'。"

金潇："……"

她的担心真是多余了。

金潇一觉睡醒后，天边已有晨曦，脚本却始终没有任何反馈。伍迪一向胜券在握，此刻却不得不承认程一鑫的话很对。小偷根本没那么高明，没有反向的侦查技巧，根本不知道假网站被黑了，毫无行动，甚至连刷机都不积极。熬了一夜，，用自动工具在假网站上批量填写虚假的账号信息，试图用上千封电子邮件轰炸网站的后台上留下的腾讯邮箱，让小偷赶紧登录假网站的后台查看情况。

程一鑫洗完脸回来，制止了他："要不我试试？"

伍迪抿唇，把电脑让给他："你来。"

程一鑫摇头："不用，我用手机就行。"

他用 QQ 搜到了该邮箱对应的 QQ 账号。伍迪很快发现，程一鑫加了 QQ 号的主人，很顺畅地和对方聊了起来，说自己有机子要刷。对方发了淘宝的店铺，让他拍下宝贝后把需要刷的机子寄过去，如果刷机不成功就全额退款。

伍迪眼角抽搐着："就这样？"

他亲眼看见对方毫不设防地留下了店铺的地址——"深圳华强北 XX 号店铺，华哥收。"

程一鑫伸了一个懒腰，喊醒金潇："去一趟华强北吧。"

金潇听了事情的来龙去脉，"扑哧"笑了一声，说："这些人还真是一点儿新意都没有，又是华强北。"

她既感到无语，又为能找回赵女士的手机而高兴。诚然，手机的价值比不上去华强北来回的机票钱，但意义不一样。他们熬了一整夜，好不容易查出来眉目，不可能放过这些小偷。

男人负手站在窗边，依然像电影里的贵族。

金潇犹豫片刻，开口邀请他："你想和阿姨一起去吗？"

外面的阳光有些刺眼，伍迪转身："不用了，我还有事，明天回法国参加摩纳哥的年度慈善晚宴，你知道的。"

他说，赵女士还会在国内多留几日，散散心，辛苦金潇的父母作陪了。

金潇一怔，问："那手机……？"

伍迪不失风度地欠欠身："拜托你们了。"

程一鑫他们就去一趟华强北，不用带什么东西。很快，程一鑫就替金潇找到了身份证。他们同居了几个月，知道对方的东西在何处。他收拾了一个包，把金潇常用的护肤品装进去。他们之间可真是容不下其他人了。出门前，程一鑫再次承诺："放心，阿姨的手机一定能找回来，我们可能比手机先到深圳。"

伍迪再次深深地看了一眼金潇，此后大概很难和她再见了。她身边的男人比他更合适她。他们本来是剑拔弩张的情敌关系，最后竟然为了一个假网站并肩作战了一夜，紧张感无形中消散了许多。

伍迪有话要说，喊住他："程一鑫。"

程一鑫将车钥匙递给金潇："你先下去吧。"

目光在两人的身上一扫而过，金潇说："好。"

待电梯门合拢，伍迪开口："结婚的时候，你们给我一张请帖吧。"他感慨道，"过去的几年里，我见过她开心的样子，见过她难过的时候，但还没有见过她不属于我的模样。"

程一鑫抿了抿唇："你已经见到了。"

"是。"伍迪丝毫不让步，说，"我记得她以前说要自己设计婚纱，想看看。"

程一鑫知道伍迪是故意这样说的，但还是成功地被刺激到了。两人握手时都使了劲儿，程一鑫深吸了一口气，保持微笑，说："一言为定。"

深圳的春天和滨市的春天完全不一样，节奏太快，春天就带着夏天的燥热。他们去了华强北，确认了店铺的信息，拍了一些视频。再加上伍迪已经破解出一些信息，证据确凿，他们静待警方布网。

他们不用练马拉松，不用操心春季发布会，难得忙里偷闲，竟有一丝来这里旅游的错觉。金潇对华强北的现代化程度感到震惊，程一鑫给她讲以前这里的建筑是什么样的，那里又曾是什么样的。

深圳是一座令他心情复杂的城市。十八岁离开深圳的时候，程一鑫是狼狈的，也是意气风发的。他在华强北攒下了第一桶金，坐着绿皮火车回到滨市，整个人都被深圳的夏日晒掉了一层皮，也依然掩盖不住兴奋的神色。他用半年的时间学了一口蹩脚的粤语，见人就喊老世（老板），别人像看蝼蚁那样看他。深圳是一个造梦的城市，有太多的人一夜暴富，更多的人赔掉底裤。人人忙忙碌碌，艰难地维持生计，没人会在意他这样的小角色。

程一鑫指了指飞姐曾经的店铺，如今店铺里换人了。他说："我刚来的时候，在她的门口睡了几晚。"

晚上有蟑螂和老鼠，他一醒，胳膊上满是蚊子叮的包。后来他跟人合租，房子在码头附近，早上周围有海鲜市场，屋里终日弥漫着腥味。他把衣服晒出去，衣服两天就潮得发霉。

程一鑫说出来这些事，没有自怜的意思，反倒觉得好笑。他始终没提他的母亲，说不计较那些事了，她平安就行。

金潇试探着问他："要不要见见她？"

"谁？"程一鑫反应过来，思索片刻，问，"你愿意吗？"

金潇握住他的手："嗯。"

夜生活是一个城市的灵魂，程一鑫按地址找了半天，带着她来到一家烟火气息浓郁的"丽姐大排档"的店前。风韵犹存的老板娘在和食客打情骂俏。几个食客窃窃私语，说丽姐年轻的时候很漂亮。丽姐很白、很瘦、很勤劳，白天去海鲜市场上卖活鱼，晚上做夜宵，把卖不完的鱼做成鱼片粥。

他们几年没见面了，小食街上叱咤风云的老板娘在见到儿子的那一瞬间简直束手无策，尤其是他的身边还有一位漂亮又有气质的姑娘。

丽姐语塞半天。鱼片粥在春季显得滚烫，袅袅的烟令丽姐红了眼眶："我当年是不想让你管奶奶了，谁知道你偏要管她？"

她坚信在深圳能发大财，他不用读大学，也不用练短跑。她收走了他浑身上下的所有钱，一个十七八岁的男孩子能干吗去？他饿两天就准服软了。但他跑到华强北干起了背包客。她的包工头劝她让男孩子闯一闯，只要儿子愿意留在深圳，什么都好说。她以为儿子愿意留下的时候，他却坐火车跑了，以年轻瘦削的肩膀去承担不属于他这个年龄的责任。

　　程一鑫不想看她继续落泪，嬉笑几声，像食客一样调侃她："丽姐，你的男人呢？"

　　她"呜呜呜"地哭起来。

　　程一鑫无奈地说："妈，你还这么爱哭。"

　　她搜刮走他的钱时要哭，不让他管奶奶时也哭。后来奶奶离世了，她回过一次滨市，又要拽程一鑫走。他不肯，她骂他是白眼狼，哭得"稀里哗啦"，一气之下甩手回深圳。没过多久，她又换了一个男人，又把儿子忘到脑后了。

　　"嘎吱"作响的油腻餐桌上，丽姐很幽怨地看着儿子。卖惨可能是祖传的技巧，金潇对她很同情，问程一鑫："你为什么不肯跟阿姨走？"

　　奶奶去世了，程一鑫正好再闯一次华强北，没理由拒绝母亲哪。

　　丽姐忽然支支吾吾起来，替儿子掩饰："没什么。"

　　程一鑫瞥她一眼："说吧，没关系。"

　　丽姐迷惑地看了看他俩，盯着粥，说道："他说他喜欢一个姑娘，怕走了就再也碰不见她了。"

　　金潇说不出话，红眼圈似乎能传染，她的眼眸里也泛起雾气。

　　丽姐感到办了坏事，儿子是不是蠢？他不好好地珍惜这个漂亮姑娘，在她的面前说这些？

　　丽姐讪讪地道："那个……他不懂事，瞎说的。靓女呀，不要计较这些。"

　　程一鑫牵起金潇的手，平静地说："我那时候说的就是她。"

　　金潇轻轻地点头。

　　丽姐"嚯"了一声，揉了揉眼眶："真好。我……今天切的姜丝太辣了。"她在脏兮兮的围裙上擦手，"你俩结婚的时候喊我去，我包一个大红包。"

　　金潇诚恳地道："阿姨，再回滨市时就别走了吧。"

　　程一鑫不由得瞥了她一眼。金潇顾盼生辉，说完话就隐隐地期待着他的认同，眸子灵动。她还是这样，很理想主义，想兼济天下，不愿独善其身。她由衷地希望她身边的人更快乐，希望她所在的世界更美好。

程一鑫冲母亲一笑，深感母亲的五官仍有年轻时的影子，很俊俏，吸引异性的目光。他说："我听她的。"

第二天清晨，金潇一睁眼，提出了一个大胆的想法："我要去华强北做一天背包客。"

程一鑫："……"

金潇看出来了他的意思，说："你就是瞧不起我。"

程一鑫憋着笑保证："绝对不是。"

所谓的背包客，哪里能没有背包？她掏空了程一鑫的灰色双肩包，背上它以后，对着镜子转了几圈："你看我像吗？"

金潇是真想了解华强北，了解的最好方式是参与。程一鑫认真地替她整理了造型，背双肩包要有松松垮垮的感觉，要耷拉着肩膀，不能像要去跳芭蕾舞的天鹅。他说："咱们比一比？"

"比什么？"

"一天挣的钱。"

"比就比，谁怕谁？"

这是程一鑫的老本行，他能轻易地看出来谁想卖手机、谁想买手机。他首先摸清了各种机型的手机的市场报价，把黑话和行话甩出去，轻轻松松地接到了单。他还接了几个修手机的单子，华强北里面的店铺里有一部被重摔的手机，一般几家店的店主一起修最便宜——肥猫的家里有屏幕，阿坤的家里有摄像头，小鸥的家里有四件套。店里有几位华强北的老人，几年没来，他依然门儿清，见人就喊"表哥""表姐"，仿佛已经和他们认识了好多年。

转眼间，他看见在门口徘徊、不知该向谁搭讪的金潇，发现她很郁闷。人来人往，有人询问时，她还是眼睛一亮，努力地推销手机。

再见到他时，金潇一无所获，放下书包，宣布放弃："四舍五入，我算体验过你的生活了。"

程一鑫接过双肩包："走吧，哥带你去转转。"

金潇撒娇地笑了笑，递上她自己的那部贴着碎钻的手机："程老板，买二手手机吗？照顾一下生意？"

程一鑫把她连人带机搂进怀里："好哇，高价回收。"

他喜欢的姑娘啊，心有乾坤，犹怜草木。她坚定地向这个不公平的世界，散发出属于她的柔和光芒。

她是宇宙的中心最亮眼的星辰。如果没有她，他不过是一颗普通又渺小的尘埃。

她说星辰亦是尘埃，尘埃亦是星辰。

他就厚着脸皮，穿过一整个银河的距离，去拥抱她就好了。

番外一

少年时

蝉鸣声怎么这么大？金潇还嫌没听清他的那句"好像撞进我的心里了"。高端小区的门口车来车往，行人很少，只剩下他们两人。她的心情犹如过山车，直上直下地颠簸，又回到云端之上，为他的一句话而再次悬浮起来，她说什么都不敢再抬头看他了。

金潇的脑子一向是很灵光的，六科的分数很均衡，她不偏科、无短板，但现在思索不过来了——他说有女朋友，她说他的女朋友好看，他说她自恋。

等她抬了头，恐怕都要天亮了。程一鑫不再揉被她磕疼的下巴，他的心里是慌的，不比她好到哪里去。往常他与其他女顾客说说笑笑，因为很明显那种亲昵是假的，就像自己戴了一张面具，人家要看他出演的那场戏罢了。此刻他却是真心的，十九岁的心脏躁动彷徨地为她跳动。好在此刻不必与她对视,他轻笑一声,气息吹拂着她的发顶。他顺手很轻地揉了揉她的头发,手紧接着穿过她柔软顺滑的发丝,再往下滑,强迫着自己不颤抖。

有些话,他必须当面对她说,于是,他的指尖总算碰到她冰凉的下巴,令她瑟缩了一下。那时候他们到底是年轻啊,真正的爱情火花迸溅时,程一鑫顾不上那么多,不再犹豫,用几根手指轻轻地抬起她的下巴,使她抬头望他,声音不再轻浮随意。他说:"所以,晚安妹妹,你愿意当我的女朋友吗?"

两人总算重新对视,未挥发的酒精在身体里发酵,世界在天旋地转。他们的眼神迷离又湿漉漉的,躯体灼热,好像他们隔着一层空气都能用热浪将对方掀翻。金潇的唇瓣动了动,她说:"我……我喜欢你。"

"我知道。"

她总算说出来了。十八年里第一次喜欢一个男生,他还是她绝对不会喜欢的类型——可她偏偏喜欢了。难得有不必证明和求解的问题,她不纠结。但她没想过自己会这么快就向他表明心迹,今天听见他说有女朋友,整个人都蒙了,然而事情怎么会峰回路转?

她难以置信地问:"你也喜欢我吗?"

她还是不敢相信这一切。

程一鑫笑她,说:"这句话,留着让我说不好吗?"

怎么会有这么傻的女生?她把一腔热忱都写在脸上,以为他真能忍得住吗?他知道事情不会有结果,知道他们隔着十万八千里,时而记得不给她错误的暗示,时而却又忘了分寸。究竟是谁招惹了谁呀?真是一笔旖旎的烂账。她高考后在店里陪他的时光,是他晦暗的日子里的一束光。他在"大世界"里天天都笑,唯有她不需要他世故的笑。她在的时候,他的笑是真实的,他为她笑,为他们笑。

"我当然喜欢你。我有什么理由不喜欢你?"程一鑫这会儿后悔了,平时说多了吊儿郎当的话,不知道该怎么让她相信,想了想,叹了一口气,"校运会的时候你问我,为什么前两年没见过我。现在我可以认真地回答你了,今年是为你去的。"

金潇依然不信,说:"可你……"

他去那里出租充电宝,又没少赚钱。

程一鑫知道他百口莫辩。他藏得当然很好,好得差点儿把自己都骗了。他解释了,她会信吗?她的下巴被他挑着扬起,抵赖是他的长处。他低头慢慢地接近她,语气里有一丁点儿威胁的意味。他说:"你还想控诉我?"

"不如我证明给你看,"他作势要吻下去,"我喜欢你。"

金潇瞪圆眼睛,反手挡住唇部。她含混不清地说:"我……没准备好。"

程一鑫轻笑,挺直腰,不再逗她:"女朋友,准备好了记得通知我。"

他们都喝了酒,嘴里还有酒精的气味,他当然不想在这里草率地第一次与她接吻。"女朋友""男朋友",空气因为这几个字甜美起来,金潇的心"怦怦"地跳,下巴仍被他捏着,她向下瞥了一眼,怕他随时再吻下来,让她出了丑。发现那边的保安还在看着他们,脸皮在灼烧,她问:"你能不能先松开我?"

"不能,"程一鑫慢条斯理地说,"不过我可以换一个方式。"

他笑了笑,眨了眨光芒闪烁的眼眸,将捏着她下巴的手放下来。他在她的身前摊开手,等着她把手放上去。

金潇低头,将紧张得出了一层薄汗的手郑重地放进他的手心里,直到他们十指紧扣。她觉察出来他的指腹上有一层薄茧,他的手有这个年纪的男生的手本不会有的粗糙感,粗糙感毁了本来漂亮的一双手。他正若有若无地轻抚她的手背,年少时的第一次牵手令人脸红心跳,好像他们做了什么惊天动地的事情。

"我送你进去。"

金潇低头"嗯"了一声。

两人并肩走,程一鑫倒有些后悔,早知道不拉手了。他们离得真近哪,比平时在"大世界"里还近,她的身上少女的清甜和高雅的幽香融合在一起。如果他还能揽着她盈盈一握的腰肢就好了。她跑步和跳高的时候,运动服的衣角上下地翻飞,体迅飞凫,罗袜生尘,他那时就移不开目光了。

可她仍不信他喜欢她,问:"你从什么时候开始喜欢我的?"

"如果要回答你,我肯定要说谎。"

金潇踢走了一块小石子,小声说:"不说就不说。"

程一鑫保证道:"我以后告诉你。"

怕她吓着,他惦记了不属于他的月光这么久。他仰头看看,今夜的月亮正像新芽,就像他们的恋爱才刚刚开始。月亮让人期待着它满盈的那一刻,永远不要缺失一块。

到了楼下,两人互相对视,又红了脸,复而低头。他们都有冷白的皮肤,脸一红,连耳梢和脖颈上都密布着红色。他们怎么掩盖都掩盖不住羞涩,总有一种头晕目眩的感觉,大脑充血滚烫。金潇出声说:"我上去了。"

她后悔了,想请他上楼,但这样会不会太不矜持了?她在想怎么圆那个谎,这分明是她的家,不是小姨的家……她以后会告诉他的。

她想邀请他一起过夜——一想那样亲密的场景,过快的心跳就让她想把这个念头驱赶出脑海。

程一鑫说了一句"好",却没有松开她。他把脚尖在原地挪了挪,总算下定决心,举起她的手,他的唇瓣印在她柔软光滑的手背上。金潇被烫了一样,把手缩了回去。

她的声音很娇软,和平时冷静的声音一点儿也不一样,她说:"我真的上楼了。"

"去吧。"程一鑫牵起唇角。他其实是很知道怎么对女生笑的,平时笑得痞痞的、酷酷的,然而对着她却笑得很傻:"等你回去,我跟你说'晚安'。"

金潇刷卡,推开单元楼的门,回头看他还在原地,犹豫几秒,跑回去问他:"你明天……不会后悔吧?"

"不会。"

"那……后天呢?"

两人"扑哧"一笑。他们都知道,她只是因为舍不得与他分别,故意多说几句话罢了。程一鑫认真地回答:"也不会。"

等她再次跑进门里,程一鑫在她的身后清了清嗓子。他此刻的嗓音很清朗,她躲在铁门里听得很清楚,他在大声说:"下个月不会,明年也不会。

"我这辈子都不会后悔。"

他还想天天和她说"晚安"。

年少时的爱恋里,最大的浪漫,无外乎期许终身了吧。

这一夜真漫长，天蒙蒙亮的时候，闹钟还没响起，程一鑫就睁眼了。少年的梦境总是气血盈涌，无外乎充斥着对女生的想象。自从他认识了金潇，梦中的情女终于有了面容。他一骨碌坐起来，梦境与现实交织在一起。他昨夜喝的酒还有余味，太阳穴"突突"地跳。他摸到了手机，松了一口气——如果没看见手机里他们互道的"晚安"，他甚至会以为昨晚的事是一场过于真实的梦境。

"金潇 Tonight"变成了"晚安妹妹"。

墙上有程佳倩贴的褪了色的海报，海报上有一个面目模糊的帅哥。他面壁思过半晌。墙上墙外的两个鼻梁同样笔挺的男人面面相觑，程一鑫总算将难受的感觉驱逐出境。

他没有给自己放假，背上一袋手机去滨大的操场上替跑。他提前半个小时回了家，洗澡后换了一身干净的衣服。他的衣柜里就那么几件衣服，衣服除了印着"鑫哥二手手机收售修"的就只剩下跨栏背心，他想挑也挑不出来好看的衣服。程一鑫懊恼不已，只求清清爽爽，穿了一件白色的短袖。昨晚因吃烧烤、喝酒，车还在大世界商城的停车场里，他去取了车，开车来到金潇小姨家的楼下。

鑫哥二手手机专卖："起床了吗？"

晚安妹妹："嗯嗯。"

程一鑫勾唇。

鑫哥二手手机专卖："我在你楼下。"

他连早餐都买好了。不知不觉中，金潇去"大世界"里陪他一个多月了，除了去参加毕业典礼，一天也没落下。他们说好的是她来当暑期工，实际上他一分钱都没给她，还骗来一个女朋友，这个姑娘太傻了。

金潇看着消息，陷入呆滞中，跑到窗边往下看。那辆灰色的五菱停在路边，他真的在等她。金潇匆匆忙忙地回了一条语音消息，语气里带着浓浓的歉意和焦急："不好意思，我可能还得收拾一会儿。"

程一鑫不急，发的语音里都含着笑意："当然，这是女朋友的特权。"

金潇简直想哭，自己第一天"走马上任"就让程一鑫等她，他会不会觉得她太矫情了？她早上起来时把衣柜都翻遍了，现在床上还乱糟糟地堆着一团试过的衣服。她觉得穿运动服太没女人味，穿晚礼服显得用力过猛，穿超短裙显得不够矜持。她最后悔的是到底为什么要化眼妆，本来昨晚就没睡好，还带着浓浓的眼妆。家里人请化妆师教过她，她化妆从来没有失误的，三五分钟就能化好淡妆。今天无论怎么看，眉毛都是不对称的，眼妆也太浓了，她又不想让程一鑫看出来她化了妆。金潇再看了一眼镜子，决定卸妆，重新化一次妆。

上车的时候，金潇不敢看他，小心翼翼地捂着裙摆坐在小面包车的副驾驶座上，没看见程一鑫眼底的惊艳之色。她最近晚上都去练车，没穿过裙子，以前见程一鑫的时候也都是穿蓝色的校服，这身小白裙格外能衬出她的灵动。她身高一米七，虽然身板有少女的清瘦之感，但该凹凸的地方丝毫不含糊，无处安放的一双长腿更是吸睛。她坐在这样灰扑扑的车里，程一鑫觉得暴殄天物。

金潇小声道："你等久了吗？"

程一鑫轻笑。见她害羞，他反倒没那么胆怯了，转头调侃她："你赖床了，嗯？"

他都没想过自己还能用这么温柔的语气说话，鼻音和嗓音混杂在一起。宠她，或许是他无师自通的本领。

金潇目不斜视地提醒他："绿灯了。"

程一鑫重新发动车子："知道了，女朋友。"

他总在反复地提及他们的关系，真的很让人害羞。

金潇抗议："你能不能别叫我'女朋友'？"

程一鑫从后视镜里瞥她一眼："那你想听什么？"

金潇想了想，说："就……金潇。"

程一鑫挑眉："你是认真的？"

他用那种谴责的语气说话，仿佛叫她"金潇"太过于残忍了。他叫她"潇潇"又太肉麻，总不能像她的同学一样叫她"潇哥"吧？

金潇退让一步，声音又低下去："要不，叫我'晚安妹妹'也可以。"

果然，她一说完话，程一鑫就开始笑。他笑得那么肆意，瘦削的肩头都止不住轻轻地耸动，她说的又不是笑话。他笑了好久，才答应了她："好的，晚安妹妹。"他将手机解锁，把它丢给她，"你顺便帮我看看，我的手机好像坏了。"

金潇很疑惑，他的手机坏了，难道他不应该自己修吗？难道他指望她用刚在店里学的三脚猫功夫给他修好手机吗？她看了看手机，问："没坏呀？"

"是吗？"程一鑫意味深长地说，"那为什么里面没有你的电话号码呢？"

原来这叫"坏了"，金潇忍俊不禁。她笑，他也笑，恋人专属的傻笑声回荡在车里。她把自己的号码输进去，填了"晚安妹妹"的备注，设置了星标联系人。她看见她在他的通讯录里是唯一的星标联系人，又把她自己放回通讯录里，才把手机还给他："我修好了。"

"还没修好。"

金潇憋笑，问："还有哪里坏了？"

趁着等红绿灯，程一鑫捞过她的手，把她的手按在手机上录入指纹："还缺了你的指纹。"

金潇惊讶地道："你给我看手机？"

程一鑫满不在乎地说："有什么不能看的？"

金潇记得之前她还见过白池莉说想要他的微信。怎么他的手机就都能让她看了？他是在保证以后会断掉这些关系吗？她瞥了一眼他的侧颜。小鹿眼似星星，他长得白皙俊朗，薄唇含笑，奶奶灰色的刘海儿将他的轮廓勾勒得越发迷人。她没谈过恋爱，但知道恋爱是排他的、唯一的。他已经是她的男朋友了，她应该相信他。氛围正好，她不想提旧事，安心地录了指纹。虽然在现代社会中，微信可以解决一切联络的问题，但他们又交换了电话号码，好似关系又更进一步了。

"鑫哥二手手机专卖"旁边那家店的店主痘哥，今天可谓大吃一惊。他起初以为另一个妹子来打工了，再定睛一看，这还是重点大学的预备学霸潇妹子。她本来就长得清纯可人，有着不俗的气质，现在穿着一袭白裙配小白鞋，简直可以直接被封为校花了。痘哥再看程一鑫，今天程一鑫也没穿他家的制服，穿了一件白上衣，两人的衣服还很像情侣装。痘哥总觉得他们之间的气氛怪怪的，又说不上哪里不对劲儿。

痘哥调侃他们："你俩咋都穿一身白衣服？"

程一鑫答："老板要求的呗，店内统一着装。"

"老板是谁？"

"我呀。"

"……"

痘哥也感觉自己问了一个很傻的问题，但还是忍不住总往金潇那里看。她这腿怎么这么长，还有姣好的曲线？金潇趴在柜台上，听程一鑫讲解手机的构造。程一鑫咳了一声，说："管好你的眼珠子。"

两人齐刷刷地回头，痘哥瞪圆眼睛："咋了？瞅你怎的？"

"你那是瞅我吗？"

痘哥很心虚，但觉得程一鑫不至于为看漂亮的妹妹这种事情跟他急眼，笑嘻嘻地甩过去一根烟："一大早这么火大，你消消气。妹妹，你看你的鑫哥咋了？他昨晚吃火药了？"

金潇为给程一鑫惹了麻烦而懊恼，压低声音说："算了。"

程一鑫还挺恼火的，说："你坐进去学。"

他站在外面，恨店里没有毛毯能让他把她盖上。程一鑫教得心猿意马，金潇的睫毛也一个劲儿地忽闪，她自然也没怎么听进去他的话。趁痘哥去撒尿，程一鑫悄悄地伸出手。

金潇嗔怪地看他："干吗？"

"伸手。"

两人在店里偷偷摸摸地拉了手。在光天化日之下拉手，和喝酒后在迷离的夜色中拉手就是不一样，现在他们能格外清晰地感知到两颗心一起跳动的滋味，随便拉手，手心里就满是薄汗。直到有人来了，两人触电样缩手。

程一鑫去迎接客户，他的老客户拿来了三部手机，要求改装和扩容。程一鑫平时见到生意自然会高兴，今天头一回希望清净点儿，却一忙就忙到中午。金潇一直坐在柜台里老老实实地看着书等他，这是两人早上说好的。他们中午一起去吃饭，世界很嘈杂，金潇所在的那一隅却很安静，他看见她，无端地觉得空气都变得清凉了。程一鑫把二楼美食长廊的卡丢给她："你先去吃吧，别管我。"

他第一天谈恋爱就放了她鸽子，眼神很抱歉。金潇理解他，下楼后发微信安慰他。

晚安妹妹："我先吃，待会儿给你打包回去。"

鑫哥二手手机专卖："好。"

金潇点了往常的套餐，坐下来对饭菜端详了半天，思考自己是不是吃得太多了，万一这几天程一鑫要搂她该怎么办？她总不能让他摸到赘肉吧。她好久没玩极限运动了，更没时间去风火俱乐部里练散打，都把时间用来学车和待在"大世界"里了，只有晚上回去后在跑步机上跑一个小时，不知道这样能不能消耗掉日常摄入的能量。她忍住口腹之欲，剩下一大半饭菜，刚要回去就收到了微信。

鑫哥二手手机专卖："别打包了，我下来吃。"

晚安妹妹："你吃什么？"

金潇还没等到回复，就看见程一鑫小跑过来，仰头看他："你忙完了？"

"我跟他说下午继续。"

"可以吗？"

"不可以也得可以，不然女朋友要被气跑了。"

"才不会呢。"

"那你吃得这么少，不是生气了？"

金潇噎住，说："我就是今天不太饿。"

程一鑫戏谑地笑："我懂，那句话是怎么说的来着？有情饮水饱。"

金潇仰头继续瞪他，脸上还有一丝婴儿肥。他俯视着她，还能看出平时看不出来的可爱感。程一鑫伸手揉了揉她的头发，头发和昨晚时一样好摸。他顺手掐了一把她的脸蛋儿，脸蛋儿似乎能掐出水来。他本来像往常一样准备坐到她的对面，还没坐下去，忽然起身了。

金潇疑惑不解，把一张纸巾递给他："凳子脏？"

"不是，"程一鑫转身和她并排坐在一起，"给我腾一个位置。"

她往里挪一点儿，他就往里蹭一点儿，两人的腿贴在一起。她今天穿着裙子，感到小腿贴着他的小腿，怪不好意思的，就又挪了一点儿。他继续蹭过来，金潇瞪他一眼，继续挪动，忽然感到重心不稳，原来已经挪到长凳的尽头了。她的腰被紧紧地钳住，夏天的衣服真薄，程一鑫光明正大地揽着她的腰。从他的掌心传来喷薄的灼热感，她仿佛能感觉到他手上的那层薄茧。周围很嘈杂，他一副看好戏的模样，低下头暧昧地在她的耳边说："你再跑，就要掉下去了。"

金潇用指尖戳了戳他的胳膊："那你坐好。"

"嗯。"程一鑫不再逼近她。她还是坐在长凳的边缘上，被迫与他亲密地并排坐着。他拿起她的筷子，直接开始吃她的剩饭和剩菜。金潇惊诧不已，又羞又恼地说："喂，我给你重新打一份饭吧？"

程一鑫刚把一个鸡腿塞进嘴里，含混不清地说："不用了。"

看他都已经吃了她的剩饭，金潇小声道："这是我剩的。"

"挺香的。"

"你怎么能这样？！"

程一鑫说得很磊落："老板答应了下午交机，亏了加急费，总得把钱省回来。"他舀了一勺她没吃完的鸡蛋羹喂到她的嘴边，"再吃一口吧？"

怕别人惦记金潇的小白裙和大长腿，程一鑫去找了一趟程佳倩。那时候，程佳倩的美甲店还在楼下的一层，正好没顾客，她正打着哈欠偷偷地看电视剧，问："哥，咋了？"

她回头看了一眼，前两天刚进了一批手机壳，还没卖完它们。

"有毯子吗？"

程佳倩指指柜子："自己拿。"她又打了一个哈欠，"你咋想起来拿毯子了？"

程一鑫假模假样地说："今天哥被空调吹得有点儿冷。"

冷？程佳倩还不了解他？他瘦归瘦，还挺怕热的，即使在冬天里也逞英雄，穿得单薄显瘦，只有在摆摊的时候才愿意穿羽绒服抗风。程佳倩从凳子上蹦起来，伸手摸他的额头："你发烧了？啧，没有哇。"她清醒过来，说，"是不是潇潇姐要毯子？她的生理期到了？我这儿还有红糖。"

程一鑫被她这副口无遮拦的样子吓了一跳，什么生理期？不过按理说，金潇也快到生理期了。他还记得春天的时候他也是在那个月的这几天里见的她，她的裤子上都沾着血迹。他很感谢那天她的"大姨妈"造访了，否则都不知道该怎么劝她上车。店里的其他姐妹都是二十来岁，难得看程一鑫因为脸皮薄吃瘪，"咯咯"地笑话他。程一鑫被程佳倩拽着出了门，他们一起回到了他的店里。

程佳倩同样被今日的金潇惊艳到了，说："哇，你今天好漂亮。我第一次见你化妆，感觉你的底妆好高级呀。刘海儿也卷得好自然，你用的是什么牌子的卷发棒？"

金潇被夸得不好意思，用无处安放的手把一缕头发钩到耳侧，反倒露出了精致的侧脸。她压低声音跟程佳倩交流，实则生怕程一鑫听见她们的话，怕他会以为她化了浓艳的妆。两个女生嘀嘀咕咕，金潇的目光若有若无地落在他的身上。

程一鑫面不改色地回去拧螺丝。他的手指修长且灵活，她每次看他干活时都在享受一场视觉盛宴。只有"大世界"里的二手手机收售修的店才接手机扩容这种生意，顾客把手机从16G扩容到64G一般要花一两千块钱，在这儿给手机改造扩容只消花三四百块钱，当然有舍也有得。

程佳倩"叽叽喳喳"地回去后，店里的两人四目相对。金潇蓦地红了脸，解释道："我就化了一点儿淡妆。"

程一鑫从被他大卸八块的手机零件之中抬头，语气四平八稳地说："嗯。"他打量她一番，忽然笑了，"你今天怪怪的。"

"怪吗？"金潇捂了脸，很是窘迫，说，"你不喜欢的话，我下次不化妆了。"

"我是说……"程一鑫忽然话锋一转，说，"你今天怪可爱的。"

他今天早上就看出来金潇打扮过了。那时她太害羞了，他还没来得及夸她。夸自己的女朋友天经地义，程一鑫继续逗她："不过，你的脸上好像有点儿东西。"

金潇坚决不上当，掏出手机，对着前置摄像头左看右看："没有哇。"

程一鑫轻咳一声，说："有点儿漂亮。"

金潇："……"

耳朵都要烧起来了，她盖好毯子，盼着隔壁的痘哥赶紧回来。她宁愿被痘哥看两眼也不要继续被程一鑫逗弄了，低声抗议："你能不能别说了？"

土味情话的含量超标,他再说,她就快爆炸了。

下午两点多的时候,程一鑫做完活了,把扩容机交给来照顾生意的老板,伸了一个懒腰。人家给了他一包烟,他把烟揣进兜里,把人送到电梯口。他跟金潇说了一声:"我下楼转转。"

没想到金潇放下手里的笔记本,脚步轻盈地跟着他出来:"我能不能一起去?"

这有何不可?

大世界商城里尽是程一鑫的熟人,做生意的人就是这般,不知对方过往的种种甚至不知对方姓甚名谁,就一口一个"鑫哥",仿佛和程一鑫是失散多年的好兄弟,跟他难舍难分。总算走到大门口,程一鑫从兜里掏出那包烟,晃了晃。金潇忽然明白他要干什么,格外后悔,问:"你……要抽烟吗?"

附中是省重点中学,学校的管理极严格。金潇还没近距离地见过同龄人抽烟呢,只听说过个别的男生偷偷地躲在厕所里抽烟,教导主任还捡到了烟蒂,他们被全校通报批评了。她总感觉抽烟是一件很私密的事情。她跟着他,他会很尴尬吧?她会打扰他抽烟。

程一鑫瞥她一眼,说:"不抽。"

金潇以为他顾忌她在场,说:"你不用管我的,我可以接受的。"

程一鑫想笑,憋住了笑意,说:"这是好学生说的话吗?"

金潇的语气很坚定,也流露出一丝玩笑的意味,她说:"好学生都早恋了。"

程一鑫真想欺负她,带着她走进老黄的仓买店里,把烟卖了。见金潇对此大为不解、欲言又止,他笑了笑,说:"谁跟你说我抽烟的?"

金潇瞪着他的耳朵上夹着的烟,这不是显而易见的吗,还用谁说?

他们的身高相差十多厘米,程一鑫刚好低头看她:"哥不抽烟,练体育还抽烟,作死呢?"他揉了揉她的发顶,"你不信?"

金潇信了一半吧,回忆了片刻,好像真没见过他抽烟的模样。他的手指很漂亮,他夹着烟应该也很好看。她以前觉得抽烟是小流氓干的事情,但那种事情放在他的身上,实在有点儿令人着迷。

听金潇"嗯"了一声，程一鑫勾起一侧的唇角："我能用一个办法证明我不抽烟。"

"嗯？"

"亲我一口。"

"……"

抽烟的人嘴里总有烟草的气息。虽然道理是这样，但真要实践，金潇忸怩不已，坚决不上当，说："我信你不抽烟了。"

程一鑫怕把人逗狠了，问她："晚上你想去哪里？"

"你不是要去夜市上摆摊吗？"金潇生怕他为她不去摆摊了，补充道，"而且，我也要去练车。"

昨天为了庆祝她拿到了录取通知书，他翘了去夜市的班，和她一起去吃烧烤。金潇知道他要按月交夜市的摊位费，他一天不去摆摊，就会亏几十块钱，今天再不去怎么行？她不想让自己耽误他摆摊。

程一鑫叹气："你几点练完车？"

金潇晚上七点去练车，八点就练完了。但是想到程一鑫在夜市上摆摊一贯要摆到晚上十点，她犹豫片刻，说："大概晚上九点半吧。"

果然，程一鑫说："那正好，我也那个时候下班，咱们去看电影？"

"不要。"金潇摇头。他早上六点去跑步，晚上还约会到半夜，身体哪里吃得消？她找了理由，说："我练车好累呀，你晚上送我回家吧，就当约会了，好吗？"

程一鑫一脸郁闷地说："你什么时候才能考完驾照？"

"快了吧，开学前。"

他一想，更郁闷了，还没和她相处几天，她考完驾照就又要开学了。恋爱真是妙不可言，在昨晚之前，他还在想他们终将渐行渐远，应该和她保持距离。真正地拥有她了，他却连一分一秒都不想放开手了。

"行吧。"程一鑫觉得自己真是天选的打工人，说，"我下班后送你回家。"

夜里的气氛真是旖旎，金潇轻车熟路地上车，轻巧地将副驾驶座上掉下来的遮阳板拍回去。她的男朋友坐在旁边，趁着夜色肆无忌惮地打量她。

窗外霓虹灯的灯光在她的面庞上流转,光斑在光洁的大腿上跃动,程一鑫的目光似乎也跟着灯光一起转。他刚摆完摊回来,说话时声音里带着一丝嘶哑。比起白天,此刻他更像一个男人,而不是一个男孩。

她之前怎么觉得程一鑫是一个很正经的男的?他虽然很爱开玩笑,但对她从来都是很礼貌的,以至昨晚表明心迹时她完全不能相信他同样也喜欢着她。金潇主动地提议:"你怎么不听歌?要不放一首歌?"

程一鑫敲了敲方向盘:"劲歌金曲?"

"嗯。"

"你不是嫌吵吗?"

金潇不好意思了,问:"你怎么知道?"

以她的教养,她应当不会表达出来这样的观点哪。程一鑫勾唇笑,没有回答她,到底把优盘插在了车载音乐播放器上,调低了音量,任由劣质的音响"嗡嗡"地充当背景音乐,问:"你平时听什么歌?哥有空淘点儿其他光碟。"

"我呀……"金潇很犹豫,但还是坦诚地说了几位蓝调的和爵士乐的歌手。

程一鑫听得很蒙,说:"喀,对我来说有点儿难度。"

金潇点头:"我下次拷几首歌。"

她有这么牛的音乐品味,程一鑫觉得对自家的女朋友知之甚少,问:"你是不是会弹琴?"

金潇再次惊讶,问:"你怎么知道?"她谦虚地道,"我会一点儿小提琴。"

这是合理的推断,偏偏她这么傻,程一鑫又忍不住想逗她,说:"怪不得你总能拨动我的心弦。"

金潇:"……"

她的情绪忽然就低落下去了,除了家世,他是很了解她的,而她像一张白纸,什么也藏不住,也不知道他的过去。她问:"那你呢?"

"什么?"

"我问了你不要生气。"

"你说。"

金潇深吸一口气，问："你以前交往过几个女朋友？"

程一鑫想敲她的脑袋："一个都没有。"

金潇噘嘴："你能不能告诉我实话？"

程一鑫哭笑不得，说："这就是大实话，我要是说谎，天打雷劈。"

她的小姨家不远，很快，两人就到了。程一鑫把车停在他早上在路边等她的地方，金潇一路不说话，紧绷小脸，一看就是不高兴了。程一鑫拉过她的手，认真地问她："你又是听谁说的我谈过好几个女朋友？"

他还真怕"大世界"里的那些鸟人趁他不在跟金潇胡乱地闲聊。

金潇摇头："没有谁，是我觉得你很会跟女生说话。"

程一鑫想了想，说："我真的挺穷的。跟你说过，我没高考就去深圳当背包客打工了，回来就忙着开店，同时打了几份工，没有心思谈恋爱。"

金潇对白池莉耿耿于怀，又不想挑明那个人，说："好像有很多人喜欢你。"

"喜欢你的人也不少。"程一鑫笑了，说，"班花同学，你还骗我说你不是班花？"

金潇："……"

好像在上次的校运会上，她确实骗过他。她说："我体育好，他们都不敢追我。"

"确实，"程一鑫夸她，"你跑得真快，幸好我比你快一点儿，不然真追不上你。"

金潇一脸疑惑。是他追的她吗？明明是她傻乎乎地问他有没有女朋友。不过她听他这么说，心里还挺甜的。

程一鑫也是记仇的，说："上次的那个男同学不就追过你吗？"

"冼子豪？"

"嗯。"

"就他一个。"

"肯定不止，"程一鑫审视地看她，"我至少知道有三个人喜欢你。"

金潇摇头，感到一阵心虚，说："不可能。"

虽然确实极少被人当面表白，但喜欢她的人应该有不少，她偶尔会听见他们说男生在宿舍里夜聊的话题……程一鑫怎么可能会知道这些事呢？她故作淡定，说："你说，都是谁？"

"听好了。"

金潇似乎习惯被程一鑫拉着手了，不自觉地把他的手攥紧一些："嗯。"

程一鑫清清嗓子，说："我，我，我。"

金潇松了一口气，"扑哧"笑了一声。

程一鑫叹了一口气，说："你是我的第一个女朋友，也会是最后一个。我保证——如果说话不算数，我明天收十部炸弹机。"

这可真是毒誓，金潇去捂他的嘴，急匆匆地制止他的胡言乱语："我信了。"

她的手不经意地刮过他新长的一层薄薄的胡楂儿和他柔软的唇瓣，程一鑫没忍住，像昨晚一样抓住她的手，在她的唇边落下一吻。金潇羞得低下头去。

"我是会和女生讲话，但不会接吻。"程一鑫也有点儿面红耳赤，口干舌燥地说，"你……要不要试试？"

车里真黑，她的手还放在他的胡楂儿上，而他的手叠在她的手上。金潇的睫毛颤了颤，她说："现在……吗？"

"如果，"程一鑫盯着她水润的唇，喉结滚动，"你愿意的话。"

两人陷入沉默，车内只剩下劲歌金曲的声音，但音量太低，歌声掩盖不住双方心跳的声音，金潇从未这样希望音乐再躁动一点儿过。她不敢说话，轻轻地闭上眼睛。他果然不太会接吻。他的唇颤抖着贴上来，是柔软的、冰凉的，这种感觉和她被吻手背时的感觉完全不一样。她也在颤抖，不知所措地跟他一起颤抖。她忍不住想往后缩，感觉被拉着的手松开了，肩头被他按住了。

他的唇瓣左右地蹭了蹭，两人的鼻尖顶在了一起。尴尬之中，他们轻笑出声，一起睁开了眼睛。原来他们凑得这么近，瞳孔都放大了，睫毛也在互相打架。

他哄她："闭眼。"

两人的唇再次贴在一起，他不满足于蜻蜓点水的吻，把抚在她肩头上的手挪到了她的后颈上。他的手指修长，她从后颈到脸颊都被他捧住了。他迫使她仰头承受这个吻。他慢慢地吮着她的唇，时而会笨拙地磕到她的牙齿。金潇快不会呼吸了，鼻腔里满是属于他的清冽的少年气息。她还记得他下午让她验证他不抽烟，他的嘴里确实没有烟草的气息。原来自己真的是他的初恋哪，金潇慢慢地伸出手，揪住了他的衣角，两人越靠越近。

窗外的蝉鸣永不停歇。

劲歌金曲播放到下一首了。

他们这回彻底听不见歌声了。

到了八月，滨大的学生都放假了。程一鑫不用早起替跑了，除了隔三岔五地带奶奶去医院里做检查和拿药，其余的时间里都能睡懒觉，整个人精神抖擞又元气满满。他平时从早到晚打三份工，虽懒洋洋的，却没少干活，令人心疼。尤其是他做活实在漂亮，大多数人经熟客的介绍来到店里，听他哼哼唧唧地说辛苦，砍价时都心软了。

这一段时间里，年少的他正血气方刚，难为了他新晋的小女朋友。然而金潇第一回深切地体会到什么叫"发乎情，止乎礼"，是在他们在一起的大半个月后。

他们很快习惯了牵手。店里没人的时候，他们就悄悄地在毛毯下牵手，好在他的店偏僻，就在洗手间的旁边。程一鑫拧螺丝沾了一手的黑油，有了女朋友就是和以前不一样，总去洗手。

连痘哥都奇怪地问："总跑厕所，你最近肾亏？"

程一鑫黑了脸，说："哥去洗手了。"

"你啥时候这么讲究了？"

"……"

第二天，金潇给他带了一瓶免洗洗手液。程一鑫大为新奇，研究了它半天。那时候免洗洗手液还没那么普及，对于他这种弄脏了手就直接在衣服上擦手的人来说，实在是高级货。他小心翼翼地把它放在柜子里，然而该洗手的时候又往洗手间跑。金潇问他怎么不用洗手液，程一鑫说舍不得用，要把女朋友送的礼物留起来。金潇挤出洗手液，替他擦手："你用完了这一瓶，我再送给你。"

"真的？"

"嗯。"

所以和她分手以后，程一鑫再也不敢用免洗洗手液了。他不需要用它，看见它也很容易想起金潇这个小骗子。

接吻还是挺令人害羞的。直到现在，金潇白天也不肯让他亲，只有在晚上他送她回去的时候，他们在车里分别，吻得如胶似漆。他们吻得越来越久，后来她下车前会主动地闭上眼，等着他的靠近。她起先还不好意思，装作不知道他要吻她。要下车的时候，她刚摸到车门，就被拽着倒向他的肩头上。他欺负人呢？她的力气也不小，偏生她连一点儿反抗的心思也没有，像一团柔软的海草缠绕在他的身上。两人冰凉的唇紧紧地贴在一起，很快就灼烧起来。

没过几天，他们经历了一次很短暂的分别。金听菡教授放假了，张叔骏把工作丢给兄弟们，金潇一家三口人一起回了父亲的老家。虽然父亲入赘了，但现在是新时代，论血缘她总归是张家的孙女。她考上了滨大，做了这样光宗耀祖的事情，理应回去祭祖摆席。

金潇喝了一点儿乡下人酿的米酒，半夜晕乎乎地躲在房间里给程一鑫发语音消息："我好想你呀。"

程一鑫给她打语音电话。

金潇不认账，说："我没发。"

程一鑫皱眉："以后真不能让你喝酒。"

上次她就是喝了一点儿啤酒后，直白大胆地问他有没有女朋友。金潇强调："就喝了一点点酒，我成年了。"

程一鑫无奈地道："知道了，难道我敢亲未成年人吗？"

金潇娇俏地笑起来，说："亲亲抱抱而已，没什么大不了的。"

程一鑫一脸疑惑。

她深更半夜说这样的话，令人躁动。程一鑫平复呼吸片刻，问："宝贝，你在暗示我什么？"

金潇好像在捂着脸说话，害羞却直接地说："你可以更过分一点儿的。"

程一鑫有十几秒没能说出话来，撩起跨栏背心扇风，仰头看着头顶上的风扇。它摇摇晃晃的，扇不去他心底的躁热。恐怕打完这通电话后，他要洗一个冷水澡才能睡得着了。程一鑫的声音里有浓浓的情绪，他说："你记住你说的话，我等你回来。"

金潇摇头："不记得，我什么都不记得。"她"咯咯"地笑，又问他，"你想我了吗？我今天想你了。"

程一鑫想捏她的脸，她能说出来这种话，原来就只有今天想他了？程一鑫瞥了一眼老式的时钟，故作淡漠地说："我一点儿不想你。"

她似乎觉得这个答案很出乎意料，委屈起来，说："我就知道你不喜欢我。你为什么要答应我的表白呀？你是不是觉得好学生很无聊？其实我不是这样的……"

程一鑫这是捅了马蜂窝了。虽然她的声音听起来有点儿可爱，但他哪里忍心让她说完话？他感觉她都快哭了，打断她："宝贝，我是说，一点儿不想你，一点半再想你。"

金潇没听懂他的意思。

程一鑫提醒她："你看看时间。"

她看了一眼时间，被酒精麻痹的脑筋半天才转过弯来："你又逗我。"

程一鑫低头："我错了，逗得我们家宝贝伤心了。"

金潇命令他："那你得想我。"

程一鑫保证："我天天想你，每分钟都想你，每秒钟都想你。"

"怎么可能每秒钟都想？"

"怎么不可能？我睡前不数羊了，数一个晚安妹妹、两个晚安妹妹、三个晚安妹妹……"

"你都把我说困了。"

"你也知道困？"程一鑫打了一个哈欠，说，"也不知道是谁把我车里的歌换了，我每天听得都要睡着了。"

车里的劲歌金曲变成了金潇喜欢的歌，于程一鑫而言，它们实在不提神。可据金潇观察，他从来没有趁她不在的时候换掉她喜欢的歌。

"我不管。"金潇吓唬他，"你不可以换掉我的优盘，要一直听我喜欢的歌，就像我陪在你的身边一样。"

"知道了，我的大小姐。"

"我好想你呀。"——后来这条语音消息陪伴程一鑫度过了很多个夜晚，他的耳朵听得都快起茧子了。直到千银发布的Silver智能语音里提供金潇的音色，他如久旱逢甘霖，让饱含感情又不带感情的Silver讲了好多话。如果金潇说这么多话，嗓子该哑了吧。

金潇回老家一趟不容易，这次在那里待了十天半个月，回滨市以后，又办了一场亲人和朋友都参加的升学宴，当晚住在位于半山腰的奶奶家的别墅里。程一鑫和金潇在热恋期里分别了这么久，如隔三秋。金潇犹豫半晌，还是架不住程一鑫的要求，把地址发给他了。他提前收摊，开车上山。晚上十点多，金潇换了一身雪白的运动服出门，说要去夜跑。虽然时间有点儿晚，但父母只在大方向上对她很严格，在小事上让她独立自主地做事，提醒她注意安全后便看着女儿跑远了。

山上人烟稀少，寂静空旷。程一鑫在一棵树下等她。树干挺拔，他懒洋洋又疲惫地站着，靠着树回复顾客的消息，时不时地打一个哈欠，等了她好一会儿，胳膊都快被咬肿了。见到金潇的那一刻，他整个人才像活了过来，也不管没回的消息了，直接把手机揣进兜里，站直了，冲她伸开双手。

金潇如归林的小鹿扑进他的怀里。下一秒她尖叫起来，因为整个人都腾空了，双脚离地。她被程一鑫搯着腰抱起并举高，在失重的旋转中闭上眼睛，紧紧地搂着他的脖子。风呼啸着，世界一片模糊，只有他们紧贴在一起的身体是真真切切的。原来坠入爱河是这种感受，前人诚不欺她。

她很轻盈，他到底是体育生。那时候他年轻，抱着她连转了十几圈。金潇的双脚落地以后，两个人都快溺死在这种眩晕感之中，都知道迅速恢复平衡的方法，但谁都不去采取措施。他的手仍搂在她的腰间，她还抱着他的脖子，两人都急促地喘着气，两个胸膛起伏着，一个柔软，一个清瘦。

渐渐地，两人发觉哪里有些不对劲儿。平时他们在车里拥抱，中间还隔着档位和手刹，他一贯会搂着她的肩，抚着她的侧脸和她接吻，她会慢慢地用无处安放的手揪他的衣服。后来她慢慢地变得大胆了，就轻轻地把手搭在他的腰侧上。这是他们第一次如此紧地拥抱，她要踮起脚才能抱紧他，整个人的重心都吊在他的身上。和他贴得未免有些太紧了，金潇放下手："能不能换一种抱法？"

程一鑫轻吹了一声口哨，说："你想怎么抱？"他笑了笑，忽然弯腰，单手抄起她的腿弯，这是一个十足十的公主抱。他问："是这样吗？"

"不是。"

"还是刚刚那样？"

这回，她心里的羞恼盖过了好久没见他的思念之意。两种抱法都不要，金潇轻捶他的胳膊："放我下来。"

放她下来后，程一鑫总算像平时一样搂着她了。她僵住了，不知道该把手放在哪里。他抽出手去拉她，她把双臂环在他的腰后。站着拥抱他时她才知道，他是真的瘦。学校举行颁奖活动的时候女生互相抱过，他的腰和女生的腰差不多细，肩却宽阔很多，没有一丝多余的肉，金潇像抱着一棵竹子。他的身上还有好闻的洗衣粉的味道，他肯定换过衣服了。

他的吻又落下来了。他从她的眉梢吻起，吻过眼睛、鼻梁、唇瓣、下巴，唇在她细细的脖颈上流连许久。金潇又痒又难受，感觉好像还在空中，眩晕得站不住，起了一片鸡皮疙瘩。她很敏感，开始颤抖起来。程一鑫松开她细白的脖颈，哑着嗓音说："怎么了？"

金潇涨红了一张脸，不敢看他，还是闭着眼睛说："你是不是很难受？"

程一鑫笑着啄了一下她的唇，说："我吻你怎么会难受？"

"我是说……"金潇鼓起勇气说，"就是……"

她终究说不出口，往后退了半步。程一鑫咬了咬唇，也有点儿尴尬，很不好意思，说："是有点儿难受的。"

金潇不知所措地问："那该怎么办？"

程一鑫揉了揉她红得滴血的耳垂，低头亲下去。那时候她还没有打耳洞，耳垂又嫩又软，像果冻一样。程一鑫贴在她的耳侧，带着宠溺的笑意压低声音道："你在电话里说我可以对你做更过分的事情，还记得吗？"

金潇"嗯"了一声。

他把她搂得更紧，问："可以吗？"

对金潇而言，十八年以来，这是她最难忘的一个暑假。她和喜欢的男生在一起了。她初尝恋爱的滋味,味道没有苦意,有一分酸意、两分涩意和七分甜意。她和程一鑫在一起,不太像在品尝奶茶,像在吃冰糖绿豆沙,廉价却过分真实地快乐着。

她开学的前几天,大世界商城里面的店主们工作的节奏也快了许多。随着开学季的到来,店主们开展了电子产品的促销。商城里满是电子元器件,他们还挂出了写着"开学季特惠"的用A4纸自制的打印纸。鑫哥家的广告最好看,金潇鼓捣了一下午,广告便有了专业海报的质感,好几家店的店主向程一鑫要了模板去打广告。

九月是新学年的伊始,学生们换了新的手机,开学前就来卖二手的手机,还有许多来买二手iPhone的大学生。开哥一贯垄断了货,最近都睁一只眼闭一只眼,让他们自己收了手机快速地出货。又是程一鑫拔得头筹,他的客户群里的学生最多,忙得像陀螺。旁边的痘哥应该是接到了开哥的指示,总盯着他们这儿。

金潇高考完就换了一整套的电子设备,换了电脑、手机、平板、耳机、相机和音响。她刚放暑假的时候,程一鑫是"啧啧"过两声的,出于职业的原因倒没有对这些太过惊诧,只看了一眼那些电子设备,心里就有了价位。如今他见学生们都换新机,心里不是滋味了。他没办法在她刚上大学这样重要的时间节点上送给女朋友一份礼物。他这里最多的就是手机和平板,他家的女朋友已经有顶配的手机和平板了。

那天,金潇看见了滨大公众号上的学姐和学长的推荐清单,准备提前下载软件。登录一个校园软件要连滨大的校园网VPN(虚拟专用网络),金潇想让程一鑫帮忙,刚叫了他一声,有客户进来了。见程一鑫领着客户去开哥那里拿机,痘哥凑过来给金潇帮忙。

两人闲聊几句,痘哥感慨:"读大学真好哇。"

金潇真诚地道:"痘哥,你也可以读大学。"

"算了吧,要不是读不进去书,谁来卖手机呀?"痘哥叹气,"我是榆木脑袋,不像鑫哥那么聪明。"

金潇吐槽起自家的男朋友来不心软,轻笑道:"他也挺笨的。"

痘哥一副老江湖的样子,压低声音说:"这你就不知道了吧?我们之中要是有谁能考上大学，就是他了。他是体育特长生，练短跑的。"

金潇配合地装出一副惊讶的样子，说："看不出来呀。"

痘哥忽然得意起来，在别人的身上找到了些许的优越感，说："是吧，咱'大世界'里还是藏龙卧虎的。想当年，你痘哥我……"

"哟，痘哥，怎么着？"程一鑫走进来，开玩笑地说，语气中又带着嘲讽。他刚才扯着嗓子讲了半天话，回来后嗓子又哑了。他粗暴地从柜子里拿出两罐可乐，自己猛灌了几口可乐，把另外一罐可乐丢给痘哥。

痘哥说："好汉不提当年勇……你这么扔可乐，一会儿里面全是泡沫。"

程一鑫从柜子底下摸出一瓶矿泉水给金潇："给，你的。"

金潇努嘴："我也要喝可乐。"

程一鑫"啧啧"地说："仙女是不喝可乐的。"

"我不是仙女。"

"我忘了，"程一鑫的眸子里有浓浓的缱绻意味，他带着坏笑，却说得一本正经，"仙女下凡了。"

他什么都没明说，金潇却读懂了。他说的"下凡"是指她每天都在车里被他欺负——她被压在车座上，嫩白的脖颈被他的唇来回地摩擦。她红了脸，说："那我还是喝水吧。"

程一鑫拍了拍她的脑袋："嗯，你还得长个子呢。"

金潇踮了踮脚，眨眼："我还长个子？"

程一鑫想掐她的脸蛋儿，低声道："你还嫌哥不够高？"

现在他们的身高相差十二厘米，这是书上说的情侣之间的最佳身高差呀，金潇不想再长个子了。

痘哥在看笑话，说："我看你就是抠门，你舍不得给人家喝可乐。妹子，下个假期来哥这里打工，天天可乐管够。"

金潇如今开得起玩笑了，轻描淡写地说一句："好哇。"

"识趣的妹妹，来，哥继续教你VPN。"

程一鑫闻言，说："我来吧。"

话音刚落，他又被其他店主拽去江湖救急了。痘哥继续给金潇讲VPN，金潇用心地听着。其实经过一个假期的观察，金潇也觉得大世界商城里的人和事不像她初次进来时认为的那样像洪水猛兽。在这里，适者生存，所谓"适者"，就是遵守"大世界"里的法则的人。人人都不打破不成文的行规，比如手机只能换不能退。他们知道手机是假货也不能明说，因为顾客图便宜的时候，就注定了要进行一场像赌博的交易，买定离手，盈亏自负。

滨大的公众号推送了一些文章，学长和学姐还推荐了游戏。痘哥顺手给金潇下载了游戏。

金潇拿回手机，看着陌生的图标，惊讶地问："这是……？"

"游戏，你没玩过？"

金潇摇头："没有。"

痘哥语气随意地说："试试呗，全世界的人都玩这个，还能开黑。"

"开黑？"

"就是朋友一起开麦玩。"

他说完，他的店里也来了顾客。金潇自己点开了游戏，用微信登录上去，愣愣地看见了程一鑫的ID"鑫哥二手手机专卖"，他的段位位列她的好友榜的第一，甚至在市榜上也是前五十名。所谓的"全世界"里，尽是她不知道的事情吗？她以为已经足够了解他了，没想到他在线的时间是十几个小时前，掐指一算，他应该是半夜一点在线的，跟她说了"晚安"以后又玩了游戏。他也会和别人开黑玩游戏吗？

程一鑫帮人解决完技术的难题，回来后看见金潇怔怔地盯着手机。她抬眸看他，眼神陌生地打量他。他挡着痘哥的目光，用于指刮了刮她挺翘的鼻梁，她的鼻梁很光滑。金潇别开头，不理他。

程一鑫急忙把手摊开，指节白皙漂亮，压低声音说："别生气，我洗干净手才回来的。"

金潇又不是为这件事而生气，不知道该怎么表达情绪，难道要直接问他"你为什么背着我半夜玩游戏"？她问不出口。

痘哥忙完了，冲程一鑫吹口哨："带妹上分的机会来了。"

程一鑫一脸疑惑。

痘哥看了一眼金潇："呵，鑫哥长得像小白脸，但打游戏还有两下子，让他带你玩呗。"

程一鑫心里"咯噔"一下，嗅觉忽然变得敏锐起来，空气里弥漫着硝烟和火药的味道，下凡的小仙女又生气了，脾气还不小。他用平淡的语气回答痘哥："人家哪里能看得上我……"见金潇瞪他一眼，他慢悠悠地补充道，"看得上我的技术？"

趁痘哥出去时，程一鑫蹲下来，借着柜台的遮挡，主动地把一张俊脸凑到金潇的面前："宝贝，你因为这件事生气？"

金潇轻轻地"嗯"了一声。

他将她的手攥在手里摩挲，低声下气地哄着她："今晚一起玩游戏？"

金潇别过脸："我不会。"

"我教你。"

"不要。"

程一鑫叹气："唉，女朋友不跟我一起打游戏，我只能找别人玩了。"

金潇瞪大眼睛："你敢？"

程一鑫勾唇，露出得逞的笑意，说："今晚我教你玩好不好？好的话，亲我一口。"

金潇拉不下面子，想维持气鼓鼓的姿态，唇角却泛起笑意了。她用余光偷偷地瞄他，还想看他作何反应。程一鑫站起来，弯腰凑近她，像要将她整个人按在凳子上，又像要越过她去拿玻璃柜台上的东西，最后在她的侧脸上轻轻地印下一吻。他轻声说："我亲你也一样。"

金潇晚上就知道程一鑫为什么笑得那么得逞了。

他在夜市上摆完摊，直接带她去了网吧。原来街口处那家网吧的老板是他体校的朋友，有大花臂，戴着大金链子，叼着烟。程一鑫搂着金潇，流里流气地跟人讲话，很是"入乡随俗"，颇有点儿金潇第一次见他时他的模样，倒令人有些怀念了。原来过这种日子也很快乐，你不用端着矜持的架子，也没人在乎你读什么学校、有多少钱，在网吧里，订上包间再吃一碗泡面就是顶级的消费了。

他第一次在他的朋友面前承认了她女朋友的身份。

那个老板很不把这当回事，问："妹妹成年了吗？"

其实金潇的身量早就长开了,五官也大气明媚,只是脸上还有些许的学生气。程一鑫怕她生气,搂着她进了包间,对她解释:"他不是调戏你,每个人十八岁之后才能进网吧。"

金潇点头,知道这一点。但如果没有程一鑫,她八十岁也未必会进网吧。金潇在程一鑫的怀里第一次接触了游戏,有生之年没想象过这种画面。包间里只有一张看不出来颜色的沙发,一张电脑桌的上面有两台电脑。程一鑫坐在桌前,将半截窗帘一拉,四周暗下来,就剩他们两人。眸色黯下来,他说:"过来。"

金潇才迈开长腿,就被他揽住了腰,整个人歪坐在他的腿上。她低低地惊呼出声,旋即捂住嘴,还能听见周围的人打游戏的声音,闻见了浓郁的泡面味和烟味。她央求道:"你让我下来。"

程一鑫从背后抱着她,把下巴搭在她的颈窝上,捏捏她红得滴血的耳垂,笑了笑,调戏她:"你总得交点儿学费吧?"

这太让人害羞了,金潇捂着耳朵不让他捏,气若游丝地说:"我不学了。"

"可以。"程一鑫答应得很痛快,"你不学了,我们正好干点儿别的事。"

金潇瞪大眼睛,惊恐地看他:"在这里?"

程一鑫笑死了,伸手去捂她的眼睛。她的睫毛在他的手心里忽闪忽闪地扇动,他朝她的唇瓣吻下去。网吧里气味混杂,他真怕各种气味污染了她的幽香。那么多人嘴里不干不净地发泄着生活中的不满,在虚拟的世界里找成就感,但他的仙女从来不需要这样做。不过她想体验玩游戏,他就趁机与她亲密。她纤细高挑,坐在他的怀里却显得很饱满。她怕顶着桌子,后背贴在他的胸膛上,他真真切切地将她抱了一个满怀。

两人吻得气喘吁吁后,程一鑫笑着敲她的脑袋:"你想什么呢?"他轻咳一声,说,"我是说,咱们不打游戏,可以看电影。"

他们俩各自都有一双大长腿,金潇随意地动一动,膝盖就顶上了电脑桌。她又挪动了几下,试图挣脱程一鑫的钳制。

他很是无奈,压着她的肩膀,在她的耳边轻声哄道:"别动了,你再动,"程一鑫把她抱得更紧,"我就真的想做点儿别的事了。"

金潇咽着口水,把鼠标递给程一鑫:"我们打游戏吧。"

程一鑫在她的脖颈间深深地吸了一口气，说："好。"

说完，他把修长的手指覆上她的手，薄茧刮着她的手背。他教她游戏的操作，告诉她什么叫上单、中单和打野，让她按键施放技能，说"攻击"，说"静止"，说"按物品栏"。

金潇第一次玩游戏，到底是有点儿紧张，说："咱家的水晶被推了。"

程一鑫低低地笑，重复道："嗯，咱家。"

直到最后他们也只打开了一台电脑，少年的气息和少女的幽香混杂在一起，嘈杂的环境中有尘世间的味道。吃完了泡面，他还是让她喝了可乐，他们你一口我一口地喝完了可乐。他们普普通通、平平凡凡，那一晚觉得彼此是一对无人干涉、无人拆散的小情侣，可以不顾一切地一直走下去，直到白头。

滨大的新生开学报到的前一晚，他们仿佛在上演生离死别的戏码。年少的时候他们可是认真得可笑哇，一丁点儿的离愁别绪都被无限地放大了。因为他在乎她，她也在乎他。

金潇是本地人，开学时是不需要准备什么东西的。父母给的钱足够，她可以自己置办一切生活用品，但最后还是决定去学校的宿舍里买标配的床上几件套。经历了高中时的假货风波，她不想再被排挤了，和大家保持一致是最安全的。

金潇语气低落地说："我明天要开学了。"

"嗯，我们家晚安妹妹是大学生了。"

他到底有没有听懂她的意思？金潇有点儿生气，说："我不能去'大世界'了。"

程一鑫爱不释手地将她的头发抓在手里绕来绕去，她的发质又细又软。他扳过她的肩与她面对面，说："没事，等你开始上课，我可以去学校里陪你。"

金潇知道他有多忙，撇嘴："你才没空呢。"

程一鑫笑她傻，说："你忘了？我早上要去学校里替人跑步的，以后一起晨跑。"

眼睛亮起来，金潇问："明天？"

"得看我什么时候能接到替跑的单子。"程一鑫给她算,"你们开学后得先军训吧,十一之后,跑步打卡才开始。"

金潇叹气:"还有那么久。"

"当然,"程一鑫看着她,眼睛亮晶晶的,"我接受女朋友的随时传唤,专业陪跑。"

金潇灵机一动,说:"下次我也发朋友圈,问问我的同学有谁需要替跑。我跟你一起替跑。"

程一鑫揉了揉她的脑袋,只说出了一个"好"字。他是舍不得她做这种事情的,但喜欢听她这么说。他感受到了她想让他陪着自己的心愿。

金潇摇晃他的手:"那你明天早上送我去报到,好不好?"

程一鑫皱眉:"你的爸妈呢?"

"我妈明天也开学呀,我爸工作忙,周末也加班的。"

程一鑫犹豫地说:"我去不太合适吧?"

他当然想去金潇的宿舍看看,但以什么身份去送她呢?想来许多外地的孩子全是在家长的陪同下来报到的,他一个社会青年陪着金潇,让人觉得金潇早恋还识人不清,未免太败坏她的形象了。

金潇见他推三阻四,被泼了冷水,听见他淡淡地道:"我明天早上有事。"

金潇笑容消失了,脸色也渐渐地变冷了。脾气都是被宠出来的,她从未想过自己有一天会变得这么骄纵,因为程一鑫这人很死皮赖脸,总哄着她,也乐在其中。他就吃跟人打交道的这碗饭,能精准地察觉出来她什么时候不高兴,于是她越藏不住那些或低落或羞恼或愤怒的少女心思。

程一鑫又同她说了好些话。他保证以后摆完摊就去找她,两人可以像大学里的情侣一样轧马路。他说他要多接滨大的上门修机、收机的单子,以后还能去蹭课,陪她一起上课,学手机的知识。

金潇不买账,冷嘲热讽:"我看你只是想学修手机的技术。"

他才不是真的想陪她。

程一鑫哄了她半天,哄不好她了,把她的手松开了。失望的情绪在金潇的眼眸中打转,她很委屈。程一鑫把车钥匙扔给她,金潇下意识地接过来:"干吗?"

"打开看看。"

金潇瞥了车一眼，程一鑫了然——她嫌他好多天没洗车了，脏兮兮的车上落了一层灰，他笑了笑，说："我开，你来看。"

他把后备厢打开，一个塑料盆滚落下来。他手疾眼快地弯腰接住它，给她展示了一个琳琅满目的世界——里面有塑料脸盆、热水壶、牙膏和牙刷、毛巾、刷子、衣架，反正各种日用品基本都有。

金潇愣住了，问："这是什么？"

"我明早要忙的事。"程一鑫给她解释，"我本想给你一个惊喜，明天去滨大里摆摊卖日用品，也当是陪你了。"

程一鑫总有这种令人出乎意料的本领。金潇的语气欢快起来，她问："真的？"

"骗你是小狗，"程一鑫把摇摇欲坠的货重新拢了拢，"不然我进这些货干吗？"

"那你明天陪我去报到吗？"

"还是不合适。"程一鑫拒绝，"我摆摊，你报到，到时候一起吃饭。"

金潇不能理解，问："为什么？"

"我……"程一鑫指了指自己的一头奶奶灰色的头发，"我这样，对你影响不好，到时候别人都说你找了一个混混儿男朋友。"

情人眼里出西施，和他谈了两个月的恋爱，金潇都觉得他们已经是一类人了。有谁会不欣赏自家的男朋友呢？她亲眼见过他有多受欢迎，还生怕他不够喜欢她。她早就忘记了自己初见程一鑫时他给她留下的印象——他有着社会的气息，俗气，非主流，留着杀马特的造型，像小流氓或小痞子。金潇的下巴微仰，月光洒在她珍珠质感的肌肤上，光泽美好。

她说："我才不管别人说什么。"

她可以为了照顾别人的感受过更平凡的生活，但不可能让别人干涉她谈恋爱，这是她的自由，父母也不可以指手画脚。

程一鑫看着她真诚的目光，犹豫片刻，问："你不嫌我给你丢脸？"

"你现在知道丢脸了？"金潇的眸中流转着狡黠之色，她说，"不如今晚多背五十个单词。"

程一鑫：“……"

金潇看他吃瘪，银铃般的笑声充斥在空气中。程一鑫觉得他家的女朋友真是下凡来折磨他的，耸了耸肩："上车，我早点儿送你回家，明早接你去报到。"

金潇还想跟他说话，不肯上车，说还要走一会儿。两人轧着马路，她撒着娇："明天开学，我有点儿紧张。"

她要面对陌生的同学、室友，重新建立人际关系。她玩了一个假期，开学后要做繁重的功课，学想学的双学位。学习如逆水行舟，走到了这个阶段，周围的同学变得越来越优秀，她不知道还能不能延续一贯的优秀，是有压力的。顶着光环和家族的未来，她不能放松对自己的要求。当然，她更不能牺牲自己的爱情，隐隐地也担心，她的日常是听课堂、听讲座、去图书馆、上自习、考试和写论文，而程一鑫的世界是摆摊、买卖手机、拧螺丝。她一定不能让他们渐行渐远。

程一鑫看她一眼："我还没紧张呢。"

"你紧张什么？"金潇很不解，他的脸皮这么厚，他在校园里摆摊吆喝应该不会紧张啊。

程一鑫叹气："明天某位仙女直接变成系花了。"

原来他是在紧张她，金潇忍不住翘起唇角，嗔怪地看他："哪里有的事？"

程一鑫一笑，用有几分幽怨的语气说："大学又不像高中那样禁止早恋，一想到一大群即将到来的情敌，我就头痛。"

金潇把头埋进他的怀里，用双手搂着他的腰，做一个合格的女朋友，温顺乖巧地保证："我一个都不理。"

"你理他们呗，"程一鑫"哼"了一声，说，"我和他们公平竞争。"

见他莫名地有信心，金潇被他逗笑，问："你要怎么公平竞争？"

"用脸。"

"自恋狂。"

两人都分不清玩笑和事实了，程一鑫半真半假地说："不然你喜欢哥什么？"

她喜欢他很多地方，也不喜欢他很多地方。她喜欢他埋头拧螺丝的样子，喜欢他清朗的笑声，喜欢他哄她时的耐心，喜欢他对人十拿九稳的自信；她不喜欢他对别人笑，不喜欢他弯腰卖东西，不喜欢他发朋友圈赢来女顾客的芳心。

金潇把他搂得更紧，嬉笑道："你确实挺帅的。"

程一鑫顿了几秒才回答，适当地掩饰了失落，问："如果别人比我帅呢？"

金潇伸出手晃了晃："我告诉他，他来晚了。"

次日，程一鑫"乔装打扮"后陪她去报到。他穿了运动裤和纯黑色的T恤，戴了一顶黑色的棒球帽，摘下一切乱七八糟的挂饰。在新生报到的地方，其他新生都在父母的陪伴下风尘仆仆地背着大包小包来到这里，他们俩却没有行李，有同样的大长腿，身材颀长清瘦。因为从小在滨大里长大，金潇不像其他新生那样充满新奇和疑惑，出示录取通知书，领了报到的文件和宿舍的钥匙，便挽着程一鑫的手走了。学长们甚至没有反应过来，等人走远了才开始讨论。

"什么情况？"

"那是她哥？"

有人眯着眼睛看了看："男朋友吧，她靠在他的肩上了。"

"天哪。"

"系花该换人了。"

金潇到了宿舍，已经有两个室友先到了。一个室友是自己来的，在上铺的床上铺床单，另一个室友的父母在帮她收拾东西。几人打了招呼，问了同样的问题："你哥送你来的？"

"不是，"金潇介绍，"我的男朋友。"

那个室友的父母交换了一个眼神，眼神里流露出些许的尴尬和不赞许。中年女人说："你们还是要以学习为主，互相照顾。"

由父母陪着的女生尴尬不已，悄悄地给了金潇一个抱歉的眼神，说："妈，我知道了。"

另外一个室友跳下来："哇，他是咱们学校的？"

"不是，他已经上班了。"

程一鑫主动地伸出手，一笑，说："你好，我们家潇潇要麻烦你们照顾了。"

长着圆脸的室友叫余圆,很轻车熟路,自我介绍一番。原来她是上一届的学姐,因为转了专业,干脆重读大一。对她而言,搬宿舍是在校内搬。一聊才知道,她们几个人都是通信学院的,读同一个专业,只不过金潇是要本硕博连读。前两年大家上一样的课,两年后金潇上的专业课就与她们上的不一样了。

那对父母的眼神变得不一样了,金潇的分数比女儿的高多了。中年女人插话道:"囡囡,开学了要好好地读书。别人说什么到大学就轻松了,那是假的,你一定要保研,知道吗?"

余圆和金潇面面相觑。

余圆看了半天金潇,忽然一拍大腿:"我见过你。"

金潇很茫然,说:"嗯?"

"去年……"余圆摇头,变得激动起来,"不对,今年年初的时候,在'大世界'里,我的手机被偷了,你还帮我追小偷来着!那是你吗?你那时候好像头发短一点儿。"

金潇想起来了,说:"是你?!我那次回去后还遗憾了很久,没能帮你追回来手机。"

"嘿,"余圆晃了晃手机绳,"你能站出来就很令人感动了。女侠,我吃一堑长一智,以后不会再丢手机了。"

金潇和程一鑫相视一笑,世界竟然这般小。他们初识,也是因为余圆的手机丢了,她一口气顺着消防通道追到他的店门口。她竟然有了几分感激余圆的念头,否则,还不知道他们这一辈子会不会有交集呢。

金潇拉了拉程一鑫的手,再次向余圆介绍:"我的男朋友就在'大世界'里开了手机店,你如果要修手机或者卖二手的手机,都可以找他。"

"哇。"眼睛一亮,余圆说,"那我不客气啦,帅哥,我手机的耳机孔坏了,你能帮我看看吗?"

见程一鑫毫不犹豫地接过去手机,她又有些不好意思地说:"你们先收拾东西吧,我的事不着急的,等晚点儿再说。"

余圆羡慕地看着人家的男朋友干活。

程一鑫很快进入角色。昨天进的那些抹布和塑料盆都派上了用场,他将板凳擦干净让金潇坐。金潇要擦桌子,他说别弄脏了她的手,让她老老实实地坐着。他跑上跑下,不仅把金潇的东西都搬上来了,还给每人分别带了暖水壶和水盆,给宿舍拿了一套扫把和拖把,还安了一个简易的饮水机,拎上来了两大桶矿泉水,最后将水票压在台子上:"我和他们说了,你们喝完这两桶水,提前半个小时打电话让他们送水就行。"

　　余圆目瞪口呆,说了好几句"优秀"。金潇被她看得不好意思,想自己铺床。程一鑫低声笑了笑,用口型问:"你会铺床吗?"

　　金潇还真不会铺床,除了整理护肤品和书,还什么都没干。虽然她在公寓里独居,但有阿姨定期上门打扫和换洗床单、被罩。她只好在余圆羡慕的目光之下,看程一鑫弯腰给她铺下铺的床。

　　程一鑫又开始接网线和路由器。余圆实在是不知道说什么好了,疯狂地点赞:"这是计算机学院的男生才有的特长,我本来还想着过两天找一个计算机学院的老乡来帮我们装路由器,你的男朋友可真是万能。"

　　就算在"大世界"这样的地方里,程一鑫都是搞技术的中流砥柱,四处给别人救急,拿烟拿到手软,天天在楼下老黄的仓买里卖一包烟。

　　金潇微微地一笑,说:"下次再有这样的苦力活,我再让他来打杂。"

　　她虽然嘴上这样说着,但还是心疼男朋友的。她拿了湿巾,给程一鑫擦额间冒出的细细密密的汗。他生怕一头奶奶灰色的头发扎了人家的眼睛,自己接过来湿巾擦汗。金潇用笔记本电脑设置无线局域网的名字和密码时,程一鑫又修好了余圆的耳机插孔,把酒精喷在纸巾上,再把纸巾缠在牙签上,清理了耳机孔里的灰尘。耳机孔不再接触不良,困扰了余圆一周的问题解决了。

　　余圆连连地道谢。

　　两人下楼去摆摊。滨大里有一条热闹的大斜坡,它连接着几个食堂以及去西门的路,平时嘉年华、游园活动都在这里举办,今天有很多人在这里摆摊。有学长和学姐在甩卖旧书:"卖给男生五块钱,卖给女生不要钱。"其中不乏像程一鑫这样卖日用品的人——他还顺便将手机壳和手机膜摆了出来。

　　金潇鼓起勇气,拿起他印的小卡片,给路过的同学发卡片:"同学你好,手机收售修，可以加一下微信。"

她长得漂亮，气质文静，声音清甜，在校园里实在很吃香，一会儿就发空了一盒卡片。

她邀功似的回到程一鑫的身边："同学你好，加一下微信呗。"

程一鑫瞥她一眼，陪她飙戏，含笑回答："那要看我的女朋友同不同意了。"

金潇眼波流转，问："你的女朋友有我好看吗？"

"没有，"程一鑫摇头，宠溺地说，"但我觉得她最好看。"

金潇砸过来一个粉拳，拳头轻飘飘地落在他的掌心里："谁不好看了？"

程一鑫睨她，眼角眉梢都带着笑意。他问："那你是我的女朋友吗？"

"是呀，如假包换。"

"那你是不是应该让我抱一下？"

金潇一脸疑惑。她还未反应过来，程一鑫的手就轻轻地搭在了她的腰侧上。他干完活，指腹变得越发粗糙。他又搂着她的腰，掌心温热滚烫，温度隔着薄薄的衣服传递到肌肤上，她脸红了。校园里有很多新生，也不乏拉着手走的大二、大三的情侣，但他们这对组合的回头率挺高的。金潇挣开他的手，上前去拿了一张别人家的传单回来。

他看着她的背影，小声道："以后我和你当同学，怎么样？"

金潇回来，问："你说什么？"

"没什么。"程一鑫再次搂过她，决定将愿望藏到实现它的那一天，给了她一个笑容，说，"宝贝，开学快乐。"

经过两天的报到、入学典礼及班会等一系列的活动后，残酷的军训开始了。滨大是滨市的重点双一流院校，军训非常严苛。学校进行封闭化的管理，暂时封校至国庆假期。大一的生活是混杂着血泪开始的。军训太辛苦了，她们晚上九点回到宿舍里，脚上起了血泡，累得没有出去逛校园的心思。

漫漫的长夜适合她们躺在床上夜聊。

"金潇，我真是服了你。"

"你怎么就不累呀？"

原先姑娘们都是有些忌妒金潇的。高三整整一年的题海生涯将所有人的体力都耗尽了,军训时大家都累得像一条死狗,唯独金潇轻轻松松。她本来就长得高挑,身姿姣好挺拔,步伐到位。教官屡屡把她当榜样说其他女生,让她很遭别人的白眼。好在宿舍里的几个人是同一排的,每次整排因踢正步不整齐被罚跑时,金潇不仅毫无怨言,还拖拽她们并给予体力上的支持,她们就纷纷地认可了这位貌美的金刚芭比。

"是因为爱情的滋润吧。"

"上天赐我一个男朋友吧,他不用太帅,跟金潇的男朋友长得差不多就行。"

余圆说完,大家都笑了。那天程一鑫摘下棒球帽后,颜值惊为天人。她们再看看班里长得歪瓜裂枣还不爱洗头的男生,简直觉得倒胃口。再加上程一鑫帮金潇收拾宿舍时刷了好感,室友们都很羡慕金潇。程一鑫的担心简直多余,学生时代的感情相对纯粹,颜值即正义,压根没人因为他修手机而瞧不起他。她们八卦了好几遍,问金潇为什么一上大学就有了男朋友。金潇实话实说,爱情算是她自己追求得来的。

军训结束以后,所有人的皮肤都变黑了。金潇着实伤心了,每天敷两片美白的面膜,以回家为借口,死活不肯见程一鑫。以往的暑假里她去冲浪,总要过半个学期才能重新变白。如今她有了男朋友,有人看她,事情当然变得不一样了。要是让程一鑫看见她这副模样,她简直想死。

再说,人比人气死人。程一鑫真的很白。他是冷白皮,再加上常年窝在"大世界"那样昏暗的地方,浑身都透着一种苍白感。他奶奶灰色的头发能介于杀马特和时髦之间,很大程度上归功于他白皙的肤色。

对于和他见面的事,她一个劲儿地推三阻四。好在国庆期间程一鑫忙得要死,金潇躲过一劫。国庆假期即将结束,程一鑫这段时间里忙得没顾上女朋友,非常愧疚,在电话里问她:"宝贝,明天要正式上课了?"

金潇主动地将课表发过去了:"嗯。"

"哥这个假期里挣钱了。"程一鑫接了一个大单,小挣一笔钱,心里非常雀跃,语气豪爽地问,"你想去哪里玩?周末要不去海洋乐园,或者游乐园?对了,还应该请你的室友,到时候你喊她们,咱们去唱完歌再去吃火锅怎么样?"

金潇听着就心疼。程一鑫看似轻松，"大世界"里的人羡慕他年轻、技术好、单子不断，但只有她清楚他挣每一块钱都不容易。他每天早起，晚上还在夜市上奔波，在"大世界"里没睡过一天午觉。刚洗的手干净不了几分钟，下一秒他又要拆机和粘胶水。就算不干活，他还要在贴吧的论坛里发广告。他坚强惯了，技术好是拧一颗颗螺丝钉练出来的，手上都起了血泡。

她前一段时间还问过他为什么不留指甲了。听程一鑫说怕指甲刮到她，金潇不信。她记得她高考完去店里时，他用来撬手机盖板和手机膜的那截指甲盖就变平了，洗干净的双手清清爽爽的，漂亮但不经摸，手心里全是薄茧。程一鑫无语，让她回忆一下，两人还没在一起的时候，难道他没搂过她吗？金潇不说话了。他还真搂过她，搂了不止一次。她"哼"了一声，说"那时候就占我的便宜"。程一鑫的语气委屈巴巴的，实际上他憋着坏笑，说"占了哪门子的便宜，明明是血亏"。以后他都留不了指甲了，这多耽误干活。

金潇笑出声来，知道程一鑫在逗她。她不能让他花冤枉钱，在电话里不好直说出去玩太费钱了，就委婉地道："她们军训都累坏了，最近不肯出门活动了。"

程一鑫反应过来，问："这就是你最近不想见我的原因？"

"不是。"

军训的运动量对金潇而言是小意思，问题是她的皮肤晒黑了呀。

程一鑫低笑，说："我忘了你体育好。"他话锋一转，问，"那为什么上次你让我背着你走了那么远？"

自从在山上被他抱着转圈圈后，金潇见面抱他时就会自觉地把小腿抬起来，双脚离地地挂在他的脖子上。他用双手托着她，抱着她转几圈。开学前他们轧马路，金潇更是撒娇让程一鑫背着她走了好长的一段路。无论她的体育好不好，程一鑫都始终觉得她是一个娇滴滴的小姑娘。

金潇被他戳破心思，脸一红。好在电话里他看不见她的脸红，她申辩道："我那天是穿错鞋了。"

程一鑫"嗯"了一声，问："我明早来接你好不好？"

"不用。"金潇觉得再过一周才能见他,说,"明早我跟我妈一起回学校。"

"晚上呢?我早点儿收摊,我们去轧马路怎么样?"

"我……"金潇急中生智,说,"明天刚开始上课,晚上我想预习功课。"

"那我陪你上自习。"

"你还要去夜市呢。"

程一鑫扶额,叹了一口气。话筒里传来略粗的呼吸声,他压低声音说:"快一个月没见你了,我真的很想你。"

金潇小声回应他:"我也很想你。"

这次他们谁都没喝醉,真真切切地说出来这句话,两人的耳朵都有些发烫。程一鑫再次让步,说:"那明晚你下楼让我抱一抱。"

金潇又照了照镜子,看看镜子里的小黑妞,狠狠心,说:"我真的要专心地学习了,周末再见。"

程一鑫沉默片刻,无奈地道:"行,晚安。"

金潇又躲了他两天,痛恨自己的肤色恢复得这般缓慢。到了第三天,程一鑫又不蠢,知道她不是出于害羞,她是真的不想见他。他不再问了,说话时开始不敢多调戏她了。

他仔细地想了想。是不是假期时他们的关系发展得太快了,吓到了金潇?上大一后过了一个月的集体生活,她在一群好学生之中受到了良心的谴责。如果她这么想,他可以和她只拉手,甚至只说说话,能看见她就满足了。这个小骗子说他可以更过分一点儿,现在却反悔了。

他们做过了亲亲抱抱这样的亲密举动,再减少接触,真让人不甘心。程一鑫眨了眨眼,起身关了风扇,近日来第一回觉得夏日的夜晚不再躁热。

因为程一鑫装的Wi-Fi的信号很好,金潇宿舍的女生分别抢到了几门据说好拿分又难抢的人文选修课,还听见了隔壁传来的一片哀号声。隔壁的女生说还没打开网页,屏幕上一直显示"无法连接到服务器"。金潇不知道的是,程一鑫是前一天去楼下找卖电子零配件的哥们儿专门学的安装Wi-Fi的方法。

金潇还没来得及跟他分享抢到了新课的消息,当天下午就去上课了。

她第一次去上有这么多人上的选修课,阶梯教室里有上百人。不知道为什么,她总感觉身后有熟人,回头迅速扫了一眼,大家都低着头玩手机。她拿出手机,给程一鑫发了一条消息:"你在忙什么呢?"

教室的后面传来一声提示的铃声,好多人回眸。程一鑫连忙点击屏幕,开启了消息免提醒的功能,但忘了金潇是"特别关心"。金潇跟着众人回头看了一眼,莫名地觉得那个戴着棒球帽的人很眼熟。那人把身子压得很低,几乎伏在桌子上,用胳膊挡着脸。她或许是想程一鑫了,竟然觉得那人有几分像他。

鑫哥二手手机专卖:"我和痘哥聊天呢,你呢?"

晚安妹妹:"上课。"

鑫哥二手手机专卖:"乖,专心地上课。"

晚安妹妹:"选修课,大家都在玩手机。"

见程一鑫不跟她聊天,金潇干脆上网挑选雪具。等今年下了雪,她想和他一起去滑雪。老师点名的时候点到了一个姓李的同学,她却听见程一鑫用熟悉的嗓音喊了一声"到"。

金潇:"……"

好端端的,程一鑫不修手机,为什么要干这种事情?她一直回头看他,确定他俩隔着人群四目相对了。挨到课间时,金潇完全忘记了自己晒黑了这回事,气势汹汹地起身,一回头,发现程一鑫的动作比她的动作快。他从教室的那头蹿过来了,她的肩头就被按住了。程一鑫跟她旁边的同学说了一声:"同学,抱歉,我的女朋友跟我吵架,麻烦你让一个座位呗。"

金潇气鼓鼓的,两人还真是要吵架的架势。旁边的人麻利地走了,程一鑫凑过去,说:"别生气。"

金潇不解地问:"你来干吗?"

程一鑫拿出手机给她看,加了一个滨大的互助群。

李帅帅:"国庆期间我回家了,有事回不来,谁帮忙上一节希腊神话史,记一下作业的要求?"

鑫哥二手手机专卖:"我接。"

他为什么总能刷新她的认知?金潇愣了几秒钟。

程一鑫低声解释道:"你不是总躲着我吗?我想看看能不能混进来旁听课,到时候陪你上课。"

被他一提醒,金潇猛地别过脸,生怕被他看见了古铜色的皮肤,扭捏地道:"我没有躲着你。"

程一鑫想着不碰她只聊天,想得再好,看见她后也只想将她揉进怀里。他握着她柔软的手,凑到她的耳畔问:"怎么了,我到底哪里惹你不高兴了?"

他们都已经见面了,金潇把脸埋在臂弯里,闷闷地回答:"我晒黑了。"

"什么?"

"我军训时晒黑了,不想让你看见。"

程一鑫没想到她给的是这个答案,低低地笑起来,想扳过她的脸:"你哪儿晒黑了,让我看看。"

金潇不乐意,还是把头埋在胳膊里,不愿意抬脸。她握着他的手,把它举高:"你自己看,我的胳膊比你的黑了多少?"

她的胳膊比他的胳膊黑了不少,程一鑫没什么安慰被晒黑的女孩的经历,低头将她的手放在课桌下,弯腰吻了一下:"变黑了也好看,你很快就重新变白了。"

他哄到上课,金潇总算不情不愿地抬起头,不想面对他,耳朵还是红的。

下半节课老师竟然发了课堂小测。金潇做完小测,让自家的男朋友抄了答案。他在试卷上写了李帅帅的名字。

后来,李帅帅得了高分,在替课的群里为程一鑫美言了。自此程一鑫接单变得非常顺利。

周末,金潇去"大世界"里见程一鑫的时候,痘哥"呵呵"一笑,说:"妹子,你可算来了,管管你的老板。鑫哥这两天抽风了,天天到楼下去摆摊,抢'大世界'门口的那些流动摊的生意,人家的老大很有意见。"

金潇困惑地问:"为什么?"

程一鑫"哼"了一声,说:"有人说我太白了,我下去晒黑点儿。"

金潇半天说不出来话,伸手摸了摸他的脖子,脖子的后面晒得通红,还有脱皮的迹象,确实没以前白里透红的质感了。不知为何,她有点儿想哭,鼻子一酸。她说:"你不用这样做的。"

他笑了笑，说："没事，我陪你一起晒黑。这回，你愿意见我了吧？"

金潇把头埋进他的怀里："嗯。"

她想天天见他。

她能想到的最浪漫的事情，就是和喜欢的人一起走在被晒黑的路上。

金潇第一次知道校园表白墙，是拜程一鑫所赐。

她的大学生活比别人的顺利许多，她每天早上六点半起来和程一鑫一起去晨跑，和他一起吃早饭，再帮室友们把饭打包回来。她上午八点开始上第一节早课，本硕博班的课业很繁重，功课的量很快就变大了。周一到周五几乎都是满课，她把有限的时间尽数地奉献给了图书馆。周二和周四的早上只有一节大课，她下课后背着电脑去"大世界"里陪程一鑫。程一鑫当然也来陪她，收了摊陪她在图书馆里待到晚上十点半，再送她回宿舍。

她不必憧憬校园恋爱，因为本就处于热恋中。她本来还想加入两个社团玩一玩，去散打社看了看，他们的水平不过尔尔。社长一副很想让她来的模样，但只得放弃了。室友们则不一样，熬过了高考，还是挺憧憬谈恋爱的。

某天晚上，金潇在熄灯前的最后一秒赶回宿舍里，站在窗户前冲程一鑫再次挥挥手，催促他快些开车回家睡觉。她一转身，三个室友齐刷刷地盯着她。金潇轻咳一声，问："怎么了？"

室友们你看我我看你，推选余圆出来跟她说："你知不知道表白墙？经常有人在上面喊话，比如说'张三，我喜欢你'，或者问谁有周四大物课上的穿白衬衫的男生的联系方式。"

"哦。"

"你上过表白墙。"

金潇很平静，说："没事，不用管它。"

"但是，今天你的男朋友好像上了表白墙，帖子还挺热。"

金潇平静的面具瞬间被撕破了一道口子。她接过手机，聚精会神地看帖子，飞快地翻页。

"匿名求助：有人知道今晚图书馆里坐在B区窗边的银发帅哥是哪个班的吗？他太帅了，有乙女游戏里的男主角的既视感。求联系方式。"

"只拍到了背影啊？"

"银发？他好有个性。"

"他是不是动漫社的人？"

"不是。楼主，不瞒你说，我就是动漫社的。"

"啊，这……"

"你怎么不直接跟他搭讪？"

"他今晚在趴着睡觉……"

"笑死。"

"玩世不恭，帅哥呀。"

"下次你再见到他，不如写字条搭讪，问他要不要加入动漫社。"

"楼上很懂这些事呀。"

"好主意。"

"我也见过他，看见他好几次了。他每次都去得好晚，就在图书馆里待一个小时。"

"我也有印象。他瘦瘦高高的，脸很小，肤色超白。"

"滨大里能有这样的男孩子吗？"

"他难道是隔壁学校的？"

金潇看完帖子，把手机还给她们，道了一声谢。她洗漱完躺到床上，注册了一个表白墙的账号，将这个帖子发给程一鑫。程一鑫也很郁闷，生怕金潇的醋缸子翻了。上周他把棒球帽丢了，一直没去买新帽子，现在早上替跑就只接男生的单子。操场上几乎都是一些困得睁不开眼睛的学生，没人在意他。

次日，程一鑫低调地做人，重新买了一顶棒球帽，还戴上了黑色的口罩，令图书馆的值班老师都多看了他好几眼。图书馆里一向人满为患，金潇不能给他占一晚上的座位，好在今天斜对面空着一个位置。程一鑫翻开单词书，老老实实地背单词，一天背五十个单词。他没背几个单词就哈欠连天了。图书馆里太安静了，跟夜市上形成了鲜明的对比，大脑没了刺激，他疲惫得昏昏欲睡。

程一鑫没忍住，又趴在了桌子上，睡醒后起来，发现有一个男生站在他的旁边。程一鑫很疑惑,挪了挪支出去的长腿,以为挡了路。没想到,男生递过来一张被叠成爱心的字条,压低声音说:"同学,你帮我把它传过去,给你斜对面的女生。"

程一鑫在心里骂了一句粗话,感到一阵牙酸。修长的指尖晃荡几下,他打了一个音量很低的响指,把字条扔给金潇。

身后的兄弟似乎受了惊,没想到程一鑫递字条的方式如此豪迈,连忙紧张地退后几步,拿起一本书,从书页的上方偷看。于是,这位兄弟看见静美如画的女神欢天喜地地拿起被他叠成爱心的字条,她面带笑容地打开它,然后轻轻地蹙起眉,收拾东西走了。

当晚的表白墙上,昨天提到程一鑫的那条帖子下又多了一条跟帖。

"感谢这条帖子给了我勇气,今天我也给女神递了字条,女神竟然收下了我的字条。"

"楼上,然后呢?"

"然后女神收拾东西走了,我猜她是急着回去加我的微信吧。"

"她加你了吗?"

"还没有,我猜女神去洗澡了。"

图书馆外,金潇非常生气,问:"你递给我的是什么东西?"

程一鑫勾唇,讥诮地一笑,伸手:"我没看,你给我看看。"

金潇扭头:"我扔了。"

程一鑫的眸光微闪。算了,他不用看字条也知道,上面无非是那些话,别人都敢对他的女朋友表达爱意。

金潇真是气死了,说:"你明知道事情是这样,为什么要递给我字条,为什么要看我的笑话?"

在校园里遇见过几次金潇熟识的教授后,他们渐渐地变得小心了,不敢在校园里牵手,生怕消息传到金潇的母亲那里去,只有在晚上黑灯瞎火的时候牵手和拥抱。这就意味着,他不在她身边的时候,她会被许多异性表白。程一鑫当然发愁,下意识地就想试探她的反应。

程一鑫问:"你平时是不是经常收到这些字条?"

金潇否认:"没有。就算有,我也不会接过来字条。"她想明白了其中的关节,瞪大眼睛,"你不相信我?我还没计较你昨天上了表白墙呢。"

程一鑫憋得心里不舒服,语气漠然地说:"咱们扯平了。"

"好,行。"金潇被他气得甩手就走,"那你继续耍帅,还可以去cosplay社,天天上表白墙。"

眼见她真头也不回地要进宿舍的大门,程一鑫很懊恼,三两步地追上她,将人从背后抱在怀里,说:"我错了。"

"你错在哪儿?"

"态度不好。"程一鑫闻着她发间的清香,收紧了手,把她搂得很紧,"宝贝,你不许喜欢别人。"

金潇坚定地说:"才不会呢。"

程一鑫将她扳过来,坏笑起来,问:"这么说,你喜欢我啦?"

金潇被他调戏,大呼上当,说:"就一点点吧。"

周末,金潇和他拉手的时候,感觉手感不对。她低头一看,他的无名指上多了一个银色的圈。程一鑫有点儿不好意思,说:"我随便地在楼下买了这个东西,让别人知道我有女朋友了。"

这哪里像宣示主权的戒指呀?它就是一个光秃秃的圈,他的手指长得太漂亮了,他戴着它反而像戴着装饰品,显得吊儿郎当的。但金潇还是认可了他的这份心思,将自己的手递过去:"那我的呢?"

"你一个学生戴这个,像什么话?"程一鑫吻了吻她瘦白的手指。

金潇被他的胡楂刮得脸色发红。

他说:"我不上表白墙就行了,免得我们家晚安妹妹找我的麻烦。"

金潇"扑哧"一笑,说:"算你识相。"

程一鑫摩挲着她的手指,她的手心真嫩,不像他的手心这样粗糙。声音低下去,他说:"以后我再给你戴戒指,但是……戒指上可能不会有很大的一颗钻石。"

金潇"咯咯"一笑,说:"我就要你的这种戒指。"

"别闹,这个戒指十块钱。"

"我也要十块钱的戒指。"

"真的?"

"真的。"

"那哥省钱了。"程一鑫捏了捏她的鼻尖。

鼻尖在阳光下几乎透明,她总算重新变白了。

他说:"哥正好攒钱,以后开一家自己的手机店,店要有三层楼高,怎么样?就像你喜欢的苹果专卖店一样,咱的店也要有落地的透明玻璃。采光好,我才能在里面晒得黑一点儿。"

"好哇。"

"你等哥几年呗。"

"我等几十年,等一辈子。"

程一鑫的师傅老齐退休了。他常年修手机,不仅眼睛花了,还得了飞蚊症,看东西时常有黑影。这对日常生活的影响不大,但他不敢拿别人的手机芯片冒险。作为早年入行的老手机人,老齐倒是攒了一些钱,在这个变革的时代中急流勇退。其实这是一件好事,他带出来的十几个徒弟聚在一起,祝贺师傅退休。

老齐是齐天的叔叔,程一鑫和这个师傅虽然是因为齐天才结缘的,但师徒两人相处几年,有了情谊。老齐相当于给了程一鑫饭碗——他能记一辈子。师傅对他们每个人都说了几句话,面对程一鑫时说:"小程不光手最稳,又肯吃苦,就是要注意身体,注意眼睛,别像我一样。我还想干几年呢,但眼睛不行了。我老了,没用了。"

大家难免还是伤感的,喝酒喝到后来,眼睛都红了。程一鑫尤其重感情。因为胃不好,他一向很少喝酒,今天却想喝醉了。

师傅又说:"你们这几个单身的人,早点儿成家,别整天吊儿郎当的,挣了钱给谁花呀?"

"怎么不说小程,光说我们?"

"小程的年纪还小,人家刚二十岁,你们呢?"

程一鑫倒是拎着酒瓶过来了,说:"师父,我已经成家了。"

"哎哟哎哟,你结婚了?动作够快呀。"

"没,她还在读书。"

他们哄堂大笑,说:"高中生,未成年哪?"

程一鑫郑重其事地说:"大学生。"

"骗谁呢?人家大学生能跟你处对象?"

师兄也是在逗他,这些人里,就属程一鑫入行晚。他现在还没开自己的店,在"大世界"的角落里租一个小店,苦兮兮的。

"你下次带她出来。"

"行行,这是你说的。"

"一言为定。"

他醉醺醺地被人送到自家的楼下后,只记得要带金潇见师傅一家人的事情了,非说要开车去接金潇。程佳倩怎么拦也拦不住他,无奈之下说:"哥,你在这儿待着,我去帮你接潇潇姐。"

好在金潇放了暑假。家人送她的跑车几乎闲置着,她不敢在程一鑫的面前开跑车,在夜色茫茫中拦了出租车,让出租车把她送到了程一鑫家的楼下。上学期,她已经去过他的家,见过奶奶。

程佳倩见了金潇,说了一句"抱歉",戳了戳醉醺醺的程一鑫。他长得高,倚在灰色的五菱车旁边,此刻身体止不住地往下滑。程佳倩提醒他:"哥,潇潇姐来了。"

话音未落,她就看见快滑到地上去的程一鑫陡然清醒了,他将金潇搂紧,两人的位置瞬间颠倒。他像偶像剧中的男主那样把金潇抵在车上,两人吻得难舍难分。

程佳倩:"……"

她决定先上楼去。

他当着别人的面吻她,金潇很不好意思,可不知不觉地就被这样汹涌而至的热吻弄得不知东西南北。他嘴里的酒气传递到她的嘴里,她觉得自己仿佛也醉了,脸颊微红。她哄着他上楼,庆幸自己的力气大。

程一鑫跌跌撞撞地扯着她说胡话:"我不想退休。"

"好。"

"我想攒好多好多钱。"

"攒钱做什么?"

"结婚,他们都说你看不上我。"

"那是他们瞎说的。"

声控灯灭了,他忽然将她逼到楼梯的拐角处,问:"真的?"

两人的睫毛互相蹭着,她的眼睛水灵灵的,他抱着她,哑声说:"不许离开我。"

"好。"

程佳倩给他们留了门,奶奶已经睡了。程一鑫看起来挺瘦的,然而骨架不小,一层薄薄的肌肉覆盖着骨头。金潇拖着他时,觉得他也挺沉的。金潇第一次干伺候人的活,伺候自家的男朋友,心情很微妙。夏天这么闷热,他的短袖湿了一半,上面还有烧烤和啤酒的味道。

金潇做了一番心理建设,打了水,替他换了一件干净的短袖,擦了擦汗,又替他擦脸。程一鑫的眼角有很淡的笑纹,他不用讨好任何人时,那副不笑的样子似乎更帅。他有着高挺的鼻梁、迷人的眼睛、薄薄的唇和白皙的皮肤。

金潇给他擦完脸,扶他躺下。他忽然睁眼,四处找东西:"手机呢?"

金潇劝他:"你先休息吧,明天再看手机。"

程一鑫把薄唇抿成一条线,似乎很不高兴,说:"不行。"

金潇拗不过他,从牛仔裤的兜里摸出来手机。这会儿他又闭上了眼睛,显然已经很困乏了。金潇不知道他为何还坚持要看手机,把手机递给了他。没过两秒钟,她口袋里的手机振动了一下。

鑫哥二手手机专卖:"宝贝,晚安。"

金潇:"……"

他没看出来她就在他的面前吗?她伸手要去没收他的手机,哄他:"好了,晚安,睡觉吧。"

但程一鑫依然死死地攥着手机,脑袋快垂到被子上了。难道他每天喝醉了还记得跟她说"晚安"吗?他说"晚安"的拼音是"我爱你爱你",说要做每天和她说第一句话的人和每天和她说最后一句话的人。

金潇想了想,拿起自己的手机回复他"晚安"。

收到回复的那一刻,程一鑫总算松了手。她将手机放回床头上,替他熄了灯。

吻了吻自家男朋友的唇角,金潇在心里又说了一声"晚安"。

雨"淅淅沥沥"地下着,伴随着"啪"的一声响,站在单元楼门口的屋檐之下的两个人对视一眼。耳尖微红,程一鑫将巴掌放下,手心里有鲜艳的血迹和蚊子的尸体。他轻咳一声,故作淡定地说:"蚊子。"

金潇嗔怪地蹙起了弯弯的柳眉,"哼"了一声。她这会儿很是后悔,今天穿了短裤,两人在屋檐下躲雨,蚊子偏偏只绕着她的身体飞。她忍了好一会儿,实在是不舒服。

程一鑫伸出胳膊,任由雨水冲刷他的手心。他把双手搓干净以后缩回来,随便地在本来就湿透了的短袖上擦了两下手,逗她:"蚊子是不是都知道你更香一点儿?"

金潇白他一眼,说:"说得跟你不知道似的。"

程一鑫听了就笑了。金潇大一升大二的暑假时,两人已经在一起一年了,前几天刚好过了纪念日,在程一鑫的家里看了一场电影。她一如既往地勇敢,有少女恰到好处的羞涩,又比以前多了一些轻松感,在程一鑫的面前变得越发活泼自然。金潇的高中同学以前一口一个"潇哥"地喊她,若是见到她的这般小女儿的姿态,肯定要大吃一惊了。她更有长进了,不再单方面地被调戏,偶尔逗得程一鑫老脸一红。

屋檐下的空间本来就狭小,刚好能容下两人,他把她逼到墙角处。反正衣服早就湿透了,蹭到墙灰也不是什么大不了的事情,他把笔挺的鼻梁抵在她的锁骨边,深深地吸了一口气,说:"我还真不知道,再闻闻。"

他搂着她的腰,两人觉得像有烟头在肌肤上灼烧。金潇穿得异常火辣,穿着露脐的上衣和超短裤,还穿了一双马丁靴。原因很简单,夜市的摊位流动得很快,最近新来了一个"炒面西施",频频地对程一鑫示好,肆无忌惮地展示着她的成熟和风情。金潇的家教一向严苛,除非是去国外度假和出席晚宴,她在国内过夏天时从不穿无袖的衣裙,穿的裙子再短也能盖住膝盖。这次她被"炒面西施"气急了,今晚穿了这身衣服,展现她无可挑剔的身材。然而好景不长,一场突如其来的倾盆大雨浇灭了她宣告主权的运动。

两人收了摊,顶着别人送的麻袋,昏头昏脑地一路狂奔。或许是因为程一鑫的家在老城区，离夜市不远，开车十多分钟就到了，他到了家才惊觉没送金潇回家。他含混不清地邀请她："要不你上去待会儿？雨停了我再送你走。"

金潇理智尚存地说："不去了。"

金潇是要面子的，近日已经去过程一鑫的家很多次了。他喝醉酒的那次，她为了照顾他，就住在程佳倩的房间里了。再加上过纪念日时，他们又窝在他的房间里看电影，金潇被他的奶奶和程佳倩笑得害臊，几乎想钻地缝了。虽然她们都很好说话，但她不想给他的家人留下她过于不矜持的印象。

夏日的雨真是说下就下，滨市地处内陆，常年不下雨，他们都忘了看天气预报。此刻的情欲像大雨一样突如其来，他们被倾泻而下的雨幕困在这里，几乎没有作死的行人在此刻出门。

金潇推他："又有蚊子。"

程一鑫叹了一口气，松开她，蹲在金潇的腿侧，替她打蚊子。雪白的大腿上已经有几个蚊子叮的包了，又红又肿，看着惹人心疼，程一鑫用指甲替她挠了挠腿。

金潇制止他："痒。"

程一鑫拍亮了声控灯："等着，我上楼给你拿花露水。"

"不用。"金潇拉住他，"我是说，你碰得我痒，别碰我。"

程一鑫"哦"了一声，百无聊赖之下，直勾勾地盯着她的一双长腿看。或许是他的目光过于灼热了，金潇渐渐地感到脸色发烫，说："你别看了。"

程一鑫仰头，似笑非笑地说："碰不让碰，看也不让看？"

"我不是这个意思。"

"算了。"程一鑫接了一捧雨水洗脸。雨水冰凉又有点儿腥咸的气息，总算让他冷静了几分。他说："哥拿一把伞，再去看看能不能开车送你回家。"他已经愁了半晌了，说，"破车这会儿坏了。"

雨下得越来越大，声势比他们一路跑过来时还要吓人。雨一时半会儿停不了，程一鑫即便是回家拿了伞出门，依然免不了一场风雨的洗礼，没准还修不好车。

金潇拽他的衣角："你别去了。"

程一鑫笑了笑，说："没事，哥跑得快。"

金潇努嘴："我有点儿冷。"

程一鑫转身抱她："好点儿了吗？"

她贴着他的胸膛，"嗯"了一声，仰起头。他低头，两人的鼻梁相互蹭了蹭。她说："我跟你回家吧，今晚不回去了。"

"别闹，"程一鑫钩了钩她的一缕头发，"你的小姨不是在家里等你吗？"

金潇无奈。她一个人住，至今没敢把这件事告诉程一鑫，用了一个上次他喝醉时她用过的借口，说："我再跟她说一声，又去方好好的家里住了。"

程一鑫犹豫几秒，呼吸变得急促灼热起来，眼神从迷离转为清醒。他说："不行。"

金潇不解地问："为什么？你刚刚还说让我上楼。"

"现在不行了。"他有些咬牙切齿地说，"我不能保证待会儿不会对你做什么事。"

他咬了咬唇，松开她："等会儿雨停了，我送你回家。"

金潇拉过他的手，把它环在她的身后，说："我不怕。"

程一鑫以为听错了，问："你再说一次？"刚说完他就后悔了，连连地摇头，说，"别说了。"

金潇一旦下了决心，就会变得格外勇往直前，嬉笑道："你不敢？"

他不敢？程一鑫的喉结滚动着，眼神一沉，他半天才说出话来："我是怕你后悔。"

"我不后悔。"金潇认真地道，"我想过了，已经喜欢你超过三百六十五天了，人这一辈子最多有一百个三百六十五天，我们的关系完全可以更进一步。"

月光下，她真像一个公主，坚定自信，温柔又有力量。那么大的男孩子有谁不想做这种事呢？更何况他抱着喜欢的女孩，抱着温香软玉。

程一鑫一直只顾着打工挣钱。有人想用钱砸他，他看不见她们的真心；有人需要他花钱，他唯恐避之不及。唯独他遇见金潇后，一切都失衡了；他痴心妄想，想许给她一个未来。他贪恋这一刻的美好，不忍心承认他们之间很有可能没有未来。

程一鑫逼着自己说出来最残忍的话："我是说，如果我们分手了，如果你给了我第一次，以后你的男朋友会怪你。"

金潇气势汹汹地问："你以后会跟我分手？"

程一鑫不敢直视她，说："我是说，万一。"

她的光芒太盛，他想退避三舍，想离她远一点儿，两个人都会变得更清醒些。他后退一步，金潇逼近一步。她怕他溜走，情急之下揪着他的衣角，做了一个正面的高踢腿，将腿高高地架在墙壁上，马丁靴"咚"的一声蹬上了墙，几块年久失修的碎砖"簌簌"地落下来。她穿着短裤，一条长腿蹬在墙上，一只手撑着墙，程一鑫无处可逃。

她常年练散打，柔韧性好得不可思议。两条腿都是笔直的，她还能倾身向前压腿，慢慢地靠近他。金潇气急了，直呼他的姓名："程一鑫，你再跟我说一句分手试试？"

画面太有冲击性了，程一鑫真的很想闭上眼睛，说："我保证不说了。"

"那也不行。"金潇进一步逼近他，吐气如兰，说，"你不是想看吗？"

程一鑫："……"

他从脖颈到耳尖的皮肤都变红了。心跳加速，他喘了几口粗气。下一秒金潇惊呼起来，整个人被他捞起，被牢牢地抱在怀里。他一步一步地走上楼梯，没有人去触发声控灯的开关，两人任由黑暗的楼道将他们吞没。他们都关不住心里的野兽了——它在夜色中露出猩红的双眸，指引他们爬上成年人的阶梯。他摇摇晃晃地上了楼，金潇不敢看家里有没有人，闭着眼睛，听见程一鑫开了门又关门、开了门又关门。他的动作如此反复了两次，她再次睁眼，看见了粗麻布的格纹床单、男明星的海报和陈旧的墙，这是程一鑫的房间。他冰冷的银链子坠在她的颈窝处，仿佛是她佩戴的饰物。他的刘海儿拂过她的鬓发，他的眸中映着她的身影，两人渐渐地难分彼此。

程一鑫"哼"了一声，嫌她招惹了他，说："你现在后悔还来得及。"

金潇仰头，送上了红唇，说："我不后悔。"

我和你一样，这辈子都不会后悔。

我将把你说过的这句话视为终身的信仰。

番外二

世界上的另一个我

　　大一的寒假结束了，一个假期过去，金潇她们宿舍里的网络成功地坏掉了，且原因不明。这非常令人恼火，虽然她们平时看剧可以去教学楼里下载了剧回来看，其他的时间里用用流量，但每个学期开学时都是要用校园网抢课的。上学期她们的网络就不怎么样，体育课只剩下最难的网球课和篮球课了，好在金潇会打球，在期末考前将零基础的几人勉强地教会了。

　　如今还有两天就要开始抢课了，几人急急忙忙地换了一个路由器。金潇的家境很优渥，她直接去学生中心刷学生卡，足足多交了一年的网费，叫隔壁宿舍的女生帮忙修网络。最后她们把各种黑科技都试遍了，也束手无策。

　　苏囡仰天长叹："我们四个学通信工程的人，怎么连网都修不好？"

　　"这下怎么办？"

　　"这学期我不想选篮球课。"

金潇的方法简单粗暴,她说:"咱们花钱请人来修。"

"好办法。余圆,你不是有老相好在计算机学院吗?你让他来修,咱们请他吃饭。"

余圆从床上蹦起来:"什么老相好?"

"是老乡,老乡,你别激动。"

"这还差不多。"

她们没想到,当晚余圆带了一个帅哥回来,在楼下和苏囡一起跟宿管阿姨交涉。她们也没想到,人家熟门熟路,宿管阿姨见到他笑得眼睛都快看不见了,说:"小程啊,阿姨那天不知道碰到了手机的哪个地方,别人在微信上给我打电话,手机都不提醒了。"

两人默默地站在后面,惊呆了。

苏囡忽然想起来,说:"这不是……?"

余圆点头:"对,我的老乡推荐说他技术好。他会修很多电器,包括手机,不然阿姨不放人进来。"

苏囡点头,打量程一鑫的背影。他真的挺帅的,是经管学院的院草,还是体育特长生。她们听说院草有点儿特立独行,由于家境不好,他在学校里做了很多兼职,修手机,在男生宿舍里开小打印店,买卖二手的手机。对于经管学院的学生,学校支持他们创业还来不及,任由他把小本生意做大做强,自此他的那张帅脸就成了活招牌和活名片。

程一鑫给宿管阿姨重新设置好手机,登记了进出女生宿舍的理由。

宿管阿姨见怪不怪地问:"小程,你还会修网络呀?"

程一鑫很谦虚,说:"我就是瞎捣鼓,之前都在男生宿舍里帮哥们儿修网络。"

"上去吧。"

"谢谢张姨。"

她们住了这么久,还不知道宿管阿姨姓什么,长得帅就是不一样。

他自我介绍说:"程一鑫。"

苏囡笑了,说:"我们知道。"

程一鑫在同学的面前收敛了社会的气息,微微地偏头看她。

苏囡背诵着他微信的个性签名:"比程某帅的没程某会修手机,比程某会修手机的没程某帅。"

程一鑫勾唇一笑，说："学妹，以后多给我介绍客户。"

尽管余圆和苏因跟他说直接进去就行，但程一鑫站在宿舍的门口时还是敲了门，等了片刻。里面传来一声"请进"，声音隐约地有些耳熟。门被打开了，两人四目相对。金潇退后一步。

程一鑫认出来眼前的人，略显惊讶地说："是你？"

金潇点头："你……练短跑的那个？"

程一鑫点头："对，余圆叫我来修网络。"

金潇审视他片刻，略显疑惑地问："你还会修网络？"

程一鑫拎了拎工具包："你不是通信工程专业的吗？"

金潇皱眉："你怎么知道？"

"余圆说的。"

"所以呢？"

程一鑫笑了笑，说："你不也会跑步吗？"

道理是这样，金潇退后，彻底将门口让出来。宿舍是四人间，上床下桌，程一鑫环顾一周，这里没有公共的桌子。金潇指了指自己的桌子，她的桌面最整洁，上面有一片空间。她说："放在这儿吧。"

见到这一幕，宿舍里的另外一个室友惊掉下巴。金潇平时是眼高于顶的，对女生和和气气；男生很难跟她讲几句话，她始终对他们有距离感，保持着疏离的态度。大一开始时还有许多人追她，她隔三岔五地上表白墙，后来不知是谁看见了金潇开跑车，又听说了她的家境，想追她的人自然先掂量掂量自己，渐渐地就变少了。

难得看到这场景，进来的余圆问："你俩认识？"

"认识？"程一鑫看了一眼金潇，说，"我追过她。"

消息这么劲爆，天哪，她们吃瓜都吃不过来。

金潇同意了这个说法，毫无被冒犯的不悦之感，说："今天刚认识。"她转头问他，"你叫什么？"

程一鑫从工具包里摸出一张小卡片，这实在称不上是名片，上面只有他数不胜数的业务范围，底下有一行小字，写着他的名字和电话。

他很正式地介绍了自己。金潇出于礼貌，把名片揣进兜里。

室友还在八卦他是怎么追的她。她们的声音太大，金潇瞥了一眼。程一鑫的耳尖竟然红了，他只是装作听不见她们的话，埋头干活。金潇简单地解释,每天晨跑时都能在操场上碰见他们田径队的人和体优的人一起训练,有一次其他人散了,不知怎么,她和程一鑫就较上劲儿了。跑短跑时虽不如程一鑫快,但她是耐力型的选手,擅长跑长跑。跑了半天,金潇总算反应过来,似乎一直有人在追着她跑。她慢慢地停下脚步:"你在追我?"

这句话是很有歧义的,然而程一鑫面对她的正儿八经和矜贵的气质,实在笑不起来,说:"你的发卡掉了。"

他从裤兜里掏出来一个水晶发卡。

金潇拿过来发卡:"谢谢。"她露出一丝疑惑的神情,问,"你就为了这个追我?"

在她的印象中,他追了她至少五六圈,足足跑了两千米。她说:"你可以反方向跑,拦住我。"

"不是。"程一鑫喘了两口气,也缓过来了,说,"我本来想追上去,发现你跑得挺快。"

体优生之间是相互认识的,他被一个不是体优生的女生甩了这么远,追着她都很累,到底是有好胜心,才一直追她。

金潇点头:"你的呼吸节奏不对。不过,短跑不需要调整呼吸吧?"

"嗯。"

金潇再次道谢,转身走了。

原来两个人是有这样的渊源,他俩的脑回路果然和她们普通人的不一样。看程一鑫专注地修网络,没过多久,困扰她们一周的问题就被解决了。网速快得很,她们上网比之前更流畅,网页毫无卡顿。

程一鑫报价:"八十块钱。"

宿舍里有公共的花销,一向是金潇来付钱。她扫了码,屏幕上弹出来他的微信名片。她愣了愣,说:"这不是收款码。"

程一鑫正在收拾他的工具包,没空拿手机,说:"哦,点错了,那你加一下我吧。"他走出了宿舍,"我先撤了,免得宿管阿姨催我。"

他丝毫没有重新让金潇扫一下收款码的意思。金潇只得发了好友请求,他立马通过了她的请求。

她给他转了八十块钱,没想到程一鑫没收钱。晚上他发了微信:"我就不收钱了。学妹,想请你帮一个忙,我想要一点儿通信工程的专业资料。"

金潇回复他:"你收钱吧,在专业里找哪一个人要资料都一样。"

"不一样，我听说你是金教授的女儿。"

金潇："……"

金教授的资料可不止八十块钱，金潇想问他要资料做什么，他该不会要贩卖资料吧？灵光一闪，她拿出来兜里的那张卡片，看了看他的业务范围。行吧，他确实是一个修手机的人，还挺专业的。学术方面的分享无价，金潇觉得这人可真会做生意——他偏偏找上她，不收她的八十块钱，让她费心费力地找资料。

金潇答复他："可以，我过一段时间把资料发给你。"

她没想到，还没过多久，他们之间的关系就破裂了。

那是在第二学期金潇上近代史课的时候，众所周知，大学里有四门所有学院的同学都要上的公共课，一堂课原本该有三五百人来上，但顶多能来一半的人。这四门课分别是思修课、近代史课、马原课和毛概课，刚好每学期开一门课，内容繁杂无聊，他们还不得不学，理科生格外头痛。到了期末，打印店的人就卖各种文科学院的重点笔记，大家争着抢购笔记。

这节课的任课教师是她妈多年的好友。上周金潇刚和她一起吃过饭，这位教授多次抱怨学生逃课，非常感伤。

金潇不逃课，不代表就觉得这种课有趣。她早早地占了后排的座位，埋头刷题。那段时间里她在学法语，想放假后去法国的分公司跟伍迪学习一段时间。上课已经二十分钟了，总是陆陆续续地有人进来。有人单肩背着包，蹭了一下金潇，害她在纸上画了一道长痕。她皱眉看了一眼，那个身影有点儿熟悉。他有着瘦削的肩和晃荡的姿态，往前坐了两排。下半节课时，金潇清晰地听见他帮一个叫李帅帅的人喊"到"。

金潇："……"

金教授非常忙碌，女儿周末时又喜欢自由，爱住公寓，不爱回家。于是下一周，金教授又叫上了金潇，和那位教近代史的教授一起到教师食堂里吃了一顿饭。

那位教授再次抱怨出勤的问题。

金潇想了想，说："好像有同学请人替课。"

两位教授大眼瞪小眼。

"什么是替课？"

"你问我，我怎么知道？"

这是她们的知识盲区，金教授几乎只带硕博班，没人替课。

下一次晨跑时，程一鑫在操场上拦住金潇。他戴了黑色的鸭舌帽，帽子把白皙的脸色压得黑沉沉的，脸上没有一丝笑意。他问："你举报我？"

"什么？"

程一鑫粗暴地扯下来金潇的一只蓝牙耳机。

金潇被吓了一跳，脸上浮现出一层薄怒。她说："你干什么？"

程一鑫重复了一遍刚才的话。

金潇摇头："我没那么无聊。"

"你再装？不是你把替课的事告诉老师的？"

程一鑫被她断了财路。他是体优生，不用怎么学文化课。到了期末，别人闭卷考试，他们开卷考试。所以除了训练，他没少接替课的活。

金潇想要回她的耳机："你还给我。"

程一鑫仗着身高的优势，将她的耳机举过头顶。金潇抿唇，真想给他来一个过肩摔。程一鑫看了她半响，两人对视，他的神情很复杂。金潇的神情隐隐地有些不满，最终，程一鑫说："伸手。"他把耳机还给她，合拢她的手，"拿好。"

他看着她的眼睛，喉结滚动，话语发涩："你用这种方式拒绝我，是吗？"

金潇莫名其妙，疑惑地看他。

程一鑫自嘲地一笑，说："算了，我自作多情。"

他转身走了。

晚上女生们夜聊的时候，金潇后知后觉，第一回将她们聊的八卦听进去了，什么暗恋、隐晦的表白、追人、试探……金潇有了一个不成熟的猜想，难道他在追她？很快，她摇了摇头，将这个不靠谱儿的想法驱逐出脑海。

次日，她在操场上遇见了程一鑫。他目不斜视，再没有跟她点头致意。金潇想：猜测果然是幻觉。

她想起来他要过金教授的资料。既然他这么凶，她还是先把这笔生意放一放吧。

他们的关系一直僵到将近期末。五四青年节期间，省里要举办一个大学生青年运动会，这些体育特长生自然要为学校拿奖，纷纷地去参加运动会。然而滨大的散打一向是弱势的项目，老师们本来想随便地从散打社团里揪一个人凑人数的，没想到散打社的社长推荐了一个大一的新生。这次负责带队的老师对此将信将疑，再一看，哦，那是老熟人了。那不是天天晨跑的金教授家的千金吗?

金潇的名字就被报了上去,她跟着他们这群体育特长生一起去邻市比赛了。在大巴上见到程一鑫,金潇隐约地觉得有些尴尬,暗自决定这次找一个机会,问问他还要不要之前的那八十块钱。她后来问清楚了,确实是因为她的一句话,教近代史的教授把这件事告诉了教务处的人,要他们彻查这件事情。法不责众,既往不咎,虽然学校没有处罚以往替课的同学,但是重整了校风校纪。老师们每次上课前都要拍照发给各班的辅导员,让他们认人。

金潇觉得这件事不是她的问题,自己做得没错,但这确实让程一鑫断了财路。他这么热爱做兼职,家境应该很不好吧?金潇从小经常被父母带到山区里捐款,年年参加慈善晚会,习惯于施舍善意。如果可以,她想给他捐一笔钱解决这个问题,但这显然很伤人的自尊,也显得莫名其妙。

程一鑫真是一个滑头,一路在车上给大家兜售饮料和扑克牌。饮料偏偏是脉动、宝矿力之类的运动饮料,带队的老师无可奈何,让他挣了一笔钱。

金潇觉得自己很倒霉。入住了比赛的基地后,她来到训练场上,没想到风火俱乐部的散打教练也在,还和程一鑫认识,两人嘻嘻哈哈地勾肩搭背。金潇一向不参加散打比赛,只练着玩,被教练再次指导赛前要领。不知道是不是因为受了程一鑫的影响,金潇在训练的时候走了片刻神,竟然扭伤了手腕。她活动了一下手腕,估计戴上护腕应该不影响比赛。但她还是跟带队的老师报了伤势,在校医那里喷了喷雾。

晚上,她听说那群火力旺的男生准备去跟其他学校的人联谊,他们完全不把后天的比赛当回事。金潇暗自摇头,一边做平板支撑一边背着法语单词,忽然门被敲响。程一鑫站在门外,手里拎着药酒、冰敷袋、膏药、喷雾和护腕,但没说话。

金潇没那么不识趣,低头看了看,问:"这是给我的?"

"你想给钱也行,这是我带来卖的。"

"哦,"金潇接过来那些东西,"谢谢。"

见程一鑫二话不说,转身要走,金潇喊住他:"多少钱?"

他挥了挥手:"看着给。"

金潇明白了,说:"你不会收,是吗?"

脚步一滞,程一鑫说:"你又知道了?"

"上次还有八十块钱。"

程一鑫不想跟她计算这些事,问:"我的资料呢?"

金潇还真没收集资料,有点儿理亏,低头看鞋尖:"你还要哇?"

程一鑫"啧"了一声,单手撑着她的门框,玩味地道:"我为什么不要?"好像上次凶了她一顿并且不理她的人不是他似的。

金潇想了想,问:"你想考研?"

"对,我想跟着金教授。"

金潇点头:"我知道了,回去一定给你资料。"

"好。"他拽住门把手,准备替她关门。

金潇反手抓住门把手,她的手指白皙,力道却不容小觑。她问:"你怎么没去联谊?"

程一鑫勾唇一笑,问:"你怎么知道我没去?"

金潇:"……"

他不是站在这儿吗?程一鑫用指尖敲了敲她的铁皮门,反问她:"我现在不就在联谊吗?"

金潇的呼吸一滞,思路逐渐变得清晰,她问:"你上次说的话是什么意思?"

程一鑫低头,自嘲地勾起唇角:"高才生,我以为你听懂了。"

金潇抿唇。

程一鑫叹了一口气:"我们第一次说话时,你不就说了吗?"

金潇这回没办法掩饰话里的歧义了,面色微红,难以置信地问:"你在追我?"

程一鑫很懒散地"嗯"了一声,说得毫无波澜:"别有压力,我已经放弃了。"因为怕夹了金潇的手指,他不再替她关门,转身就走,"早点儿休息,晚安。"

"喂,"金潇冲他的背影喊了一句,"程一鑫!"

"我……"两人再次对视,他扭过头,看见金潇面色绯红说出来,"我可以考虑的。"

门总算关上了。

门好像又打开了。

番外三
成熟时

    巴黎的一间咖啡厅里，伍迪正在用手机浏览新闻。他其实不爱来咖啡厅，因为这里的咖啡豆远不如家里的咖啡豆好，而且这里的人群所代表的阶层太低——贫富之间的悬殊巨大，让他有浪费时间之感。网上总有人宣传哪一位富豪亲民，但圈内的人都嗤之以鼻，那都是老头子干的事情，最后富豪们还不是回归了沙滩、碧海、游艇和小三十岁的娇妻？
    伍迪作为华裔，有心地去学习国内的新闻。他的中文还不错，他没有点击"一键翻译"，认真地将新闻从头到尾阅读了一遍，又查了查看不懂的网络流行词，把它们记下来。
    "华强北又一内地偷盗邮寄刷机的灰色产业链被查处，千银千金赴深圳提供线索。这是否意味着手机厂商对于打击盗窃和刷机行为的下一步行动呢？"

伍迪看了看媒体发布的金潇的照片，这是几年前的照片了吧，看起来像是她的微博上的，没有新鲜的照片。他锁屏，静静地喝了一口咖啡。或许是因为没有金潇在身边，咖啡的味道果然不怎么样。以前他陪她来咖啡厅，咖啡好像没这么苦涩。这次他回国后再次见到她，一种遗憾的情绪席卷周身。他想起金潇在巴黎上学工作的期间很喜欢往咖啡厅里跑，她说这里有普通人的气息和烟火的气息，说想和陌生人说话，进行没有任何目的的对话，不论身份，不问财富。

他以前不能理解她，这次见过了她和她的初恋，忽然有些理解了所谓俗世的快乐。只可惜，他终究不能体会到这种快乐。说起来，母亲的手机能被找到，还多亏了程一鑫。伍迪低头，看了片刻程一鑫的微信，消息停留在添加好友的系统提示上。

伍迪："谢谢。"

晚安修机："你想说的是不是拴Q（Thank you，谢谢）？"

伍迪皱眉，什么是"拴Q"？他不打算问程一鑫，熟练地再次打开百度。

收到消息的时候，程一鑫和金潇已经从深圳回到滨市了。春季发布会和马拉松告一段落，他们的娱乐活动变成了在风火俱乐部里练拳，程一鑫刚被自家的女朋友踹倒，非常郁闷。练了好一段时间，他大有长进了，奈何对着金潇总舍不得下狠手。偏偏金潇当背包客失败了，耿耿于怀了好久，力图在擅长的项目上扳回一局。

金潇被另外一个常来的女人叫走了。程一鑫去储物柜里摸回来手机，在场地的边缘休息，看见伍迪发来的消息，浑身一僵，如临大敌。

伍迪对他说"谢谢"，这很莫名其妙。难道不是他要对伍迪说"谢谢"，感谢对方曾经的不娶之恩？

于是伍迪收到了他的回复。伍迪查到了"拴Q"的意思，摇头，对方未免太小瞧他的气量了。

伍迪："谢谢你帮我的母亲找回手机。"

晚安修机："你竟然会打中文？"

伍迪真的很想现学现卖，给他发一个"拴Q"。这人说话到底有没有重点？难道程一鑫不知道对于他们这个阶层的人来说，会几种语言都是稀松平常的事吗？金潇除了法语还学了西班牙语，他不会不知道吧？

想到他的那本高中生必背的单词书,伍迪有点儿理解了。

伍迪:"手写输入。"

对方发来三个"6"。

伍迪觉得继续和他对话,能学到很多网络词汇。不知道对方是不是故意的,他决定结束对话。

伍迪:"以后有机会合作。"

他没看程一鑫的答复,起身,向服务员要了咖啡厅老板的电话。他决定买下这一家咖啡厅,以后让他们用更好的咖啡豆制作咖啡,让他们给他留一个私人的位置。

合作来得很快,春季发布会结束后,秋季发布会很快就到了,他们准备发布游戏手机"冥王星"和微游戏手柄"卡戎",WOOD系统会被更新至12.2版本。在金潇的坚持下,手机的功能从量到质有了突破性的进展,经过了无数种极端的测试,他们又调整了无数次手机的材质,减少成本和降低定价。可以说,他们干得漂亮。千银这几年来毫无创新,在走手机迭代的下坡路时,这算是让人提前期待的里程碑式的新品,网上的呼声很高。

除了发布新机,千银在本次秋季发布会上还有几个大动作。张家的大伯和小叔卸任了。外部的资本入驻后彻查历史遗留的问题,发现他们私自买卖股权。他们找的代持者也不是省油的灯,狗咬狗黑吃黑。他们弄得一地鸡毛,被监管机构约谈了好几次。唯一令金潇顺心的是,金香柏又回到了音乐总监的位置上。小道消息都说,千银这是又回归金家了。

另外就是以旧换新条线的事。之前以旧换新的项目一共有五家中标商,外省的"柠檬修机"占大头。没想到他们迈大了步子,搞了贷款以旧换新。网络借贷本来就不可控,资金链断裂,他们被迫退出了。该份额被剩下的几家公司瓜分,刚运行一年的线上小程序"晚安修机"靠销量拿下了最多的份额,晚安修机一跃成为以旧换新最大的一家合作商。发布会后记者来采访,得知程一鑫是草根出身的,他稳扎稳打,不接受任何形式的投资。他还这么年轻,记者们自然地又问起他是否单身来。

金潇的感情状况也是被问了又问,两人商量过,索性公开恋情吧。于是,程一鑫发了一条简单粗暴的朋友圈。

"首先很抱歉,占用了公共资源。"

下面是一个"展开全文"的按钮。

看见这条朋友圈的同行和客户纷纷地骂娘。这是程一鑫的风格,他们偏偏就忍不住想看看他发了啥——"告诉大家一个消息,我即将入赘千银。"

评论区里全是这样的话:

"今天的笑话有点儿冷。"

"那我就入赘华为。"

"我选择入赘小米。"

"不瞒你说,我和乔布斯的女儿隐婚五年了。"

还有人评论了三个问号。

好嘛,大家都不信。程一鑫叹了一口气。

金潇正趴在床上敷面膜,抓起他的手机看评论,笑得前仰后合,面膜都快贴不住了。她干脆摘下来面膜:"你回收二手面膜吗?"

程一鑫自然而然地接过来面膜,把它往自己的脸上一贴:"专业回收二手面膜,可循环不浪费。"

自从和她同居,他不是第一次干这种事情了。金潇的家里有好几个冰箱,她专门用一个冰箱囤面膜和护肤品,让程一鑫敷新的面膜。然而,虽然现在晚安修机的生意蒸蒸日上,但骨子里的艰苦朴素的基因还在作祟,他时常想起以前因为几万块钱而痛失金潇的往事,一听面膜的价格,直接说他敷金潇剩下的面膜就行。

金潇眨了眨眼,问:"什么高价?"

程一鑫按住她:"会儿你就知道了。"

金潇继续翻这条朋友圈下的评论:"你说,为什么你的朋友都不信呀?"

这在程一鑫的意料之中,他说:"难道你的朋友会相信这件事?"

金潇歪头想了想,说:"他们可能也不会相信。"

"别说他们了,"程一鑫摸了摸她的发梢,发现发梢还有些潮湿,便下床拿了吹风机,回头继续对她说,"连我都不相信。"

"什么?"

"我没和你说过吧?你高三毕业后的那个暑假。"

"啊,"金潇捂住了耳朵,"我不听。"

一想到自己没皮没脸地和程一鑫表白,她就觉得自己傻得可以,臊得脸红。

程一鑫觉得好笑，说："笨蛋，你不想听，应该捂我的嘴，不是捂你的耳朵。"

"哦。"金潇迅速将手放下，威胁地靠近他，"我警告你，不要继续讲这些黑历史了。"

"你听我说。"程一鑫将她的手放在唇边一吻，说，"当时我想，你会不会是在拿我寻开心？毕竟我这么穷。当晚我想，即便你是在拿我寻开心，我也乐意。"

"对。"金潇也斜着他，"你说得对，我就是和同学打了赌，要在开学前脱单。"

"啧啧，那么多大好的男青年，你怎么偏偏挑中了我？"

"因为……因为……"金潇忍不住笑，编不出来词了，转头开始耍赖，有点儿委屈地说，"公开关系以后，你不能对别人说是我追的你。"

"你说说看，我怎么说别人才会相信？我没钱没房没车，拿什么追你？千银公主又不是瞎子。"

眼睛一亮，金潇说："有了。你就说我们发生了一夜情，反正之前我被人拍到了，然后……喀喀，反正我就是不得不跟了你。"

程一鑫冷冷地"哼"了一声，说："然后你先上车后补票？"

金潇击掌："对。"

程一鑫掐她的脸蛋儿，她刚敷完面膜，脸蛋儿简直嫩得能掐出水："那你是不是应该坐实这种说法？"

金潇惊呼一声，他的二手面膜被他随手撕了扔在床头柜上，他的吻落下来了。虽然他们刚才是在开着玩笑打打闹闹，但她分得清楚，他何时是在和她闹着玩，何时是想与她抵死缠绵。她搂着他的脖子，任由他的吻落下来。

程一鑫单方面的官宣没有掀起一丝波澜。直到一段时间后，两人相携出席了一个慈善晚宴，参加了某贫困山区的助学计划。他们公开亮相，主办方的官方微博发微博时分别提到了"金潇Tonight"和"晚安修机鑫哥"。确认了两人的身份，本地的新闻社转发了这条微博。

去晚宴之前，金潇的父亲叮嘱她，小程的事业刚起步，参加拍卖时他量力而行就可以，用金潇的小金库就行。同是入赘的女婿，金潇的父亲是有深刻的体会的，尤其是金听菡埋头研究学术，把衣服穿得都能洗掉色了。

程一鑫早就把工资卡上交了。本来，金潇已经做好某位铁公鸡一毛不拔的心理准备了。为了他的企业形象，她打算替他拍一件物品。令人出乎意料的是，平时抠门的程一鑫今天出奇地大方，忍痛拍了一本五万块钱的摄影集。金潇问了他原因，他轻松地一笑，说："没什么，让人家好好地读书呗。"金潇忽然就明白了，他对于自己没能参加高考是抱憾终生的。她微微地欠身靠近他，将手放到他的手心里。两人相视一笑，笑容里有对彼此的宽慰。他是有许多遗憾，可有她陪伴，其他的种种事情都微不足道。

他们眼神交融的一幕被媒体抓拍了，新媒体写了一篇推送文章——"小说照进现实，你相信豪门有真爱吗？"

这可真是一石激起千层浪，"晚安修机"作为本地的平民和草根崛起的神话，鼓励大学生创业还算够格，做这种事就不够格了。现在资本的市场动不动就造一个"独角兽"，企业起高楼快，塌楼也快，而且程一鑫的履历实在是太不尽人意了。他没有好的学历，高中肄业，和人家千银公主隔着一条银河的距离。金潇有这样的传统贵族的家世，他连新贵阶层的门槛都没迈过去。还有人将金潇的前任WOOD太子伍迪和现任做了一个对比图，程一鑫除了在颜值方面能勉强地和伍迪打一个平手，在其他方面简直惨不忍睹，被伍迪全方位地碾压。

有人就去扒程一鑫。可惜现在程一鑫把晚安修机做大了，专门弄了一个直播的修理间，把它和门店分离开来。他们根本逮不到人，于是纷纷地进直播间挑衅他。程一鑫现在还是不露脸地直播修机，一周两个晚上直播，和其他人轮换着来。发弹幕的人主要分为四派——女友粉脱粉了，妹妹粉说哥哥姐姐百年好合，男粉丝有的说程一鑫是男性之光太长脸了，有的就羡慕忌妒恨。

开始时，程一鑫对这些弹幕不做出回应，只回复和修机相关的问题。没想到，故事后来衍生出新的版本，就非常离谱儿，他们说他是小三上位，他介入了金潇和伍迪的恋情，导致金童玉女分手。

程一鑫觉得自己还是有血性的，当年就能狠下心在华强北当背包客。他在直播间说了，他和金潇认识的时候还没有伍迪什么事。他追金潇的时候,并不知道她的身份。

弹幕轰动了。事已至此,正好程佳倩的男朋友——金潇的小姨金香柏的多年挚友,曾经是千银的员工,后来创业做数码资讯类的自媒体。程一鑫请他们在自家的公众号上发了一篇博文,内容是以旁观者的角度扒一扒程一鑫和金潇之间破镜重圆的事和古早的初恋往事。金潇和程一鑫分别转发了这篇博文。

这回,当年在"大世界"里打工的那些哥们儿可就想起来金潇了。这么久了,他们竟然没能将千银公主和"大世界"里的暑期工联系起来,主要是不敢这么想,金潇的气质变化也大,她从清纯可爱变得成熟自信了。痘哥翻出了一张照片——那是金潇当暑期工的时候他拍的,还有微信的聊天记录。当时他正在和朋友说,隔壁的鑫哥好艳福,一个妹子来当暑期工,长得很水灵。

吃瓜的群众又跑到伍迪的社交媒体账号下,说:"惊呆,原来伍总才是小三。"

对此,伍迪非常恼火。商人的本性毕露,他狮子大开口,又让千银让了一些利润,好在这是双方合作共赢的事情,挣多挣少都是挣钱。互联网的记忆很短暂,反正还在手机行业里的人都知道晚安修机真的抱上了千银的大腿,纷纷地找程一鑫合作。程一鑫能合作就合作,现在手下全是华强北的老师傅,他们很清楚机子到底有没有问题。

这些人忽然发现一件怪事,比如痘哥好久不见程一鑫了,见面就给程一鑫递烟,一副哥儿俩好的模样。他还非要给程一鑫点上烟,生怕晚安修机不肯吃他的单。程一鑫无奈,当年装抽烟装得那么累,现在可算可以不伪装了,说:"哥,我不抽烟。"

痘哥很理解,说:"公主管得严吧?"

"那倒也不是。"程一鑫说金潇的好话,"我自己不抽烟。"

痘哥忽然明白了,问:"要备孕,是不是?"

程一鑫一脸疑惑。

程一鑫跟老哥们儿澄清完自己不抽烟这件事后,他们传着传着,原因竟然变成了金潇怀孕了。

金潇很生气,把手机往床上一摔:"你到底乱说了些什么呀?"

程一鑫嬉皮笑脸地说:"这不是你说的吗?"

金潇很郁闷,说:"我自己说自己怀孕?我的脑子里进水了?"

她也不想想到底是谁说的,公布恋情时可以说他们在酒吧里发生一夜情后,他先上车再补票。

程一鑫提醒她,她还不乐意,说:"我不管,你赶紧澄清这件事。"

金潇的父母对此更是不满。他们之前对程一鑫大体是满意的,不在乎学历和财富,就图人品好,他也对女儿好。金潇的父亲提出过要求,说现在两人都处于事业的上升期,他们要以事业为重。他们如果想结婚和要孩子,至少得等到五年后千银融资结束并上市后。虽然金潇父亲的话很委婉,但程一鑫听得懂,这说明他还在考验期,能不能与金潇结婚还要看他五年后的造化如何。

现在倒好,出了一个谣言,两人周末回去吃饭跟上刑场似的,解释了许久,金潇的父母才放过了他们。于是,程一鑫郑重其事地在直播间说了:"大家不要再传我的女朋友怀孕了,真的没有这件事,不然我回家就要跪搓衣板了。"

"扑哧。"

"早生贵子。"

"三年抱俩。"

"一个姓金,一个姓程。"

程一鑫:"……"

这届网友都有叛逆心吗?之前的那些吐槽他配不上金潇的人去哪里了?

他给金潇看了弹幕,说:"我觉得,孩子姓金就行。我爸去世早,我没压力。我妈说了……"程一鑫清了清嗓子,模仿他妈丽姐的语气说,"别管那个死鬼,他都抛弃我们娘儿俩了,我还替他考虑什么?"

丽姐说话一向这么语不惊人死不休。金潇深有体会,丽姐简直是女版的程一鑫,她们每次打电话,丽姐总能让她说不出话来。

金潇被他逗笑,两人还真的就开始认真地讨论未来的孩子叫什么名字。程一鑫觉得无所谓,说:"大名让你的爸妈取,我看你的爸妈挺有水平,他们给你取的名字就好听。孩子的名字别像我的名字一样土,我爸又想让笔画少点儿,又想让钱多点儿。"

金潇点头:"小名呢?"

她冥思苦想片刻,说:"要不取一个和千银的手机有关的小名吧……小水星?不行,你整天听《水星记》装'网抑云',不能提前教坏他。小金星?也不行,金星代表爱神,那孩子不得早恋了?"她非常苦恼,把压力转移给程一鑫,说,"你说几个名字。"

"话说,"程一鑫忽然坏笑起来,问,"你小时候有小名吗?"

金潇不敢看他,疯狂地摇头:"没有。"

程一鑫很了解她,勾唇一笑,说:"这么说,一定有。"

金潇:"……"

"叫什么?"

金潇面色泛红地说:"你不要问了。"

程一鑫偏偏就问:"你不说,我就给你的爸妈打电话问了。"

"喂。"见他还真去摸手机了,金潇急忙拉住他,小声说,"小胖。"

程一鑫假装没听清,坏笑着让她重复一遍,说:"什么?"

这人明明听力很好,隔着老远都能听见别人在讨论什么机型,再过去推销。金潇才不相信他的把戏,说:"你明明听见了。"

她的家境好,小时候她吃得过于好了。反正金听菡不做饭,保姆做饭兢兢业业,总做很丰盛的饭,所以她三岁以前一直是一个小胖妞。直到她上了幼儿园,父母发现别人家的小孩都很瘦,惊觉把孩子喂得太肥了。

程一鑫捏了捏她的脸:"怪不得你高中毕业的时候还有点儿婴儿肥。"他用修长的指尖捧起她的下巴,仔细地看着她的脸,"还是那时候的你可爱,我特别想捏你的脸。"

金潇被他捏得"哼"了一声,说:"你那时候没少捏。"

"是吗?"程一鑫叹气,"你不懂,怎么捏都捏不够,我本来还想多捏一会儿的。"

两人闹了一会儿,程一鑫总算认真起来。说起来,男人真的有这种本事,遇见喜欢的女孩子,第一眼看见她时,就把孩子上幼儿园的情节都想象出来了。他郑重其事地说:"小名叫'小世界'怎么样?"

金潇眼前一亮,重复了一遍:"小世界?"

"嗯。"程一鑫解释,"为了纪念咱俩是在'大世界'里认识的。"

而且，奶奶的身体不好，她在去世的前两年里格外信佛，程一鑫以前陪她去过好多次寺庙。"小世界"是佛教的概念中最小的一个单位，一千小世界之上覆一二禅天，为一"小千世界"，再往上，小世界又能组成"中千世界"和"大千世界"。

他普普通通，能遇见金潇，何其幸运。

程一鑫希望他们以后的孩子同样是一个普普通通的小世界，他或她以平常心去看这个大千世界，没准会感到惊喜。

金潇点头同意："就叫小世界吧。"

说完，她看见程一鑫唇角的笑意，觉得事情的发展不太对劲儿。她眯起眼睛，严厉地问："程一鑫，说实话，你是不是早就想好了？"

"不瞒你说，"说起年少轻狂的时期，程一鑫也有点儿脸红，说，"喀，在你高三毕业的暑假里，我就想好了。"

金潇用被子捂上自己的脸："我那时候和你拉手，你却在想这些事。"

程佳倩要结婚了，男朋友事业有成，在新区买了一套学区房。于是，她打算将老旧的房子卖了。反正在开美甲店的这些年里，她攒下来了一些钱，就想在新区买一间单身公寓，婚前住在那里。程佳倩说，免得以后和男朋友吵架了，还要大半夜跑回老城区躲在被子里哭。男朋友说给她添一点儿钱，她坚决不要，说万一和他吵架了，还拿人手短，想想就硌硬。

程佳倩始终不敢学开车，这是她的心结，父母因为一场车祸而丧生。她成年以后不是没有尝试过开车——只要她坐上程一鑫的车，摸着方向盘，手就开始颤抖，心跳加速。她总觉得有猩红的血液顺着玻璃窗流下来，就不再勉强自己。好在"大世界"就在老城区，离家很近，她下班后骑小电驴回家。

程佳倩是来通知程一鑫有空收拾一下东西的。兄妹二人皆有些感慨，连程一鑫都在老房子里住了十年，那儿有他们对最艰苦的日子的回忆。程一鑫给她换过许多次灯泡，修过许多次开关。冰箱的门容易关不紧，铁门"吱呀"作响，他买回来早餐后总把它们放在玄关那里。她晚上画甲片，他晚上拆手机。深更半夜灯还亮着，他总能发现她出来偷偷地吃东西。有时候背着奶奶煮一锅泡面，两个人分着吃。

说着说着，程佳倩又想哭了。她说："哥，你还记不记得，我那时候一个人去参加美甲博览会,背回来一麻袋美甲。房间放不下它们,我就把美甲全堆在你那儿。"

还有热水器里的水只够一个人洗澡,另一个人要等半个小时才能洗澡。她回家早,又懒得动弹。待程一鑫脱得只剩背心和短裤,准备冲进去洗澡,她又耍赖抢占浴室。每次,程一鑫都让着她。

掉了几滴眼泪,程一鑫安慰她:"这是好事嘛,以前不知道是谁天天喊有钱了要出去住大房子。"

程佳倩哼哼唧唧地说:"我也只能买小公寓,把它当作吵架专用的窝。"

程一鑫笑着骂她:"你还没结婚,就开始想吵架的事了?"

程佳倩"喊"了一声,说:"我就不信你以后不会有被关在门外的那一天。"说完,她又撒娇地晃了晃程一鑫的胳膊,"你和潇潇姐不也是这样吗?你能哄她,难道他就不能哄我?"

程一鑫觉得自己好像给她带了一个坏头——他和别人是不一样的。他生而卑微,为了讨生活,面子算什么?他对顾客都能嬉皮笑脸,任别人骂也不还口,遇见金潇,态度怎么不能再好上千百倍呢?他早年丧父,丽姐对他不管不顾,奶奶撒手人寰……他剩下的亲人,除了程佳倩就是金潇。

况且,程一鑫对哄金潇颇有心得,她就是抵挡不住他的厚脸皮。

那天回去后,他想了许久,从金潇那里要来了工资卡,说想给程佳倩添一小笔嫁妆。他说,他和奶奶白在她家住了这么多年,说是照应她一个小姑娘,但他是她唯一的亲人了,总得让程佳倩有一个娘家。

金潇财大气粗地说:"我直接送她一套嫁妆吧。"

程一鑫:"……"

虽然程佳倩没有接受金潇的礼物,但是金潇还是帮她找了拳友——那位房地产大亨家的公子,拿了折扣,程佳倩特别感动。唯独程一鑫看了看给程佳倩买了嫁妆后的存款,默默地叹气,到底什么时候才能买房?他买房和程佳倩买房不一样,如果房子还没金潇现在住的单身公寓好,还不如不买。他还要买面积大的学区房。至于吵架专用的窝,他没资格买。

想了半响,程一鑫幽幽地对金潇说:"宝贝,商量一件事呗。以后咱们要是吵架了,你能不能别学程佳倩那样跑掉?你家有这么多房子,我都怕找不到你。"

金潇点头："可以呀，我把你赶出去就行。"

程一鑫笑了，说："好哇。"

她以前一吵架就不声不响地回宿舍，门禁的时间过了以后，他见不到她，给她打电话没人接，给她发微信得不到回复。他起码站够了一个小时，她才会心软。要不她就是回了山上的别墅，或者回她爸妈的家里。或者回"小姨"的家里，程一鑫以前真的很累，想哄人都找不到她。

金潇看他这么高兴，审视他："你不会趁机出去玩吧？"她极度怀疑，说，"到时候我在家里生气，你在外面浪？"

"我能去哪儿玩？"

"我怎么知道？你之前还去过夜店。"

"我那是为了去遇见你。"

"哼。"

程一鑫轻轻地敲她的额头："我能去哪儿，你猜不到吗？咱们以前吵架时，我都在哪儿？"

她以前没少让他哄，他还得猜她到底为什么生气了。金潇有点儿理亏和心虚，嘴硬地道："我不记得了。"

程一鑫开玩笑似的承诺："我就在门口听《水星记》，直到你原谅我为止。"

"你为什么要听《水星记》？"

"有一句歌词是'还要多久才能和你接近'。"

金潇又被他逗笑了，说："你好烦人，我的面膜又掉了。"

"正好，我来敷二手的面膜。"

没想到这一天来得这么快，周末时，金潇陪他回程佳倩的老房子里收拾东西。房子的年代很久远，她同样在回忆过去的时光。他在校期间拿过的奖牌和奖杯都被放在这里，还有校运会时她送给他的奖牌。东西很乱，金潇收拾着。一张泛黄的名片掉下来，她忽然变了脸色，问："你怎么还留着她的电话？"

程一鑫正蹲在角落里挪他之前买的盗版光碟，看得眼睛都花了，回头一看，伸出了手："什么？给我看看？"

金潇站起来，把卡片扔在他那边的地上："你自己慢慢地看吧。"

她说完就跑了。

程一鑫满身都是灰尘，一起身，光碟"哗啦啦"地撒落一地，那张小卡片被淹没在其中。他好不容易扒拉了半天，把它找出来，门已经被关上了。他往楼下一看，她发动车子跑了。

程一鑫："……"

他还是先看看名片吧。它是淡粉色的，被折出一条痕迹，后来不知道被丢在哪个犄角旮旯儿里，折痕又被压平了。他收过的名片太多了，看了半天，心道不好。那是在他们快分手的时候，债主催他还钱，他走投无路。体校的同学给了他一张富婆的名片，说能解他的燃眉之急。这不是他一句两句能说清楚的。

程一鑫给金潇打电话。果然，她把电话挂了。他发了一条微信："宝贝，答应我，乖乖地回家好吗？我先收拾东西，回去和你解释。"

半天等不到金潇的回复，程一鑫反倒松了一口气。如果她没有提出很强烈的抗议，多半应该会回家吧？他加快速度收拾东西，打车回家，抱着几箱东西上楼。金潇可真是说到做到，把他赶出去以后，还顺便把密码锁里他的指纹删了。程一鑫放下东西，敲门："我回来了。你要不要听《水星记》？你不说话的话，我就开始唱了。"

金潇隔着门命令他："你闭嘴。"

"好。"程一鑫软磨硬泡，说，"那我给你发微信说，好不好？"

"我不想听。"

程一鑫从善如流地说："我等到你想听的时候再说。"

他真的就没了动静。金潇从猫眼里看了看，程一鑫确实挺憋屈的，那么狭窄的空间里被他放满了东西。

他拍了拍手上的灰，盘腿坐在地上。坐下以后，他忽然抬眼轻笑一声，说："你偷看我？"

金潇僵住了，不敢说话。他是瞎猜的吗？

程一鑫开始和她聊天："你记不记得总找我刷机的那个猫哥？他就是在'大世界'的楼下卖门铃监控和猫眼监控的。"他意味深长地说，"他说，如果有人在看猫眼，猫眼会从亮变暗。"

金潇不能继续装死了，解释道："我看看你是不是跑了。"

程一鑫知道她能看见他的动作，举起右手发誓："我绝对不跑。"他趁机开始解释，"分手的时候，我特别浑浑噩噩，早就不知道把那张卡片丢到哪儿去了。可能是我住院的时候，不小心把它混在衣服里带回了家。"

程一鑫知道事情的症结所在，问她："你那时候就看见它了？"

他应该把名片塞在枕头下或者抽屉里，她当时看见了它，却什么都没说。

"嗯。"

"你那时候怎么不骂我？"

"我骂你有什么用？我能说什么？你连我的十万块钱也不要。"金潇越说越委屈，说，"你清高，只靠自己，什么都不稀罕，现在也不想住在我家了。"

"行。"程一鑫思考片刻，说，"你把我的工资卡还我，我再去找一个落脚点。"

金潇难以相信他能说出来这种话，原来他一直介意住在她的家里吗？她随便地用一句话试探他，就戳中了他易碎的自尊心，特别想哭，早知道就不说这句话了。气头上来了，她从床头柜里拿出来工资卡，匆匆地跑到门口，把门打开了一条缝，把工资卡甩出去："还给你。"

话音未落，门缝就被一股巨大的力量扒开了，金潇反应过来，这人太不要脸了。

可惜程一鑫早有预谋。她的力量再大，他也是一个体育生，毕竟男女有别。他把门推开，搂着金潇就亲下去了。

她想跑，他用双腿牢牢地将她锁在鞋柜的前面，伸手捏住她乱动的下巴，狠狠地吮吻。金潇也渐渐地软下来了，伏在他的胸口上，被吻得媚眼如丝。程一鑫看了她一眼，再次吻下去，决定先过过瘾再道歉。

金潇含混不清地说："你不要脸。"

程一鑫振振有词地说："我要脸就回不了家了。"

他没有回避问题，说："我保证，以后收到任何女性的联系方式，都告诉你。"他看了一眼外面的整理箱，叹气，"这回哥真的没有家了，你能不能收留我？"

"行吧。"金潇嫌弃他满身都是灰尘。他刚才用沾满灰的手摸她的脸，她转身去洗脸，叮嘱他："自己去录指纹。"

三年后，千银顶层的会议室内，座无虚席，掌声雷动。在千银的历史上，这称得上是里程碑式的变革了。千银的论坛里，有人偷偷地发帖："我又见证历史了，驸马成千银的自己人了。"

千银自从引入了市场资本，动作就越来越多。这次他们收购了两个条线，直接收购了一个电脑品牌。千银自主研发的电脑一向很鸡肋，配置不佳，性价比一般，销量惨淡，纯靠 WOOD 系统支撑着。这次他们直接收购成熟的电脑，把它作为产品线。至于他们收购的另外一个条线，主持人正在台上邀请——"让我们以热烈的掌声，欢迎晚安修机正式加入千银的大家庭，有请以旧换新事业部的程总上台。"

聚光灯从台上追到台下，最终停在前排坐席上的年轻男人的身上，他旁边的女人也光彩照人。一男一女，两人皆是美人，像天造地设的一对佳人，温情脉脉地相视一笑。在掌声之中，年轻的男人大步流星地上台，接过话筒，谦逊地鞠躬，弯腰近乎九十度。他重新直起腰，显得又高又清瘦，是天生的衣服架子，穿着款式简单的西装衬衫，像秀场模特一样。他的声音响起，全场的人听见他俏皮地道："谢谢，我还是习惯大家叫我'鑫哥'。"

晚安修机与千银合作了许久，因为会维修二手的手机和刷机，他没少被技术部门的人请去帮忙，一来二去，和许多人成了哥们儿。他是搞技术的人，英雄不问出处，一群高学历的人慢慢地都认可了他。于千银电子而言，"程一鑫"不再是一个陌生的名字。

众人闻言，笑声顿时响彻会场，紧接着响起一阵掌声。

"当然，"程一鑫再次冲着前排高层的席位欠身，"我是开玩笑的，前辈们还是得叫我'小程'。我很高兴加入千银。"他说，"不瞒你们说，这是我第二次穿西装——我第一次穿西装还是在和我的女朋友约会的时候。"

笑声是止不住了，他们都在千银的论坛里聊。

"驸马真是人间段子手。"

"谁不爱段子手？快乐呀。"

"我们笑得太大声会不会不好？"

"不怕，我看前面的那些高层也在笑。"

程一鑫继续抖包袱："这套西装是上周我专门去大世界批发城花两百块钱买的。不不，大家千万不要觉得我不重视这件事，"他顿了顿，说，"其实原价是四百块钱的，我砍价砍到两百块钱。"

"我笑得眼泪都要出来了。"

"咱们公主没给他买衣服吗？"

"可能他就喜欢穿两百块钱的衣服？"

"哈哈哈哈哈哈哈哈，绝了！"

等众人笑够了，他勾唇一笑，笑容之中已无低人一等的讨好之意，多了几分自信带来的漫不经心，却足够尊重人。在社交场合里磨炼了多年，程一鑫从不怯场，说："因为，我或许就穿今天一次。我想说，物尽其用，绝不浪费。希望以旧换新条线能被我们的双手改写和重新定义，我们会把回收来的每一颗螺丝钉都最大化地利用起来。许多人应该都知道，我以前在'大世界'里修手机，最擅长的事情就是拧螺丝。从今天起，我继续为以旧换新的事业部拧螺丝，希望以旧换新的事业部能成为千银的一颗螺丝钉。"他退后半步，再次鞠躬道谢，"谢谢！"

"太淳朴了。"

"呜呜呜，他太实在了。"

"金老爷子好像也说过这句话。"

程一鑫下台后，忍不住轻轻地扯了扯领带，解开一颗扣子，悄悄地与金潇在红色的绒布下牵手。两人的手机忽然振动起来，他们各自低头一看，张叔骏发来微信："小程讲得真好，今晚叔叔亲自下厨祝贺你，你和潇潇一起回家吃饭吧。"

晚上两人一起回金潇的父母家里吃饭，张叔骏郑重地向程一鑫解释："小程，叔叔没提前和你沟通那件事，你别怪潇潇。"

金潇向来直来直去，说："爸，别说了，我们早就和好了。"

那是两三个月前的事情了，程一鑫难得和金潇发了一通小脾气。本来张叔骏想和程一鑫商量的，结果金潇想给程一鑫一个惊喜，没提前告诉他即将收购"晚安修机"的意愿。那天，她整理了一沓"晚安修机"的资料。刚好投资千银的资本方过来了，她接待完客人，发现资料少了，又打印了一份资料。

谁知，资本方把资料拿回去做了一份尽调，想投"晚安修机"。人家说得很清楚，是从千银那里拿的资料。程一鑫那天回家后脸都绿了，原本舍不得和金潇说重话，但金潇绕着弯子催他做大做强，还用了他最忌讳的资本运作的方式。从民间借贷后，他完全不想碰这些膨胀的手段，只想有多大的店就挣多少钱，不贪钱不冒进，避免再次翻车。他承受不起代价了，几年前失去金潇，惨痛的记忆至今仍偶尔出现在梦魇中。

金潇察觉出他不对劲儿了。他回家后就沉着脸洗手做饭，一声不吭。她走过去，从背后环着他的腰："怎么了？"

程一鑫没停下手里的动作："我刮鱼鳞呢，别弄脏你的衣服。"

金潇又不是真的脾气臭，互相体贴是情侣的本能。她握住他的刀柄，程一鑫放下菜刀，却不愿看她，说："宝贝，你和我说实话。"他叹气，"你是不是觉得，我距离你的期望还差得很远？"

他刚说完，又紧蹙眉头，自嘲地一笑，说："算了，我收回问题。我知道，当然，差得太远了。我也想张口闭口就是上亿的资产，也想有资本说出婚前协议这种话。"

他旧事重提，始终没忘伍迪之前的那番言论，此刻声音是冷静的，却是不安的。他说："有人说你在做慈善。有时候想想也是，我就是挺没自知之明的。"

金潇迷惑了，问："你在说什么？"

程一鑫咽下苦涩，说："没什么，你先出去吧，饭菜一会儿就好。"

金潇不强求，想在吃饭的时候慢慢地跟他说。她转身出去，悄悄地给黄顾发微信，问他今天发生了什么事。黄顾丈二和尚摸不着头脑，啥也说不出来。金潇又问了飞姐他们，谁也不知道程一鑫怎么了。

她刚摆好碗筷，转身看见程一鑫摘下了围裙。

他从旁边拿过一个牛皮信封，扔过来一沓合同："如果你希望我签，我明天就和他们商量，说服飞姐和黄顾。"他讥讽地一笑，说，"也感谢千银公主给我们争取了一个这么好的价格。"

她希望他高价卖了晚安修机的店，他可以如她所愿地这样做。

金潇是真的没想到事情会是这样，看了片刻，说："你等会儿。"她转身进屋，拿了红色的印台，重新将文件放在桌子上，把它翻到签字的那一页，"签吧，你按手印，明天去盖公章。"

程一鑫放下二郎腿，仿佛头一次认识金潇，咬唇点头："行。"

他看都没看文件,飞快地签名。他签完名字,感觉自己真窝囊,确实没什么选择的权利。他只怪自己没本事,让金潇失望,最后她等不了他慢慢地发展了,想用外力送他上去,留一个漂亮的壳子给他。

金潇问他:"你不后悔?"

程一鑫是有气的,把签字笔摔远了,粗着嗓子说:"嗯。"

金潇"扑哧"一笑,说:"你不认真地看看?"

"我不用看,"程一鑫起身,反倒抱了抱她,"你把我卖了都行。"

如果只能在滚烫的事业梦和她之间二选一,他选择后者,毋庸置疑。

金潇"咯咯"地笑起来,说:"我是想卖你。"她踮起脚,蜻蜓点水般地吻他的唇,"但是,是我买。"

她拿起合同,"哗啦啦"地把它翻到第一页,娇俏地一笑:"拜托了,程法人,看清楚甲方和乙方。"

于是,程一鑫的目光由哀怨变成惊讶,再变成狂喜,他说:"老子出现幻觉了?"他很疑惑,说,"我拿回来的明明是'北沙资本'的合同啊?"

金潇捶他一下:"整天捉弄我,你也有这么笨的一天。"她靠在他的臂弯里,"本来我想等你过生日时再告诉你,这下好了,你没有生日礼物了。"

她拿出来被她讲犀偷偷地换掉的另一份合同,亲手把它撕碎:"对这一份合同,我不知情。你签了那份合同,还满意吗?"

程一鑫眉头紧锁地说:"我想想。"

金潇掐他的胳膊:"喂,这还要想?"

下一秒,她又被他原地拥起并举高转圈。程一鑫坏笑起来,说:"有点儿后悔,我应该讨价还价的。"

金潇笑着骂他:"你去跟我爸讨价还价吧。"

"是呀。"程一鑫继续抱着她转圈,"我打算明天就登门,问他能不能顺便把女儿嫁给我。"

金潇故作恶狠狠地捶他的肩,实际上拳头是绵软的。她娇嗔:"哪里有这么便宜的事?"

他停止转圈,搂紧她,仿佛重新拥有她一般珍视她,问:"不然你还想嫁给谁?"

金潇"哼"一声,用他的话怼他:"某人刚才说的,想签婚前协议的人。"

程一鑫低头认错："宝贝，我急了，说错话了。"

金潇轻松地一笑，说："你知道就好，走吧，我饿了。"

三菜一汤。

三生有幸。

三十而立。

一年后，千银电子提前赴港上市。媒体朋友们本以为会看见薪火相承的接力棒，没想到名声大噪的那两人缺席了。这四年里，他们年年携手出现在晚宴、年会、千银杯的马拉松上，一个有时直播运动，另一个直播修机，各自攒了上百万的粉丝。热心的吃瓜群众是真心地想嗑这对高颜值的"四金情侣"，嗑着嗑着却发现，那两人竟然卸任了，一起重返校园。

飞姐暂时接替了程一鑫的岗位。这些年条件好了，她把还在深圳的私生女接回来了。没想到有朝一日，她这种只能跟人拼狠的角色，居然能坐进办公室里成为光鲜的白领。这一年里，以旧换新的工厂在滨市的郊区被渐渐地搭建好了，提取废旧金属的实验室也被建成了。

九月，秋高气爽。假期结束，滨大的学子纷纷地返校，热闹非凡，还有学长、学姐当志愿者，接引新生去宿舍。在学校里，时光的流逝总比在外界慢许多，一砖一瓦、一草一木都仿佛没变，一如当年程一鑫陪金潇开学报到的时候，爬山虎似乎长得更茂密了，白墙变得斑驳了几分，他们的过往清晰地浮现。

金潇读博，在科学园里上课，能相对自由地掌控时间。这回，轮到她站在教学楼的底下给程一鑫发微信了："你下课了吗？"

程一鑫还处于刚上大学的兴奋之中。手机一振，他看了一眼台上唾沫飞扬的老教授，悄悄地回复消息："快了。"

"我在楼下。"

"等我，宝贝，一起去食堂。"

程一鑫以三十岁的"高龄"读了本科，好在不显老。当体育特长生是不可能了，他跑不过当年的自己。他参加了滨大的夏令营，以自主招生的资格进来。虽然录取分数线降低了，但他还是考得很艰难，被金潇盯着悬梁刺股地学了大半年，经历了种种心酸的事。备考的期间，他时而回想起当年上初中的时候老师骂同班同学的话——"你不努力地读书，就会读电大，女朋友读北大，你们还搞什么早恋？"他初中的时候，个子长得快，精力旺盛。他不爱学习，除了做点儿小生意，就喜欢在运动场上和哥们儿一起挥汗如雨，看见教室里坐着那几个书呆子，心想他就算找女朋友也不会找一个学霸女朋友，那多没劲。

他怎会想到有朝一日会遇见金潇？她不是书呆子，有趣、生动、鲜活、有灵性，比他还热爱运动，眼里更有他没见过的星辰大海。

他愿意为她当一回书呆子。

铃声响起，老教授拖堂片刻。程一鑫耐不住性子，蹭到窗口去，看见金潇站在楼下。他悄悄地挥手，她却没看见，好像还有男生在跟她搭讪。总算下了课，困倦的学生们拖拖拉拉地收拾书本。程一鑫想到楼下的男生，心里焦急，故技重施，撑着桌子，一跳一跨一翻，起落三两下就到了门口。

有同学的书因此被扫落了，程一鑫转身道歉："不好意思，女朋友在等我。"

理解的目光追随他而去。在电梯前排队的人太多了，他一路狂跑下了七层楼，拽了拽书包，拨了拨刘海儿，在金潇的面前站定。那个男生还站在她的面前，见到程一鑫敌意的目光，倒吸一口冷气，说："你是鑫哥吧？"

金潇抿唇一笑，伸手挽着程一鑫的手臂，这便是答案了。

那男生腼腆地一笑，从书包里扯出来本子："我能不能请你俩签一下名？我是千银的粉丝。"

他生怕程一鑫不信，晃了晃手表，从兜里掏出千银的水星6，又从书包里掏出千银的平板、千银的电脑，是一个活生生的数码迷。

金潇平时直播露脸多，被人认出来在所难免，只不过两人没想到这么快就会被人认出来。她伸出食指比了一个噤声的手势，笑吟吟地接过纸笔，写下"祝同学前程似锦"和她的名字，又把纸笔递给程一鑫。程一鑫有点儿不自在，压低声音说："哥字丑。"

男生笑了，说："鑫哥，我看你直播好久了。我是'芋泥小子'。"

他这么一说，程一鑫有印象了，飞快地签了名。芋泥小子曾经是晚安修机的直播间里的常客，在弹幕里提的问题很刁钻，也很认真。程一鑫起先以为他是来捣乱的，后来发现他真的挺喜欢研究修手机的技术的，好几次还在后台私信回复他问题。

程一鑫爽朗地一笑,显得眉目俊朗,伸出拳头和男生的拳头一碰:"下次你别打赏了,你的问题哥都会回答的。"

芋泥小子挠头:"谢谢鑫哥。"

程一鑫从书包里拽出来两个棒球帽,分别把帽子扣在金潇和自己的脑袋上,两人挽着手去食堂:"今天吃什么?"

以前他们在"大世界"里吃午饭,每次金潇拿着饭卡下去替他打包饭时,都会问他今天想吃什么,现在轮到程一鑫问她了。

金潇想了想,说:"小火锅?我下午没课,可以慢慢地吃。"

程一鑫点头:"走。"

金潇拉住他:"你有没有课?你不会逃课吧?"

她可记得程一鑫的光辉历史,他高中时天天逃课去学修手机的技术,风火俱乐部里的李教练没少吐槽他,每次巡逻逮着他时都很尴尬。

程一鑫自信满满地说:"不就是逃课吗,哥怕啥?学的这些东西哥都会。"

金潇瞪他:"你怎么还是这样?"

程一鑫吊儿郎当,饭卡在他的手里晃来晃去:"我哪样?"

金潇气鼓鼓地数落他:"你不上进,不好好地学习。"

"我逗你呢。"程一鑫笑她,说,"我下午三点有课,走吧。"

"真的?"

"不信你看我的课表。"

两人在食堂门口的十几节台阶上,拉拉扯扯,互相调戏。忽然,食堂的门口悬挂的音响响起音乐,音质不敢恭维,但符合此刻学子络绎不绝的热闹氛围。这原来是校园广播——"愉快的干饭时间到了,又是'音乐写成青春'广播组陪伴每一位正在收听的同学,今天我们要推荐的歌曲主题是'宇宙级浪漫'。比尔·布莱森在《人体简史》中曾经说过:'从字面意义来看,你就是宇宙。'那么,宇宙级的浪漫在音乐中究竟是如何被呈现的呢?请听——第一首歌,是来自通信工程专业的程一鑫同学的点播歌曲《水星记》。"

熟悉的前奏响起,金潇转过头去看他,微张红唇,惊讶地问:"我是不是听错了,你点的歌?"

程一鑫不说话,摩挲着她的手,忽然后退两步,单膝跪下。他仰望着她和这方蓝天,刘海儿随风微动,露出剑眉星目。周围的学生惊呼一片,纷纷地拿出手机拍照:"要表白了?"

广播站里的女生继续说:"他说要把这首歌献给他的水星公主。"

人群爆发出一阵奇怪的声音,周围全是看热闹不嫌事大的同学,他们还以为即将上演的是校园里的浪漫告白,有节奏地起哄:"在一起!在一起!在一起!"

声音像排山倒海的浪,一声更比一声高,几乎要将他们淹没。

金潇捂住脸,耳朵"嗡嗡"作响,视线模糊,脸颊发烫。她紧紧地攥着他的手,感觉手心里起了一层薄汗。他分明就在她的眼前,与她相隔两级台阶,然而此情此景过于梦幻和缥缈,她像中间隔着人山人海一般抓不住他。察觉到他把她的手握得越发用力,她亦越发用力地握住他的手。他们从未面对过这样的阵仗,在陌生的人生阶段中,心脏跳动着,血液沸腾着,手颤抖着。他们互相借给对方勇气,她牵起嘴角,他眨了眨同样泛酸的眼睛。

广播站里的女生停顿几秒,说:"他说,他们相识十年,相爱五年,分别五年。这相对于宇宙的时间而言很短暂,他还想拥有她的余生,做她一辈子的'信使号'。"

有同学反应过来了,说:"他们好像有点儿眼熟。"

"是不是千银公主和她的那个……"

"天哪,越看越像。"

"求婚现场?"

"天哪。"第一个反应过来的同学高喊,"答应他!答应他!答应他!"

人声鼎沸,场面比刚才更热闹,校园里最不缺的就是人群。正是下课时分,越来越多的人将他们围在食堂的门口。

他们在圆心的位置上。广播里的女生后来说了什么,金潇已然听不见了。程一鑫薄而漂亮的唇一张一合,他的嘴说了什么,她同样听不清。四周太吵闹,无声胜有声,他的眼角因为荡漾着笑意而扬起,眼里的欣喜似小鹿在跃动,睫毛轻颤之下,他的眼眸深邃专注,他用口型表达的只有三个字:"嫁给我。"

她看懂了。眼角泛红,她拼命地点头,说不出话。

这一刻,她恍然觉得等了许多年。眼泪止不住地落下,她哭的是身体里住的那个十八岁的金潇。愿得一人心，白首不相离，这是她刚上大一时许下的愿望。那时候她还和周围的同学一样天真，以为真爱可以胜过一切，以为爱情坚不可摧，以为天崩地裂都无法分开彼此。谁知道他们后来经历了漫长的分离，差一点儿就擦肩而过。

兜兜转转，他送她来上学，又在这里求婚。

她的十八岁和二十九岁渐渐地合二为一。

他在十九岁和三十岁都牵着她的手。

他终于成了她的终身信使号，再次有人听懂了她的专属电波。

金潇的指尖被他的手捧住，他给她戴上一枚戒指。她迎着光抬手一看，那不是钻石，是一颗坑坑洼洼的不规则的石头。

他解释道："这是陨石，是星星的碎片。"

她灿烂地笑起来，用力地拽起程一鑫。她走下台阶，两人的身高刚好相差一级台阶的高度，如此这般，他们刚好四目相对，互相凝望，眼眸之中唯有彼此。阳光正好，金色的微光洒满了面颊。

她不必踮脚，他不必低头。

他们同时一倾身，吻得如胶似漆。

出版番外

程一鑫挂科了。

大 的课程难不倒金潇这样的高才生,但难倒他足矣了。在大一下学期的期末,他高数和微积分的分数很惨烈,其他科目侥幸过关。他近年恶补了英语,水平在班里算中游。他有电路实操的底子,上专业课还行。其他课程不提也罢,毕竟他当年没少陪金潇蹭课又替人点名。

好在,好在,滨大治学严谨,辅导员负责打电话通知家长,程一鑫留的是他妈——卖鱼粥店的老板娘丽姐的手机号码。丽姐本性难改,只爱打情骂俏、杀鱼煲粥,当年就能因为打麻将而错过了他小学时的家长会,如今依然能敷衍了事。丽姐早上睡得迷迷糊糊时接了电话,晚上才想起来通知他:"儿子,什么情况?你改学农了?"

程一鑫揉了揉眉心:"你是不是被诈骗了?"

丽姐嗔怪道:"你妈没这么蠢,明明是你们学校的老师给我打电话,说你种的树挂了。"

程一鑫接电话的时候正在冲蜂蜜水给在电脑前写论文的金潇放了一杯水,刚喝了一口自己的那杯水,闻言差点儿没把水喷出来。他咳嗽好几声,被金潇瞪了一眼,利索地出去并带上房门。他压低声音道:"不是树挂了,是高数挂科了。"

丽姐依然不知晓挂科是什么意思。

程一鑫瞥了一眼房门,自觉没有脸面,躲到阳台上才解释:"就是……数学考试不及格。"

丽姐松了一口气,说:"哦,知道了。下次让你们的老师别给我打电话了,省得让我想起来童年阴影,我的数学成绩就老是不及格。"

这到底是谁的童年阴影?程一鑫深吸一口气,说:"行,上次潇潇说请你过年一起去国外度假,我们放寒假了,你什么时候可以出发?"

丽姐讪讪地说:"我忘了跟你说,不去了,最近忙着谈恋爱呢。"

父亲早逝,奶奶走了,她作为他仅剩的家长,固然活得恣意潇洒,却真是一个不折不扣的渣女。程一鑫骂了一句粗话,窝在沙发里。旁边是柔软的天鹅绒面料,窗外繁星点缀,室内弥漫着金潇喜欢的香水味,冬日里他也不觉得寒冷,试图平复心境。他如今内心强大了,但依然免不了忧郁片刻。

门"吱呀"一声开了,眼前雪白的影子一晃,程一鑫轻覆在额前的刘海儿被撩开,下巴被轻轻地捧起。程一鑫伸开双臂,勾唇一笑,将送上门来的金潇揽进怀里,挺拔的鼻梁刚好抵着她纤细的腰肢。他调侃她:"投怀送抱?"

金潇敲他的脑袋:"你怎么了?"

丽姐不负责,却给了他好的基因。那般粗糙的成长环境都没使他的皮囊变老,他三十岁读本科,和十八岁的同学们看着无甚区别。程一鑫总有一副年轻男孩的帅气模样,眸子里尽是机灵的光。果然,下一秒他就趁机缩在她的怀里撒娇,挠她的痒处。金潇气息不均起来,他倒是呼吸畅快,不再郁闷了。她的存在,便是治愈他的良方。

他说:"没什么,我妈说她又谈恋爱了。"

金潇用几秒钟消化了这件事。她受过西方文化的熏陶,实在想为丽姐的这份洒脱喝彩,安慰他:"这是好事,有人陪丽姐了。"

她用柔软的手牵着他,程一鑫的心里倒是庆幸。如果他没找回金潇,程佳倩结婚了,他可真是孤单无依。如今,他总算不再怕午夜梦回,梦醒的时分里有她相伴，不需要提心吊胆，不畏惧被一再抛弃。

金潇见他的心情好了些，说："那咱们俩去度假。反正放寒假了，咱们就早点儿出发。"

程一鑫"嗯"了一声，想起来寒假里还得复习高数，头痛不已，略显心虚。他还没想好如何跟金潇说他挂科的事情，觉得走为上计，说："哥去收拾行李。"

金潇伸了一个懒腰，暂时摆脱了冗长的论文，在客厅里边看新闻边做瑜伽。程一鑫当真把行李箱摊开了，现在就开始收拾衣服。她路过时觉得有些奇怪，他不像往常一般偷看她，刚刚还说出了吹牛专用的自称"哥"。

金潇若有所思，冲他的背影嘀咕："你……是不是有些不对劲儿？"

程一鑫一回头，面露委屈，欠揍的招牌笑容都打了折扣。她起身绕着他走了一圈，有一种说不出来的感觉。她用余光忽然瞥见行李箱里的盛景，里面至少有十盒避孕套。他究竟是要去度假，还是要换一个地方没羞没臊地做那件事？金潇瞠目结舌，问："你带这么多这个东西干吗？"

"你这段时间里写论文，我可是乖乖的，没骚扰你吧？"程一鑫叹了一口气，把下巴放在她的颈窝里，带着灼热的气息说，"我真的……想你了。"

他无论是不是挂了科，抱着她的时候，满脑子都是与她卿卿我我的场景。他们朝夕相处，不曾有一日不见，他暧昧地说想她，她知道他是什么意思。金潇面色酡红地回去写论文，忘记程一鑫不太对劲儿的事情了。

直到几天后，有人替她揭晓了谜底。得知他们放假，公司的人都催他们回去搬砖。金潇惦记着千银新品的设计稿，和程一鑫一起回千银。这天，不食人间烟火的金听菡莅临千银，让女儿和准女婿一起接待贵宾。原来千银刚通过一个项目的立项，项目是关于分数阶微积分运算数字滤波器设计和电路实现的实验，他们邀请了一位德高望重的滨大教授——金听菡的同事，请教授担任技术指导，希望能有课题学术上的突破，合作共赢。

程一鑫和金潇戴着工牌下去接人，万万没想到的是，那竟然是教他高数的教授，是那位毫不客气地给他一个四十九分的老学究。他简直僵在现场，还抱着一丝希望，希望孙教授没有认出来他。

会议室里，金听菡互相介绍双方，教授是理学院的院长——孙儒理，而她的女儿和准女婿都是滨大的学子。

孙教授背着手，眯眼一瞧，说："我记得，程一鑫还是我的学生，上课总坐在最后一排。"

程一鑫尴尬到窒息,说:"您的记性真好。"

金潇悄悄地白他一眼,一副回家后收拾他的表情。她还未整理好情绪,就受到了来自孙教授的第二次暴击。

他说:"小金,你要好好地辅导他,他补考不能再挂科了,否则来年要重修高数。"

许多眼神投在程一鑫的身上,后面的员工难抑的笑声隐隐地传来,程一鑫的耳朵尖都红透了,他听见金潇略显咬牙切齿地道:"孙教授,您放心,我一定监督他好好地学微积分的。"

想当年,金潇考微积分考了九十二分,在本硕博连读班里都名列前茅。自家的男朋友出了大丑,她痛定思痛,当天直接没回公寓,回了父母的家里,连夜翻找曾经的笔记。程一鑫闯了此大祸,老老实实地坐在桌前,看着厚厚的一摞笔记,等着金潇的呵斥。

金潇想了半天骂人的词汇,愤愤地离去,说:"你好好地看书,好好地反省吧。"她又加了一句,说,"不反省到位,你就别想睡觉了。"

夜深人静的时候,程一鑫还是蹑手蹑脚地回来了。听金潇轻"哼"一声,他低声下气地说:"晚安妹妹,别生气了,我反省。"

金潇翻过身去,优雅地侧撑下颌:"你说吧。"

"第一,我把家长的手机号改成你的手机号了。以后如果再挂了科,我绝不瞒着你,辅导员也会通知你。"

金潇讥讽地道:"我算你的什么家长?"

"喀,"程一鑫早就想好了,说,"你是一家之长,要是让我跪键盘,我绝对没意见。"

金潇:"……"

程一鑫继续卖惨,说:"你也看见了我妈的那副模样,程佳倩更是差生,好在我的老婆聪明。你受累了,管都管了,就管到底吧。"

金潇被他说得羞恼,说:"虽然我答应了你的求婚,但咱们还没领证呢,你挂了科还敢这么喊我?"

"不敢不敢。第二,"程一鑫晃她的胳膊,"看在金教授的分儿上,你别让她在同事的面前丢人,帮帮我,辅导我,好不好?"

"呵。"他倒是把算盘打得很好,金潇确实无法拒绝他,说,"我勉为其难吧。"

他殷勤地递上笔记:"你先教我,这一页是什么意思?"

"就是……"金潇严肃地开口,仔细地一看,当场羞得想钻进地缝里。

她怎么没翻到笔记里有这一页?页面上写满了程一鑫的名字,密密麻麻的。时隔多年,她早就不记得了,竟然还在笔记里写了一些少女的独家心事,比如"程一鑫臭流氓""大蠢货""死直男""不要脸""不理他了"之类的话。

两人僵持片刻,她面对着笔记本和他的灼灼目光,板着脸解释:"我在骂你,你看不出来吗?"

程一鑫被她逗死了,问:"哪句话?"

金潇再瞥了一眼笔记,觉得自己理直气壮,指了指最上面的那行字:"这句'臭流氓'啊,你看不懂吗?"

程一鑫揉了揉她的唇瓣,笑得肆意,说:"嗯,我是。"

在这个冬季,他们迎来了复合以后的第一个悠闲的长假。

程一鑫读大一,金潇读博一。工作几年后重回校园,两人许久前便开始期待寒假。奈何天有不测风云,程一鑫要复习挂了科的高数,还要抽空回千银开会干活。鉴于他复习的态度很好,金潇高抬贵手,还是决定和他一起出去度假。

原先预想的度假是在沙滩上晒太阳看海浪,现下程一鑫要复习高数,他们自然要重新制订度假的计划。程一鑫从学校的实验室里接了赶论文赶到最后一刻的金潇,两人迎着漫天的风雪,忽然有了主意,要在省内自驾去找方好好玩。

当年,金潇和程一鑫收集了方好好被网络监控的证据,并把它们保存完好。方好好痛下决心,向网警寻求帮助,最终平安地脱困。荀浩然恶有恶报,受到了应有的处罚,甚至连荀母都找上门来诚恳地替儿子道歉,可有些伤痕并不会被轻易地抚平。

自从经历了那件事,方好好在同事的面前都变得不自然了。荀浩然曾不许她与任何异性交谈,她强迫自己保持沉默,郁郁寡欢,这与其过去活泼烂漫的性格相去甚远。两年前,她下定决心离开之前的工作环境,辞职专心地考教师资格证,功夫不负有心人,成功地上岸了,现在拥有了寒暑假。刚好她的母亲退休了,她趁寒假回老家过年。她回去前还邀请金潇有空去姥姥家享受农家乐,那边的景色简直像林海雪原,满目白雪皑皑。

金潇本想给方好好一个惊喜,开车快到了才打电话给她。没想到那边出了状况，方好好让金潇先别过来，说忽然下了鹅毛大雪，那一片区域的电路出了故障。姥姥家的位置偏远，附近只有几户人家，供电局次日才能来修电路，好在通讯信号没断。

方好好说完话，就去劈柴烧水了。她在城市里长大，不怎么会干农活，然而这里很偏僻，姥姥家用的是独立的电暖，零下二十度的地方停电简直可以要了人的命，她得烧水。室内尚有余温，她和母亲穿上羽绒服、裹着被子就罢了，令人焦心的是姥姥。姥姥因为着凉而血压飙升，赶紧吃了降压药。方好好不敢耽搁，帮着母亲一起烧水，眉目之间有淡淡的愁绪。

忽然，传来一阵敲门声。方好好放下烧水壶，疑惑地推门，竟然看见一身寒气的金潇，还有那个颜值和金潇般配的鑫哥。两人的发色都是栗子一般的浅棕色，雪没法让他们白头，却衬得他们如一对从冰雪王国中走出来的精灵男女。

方母是见过金潇的，将看愣了的傻女儿一拽，热情地把客人迎进来。虽然外面风雪交加，屋里的条件也简陋，但这些都敌不过方好好见到闺密的喜悦。她嗔怪道："让你别来，你还来？你回来陪我挨冻好了。"

方好好很早便知道金潇的家境，却从来不把她当成娇滴滴的大小姐，因为金潇从不矫情。

金潇笑了笑，说："咱们不会挨冻。"

她瞥了一眼程一鑫。

他接话："潇潇知道你们家停电了，让我在路上租了一个家用的临时发电机。"

方好好喜出望外，说："真的？"她很快又反应过来，发愁地道，"但是附近没有物业，也没有电工。"

程一鑫挽起袖子："哥在这儿，保证给你家恢复供电。"

方好好想起来了，鑫哥是一个技术宅。但她还是纳闷儿地说："修手机和修发电机……是一样的吗？"

金潇说："嗯，电路都是互通的。"

于是，两位电子系的高才生喝了一杯刚烧开的热水，暖了暖手，便去接临时发电机的线路了。程一鑫蹲在地上看线，金潇帮他打着手电筒。方好好隐约地听见两人还在讨论，他们更像在打情骂俏——

"算功率了吗？"

"我算了，你先说答案。"

"我大物考了九十分,谁怕谁?"

"你运气不错,算对了。"

"哥是凭真本事算的,好不好?"

"你觉得怎么接电线好,接成星形还是角形?"

"火线……"

为什么他们讨论电路都像在秀恩爱?方好好有一种不好的预感。果然,她下一秒被揞了耳朵。

方母恨铁不成钢地说:"你看看,让你找对象你不找,人家的男朋友多能干。"

方好好无奈地说:"妈,不是所有男的都这么能干,你再说我……我不如找一个电工当男朋友!"

方母嘟囔:"这孩子,专门跟我犟。"

方好好假装听不见她的话,出去避难,蹲在金潇的旁边:"给,这是家里的工具箱,我看了看,里面好像有电工的手套、绝缘的板垫之类的东西。"

半个小时后,"嗡"的一声,家里恢复了照明和供暖。方好好的姥姥很是感动,握着程一鑫冰凉的手,连连地道谢。她对他越看越喜欢,外面天寒地冻的,这个小伙子蹲在外面那么久,真的接好了电,屋里重新变得温暖明亮。他长得又俊,唇红齿白的,姥姥恨不得让他当自己的亲孙子。

金潇有些好笑。当年也是这样,程一鑫于风雪之中立于门外,让她的奶奶一下子就喜欢上了。否则,他还未必能得到她父母的欢心。

方好好跟她说悄悄话:"潇哥,你又救了我一次,呜呜呜,我以身相许吧!"

金潇笑了笑,说:"其实,是程一鑫说要来的。"

两人在路上听说方好好的姥姥家里停电了,程一鑫坚持要赶过来。金潇解释一二,程一鑫以前住的就是老小区,一到晚上家里的电路时常跳闸,奶奶会颤颤巍巍地出来,指挥他去外边看看邻居如何,说可以把家里多余的蜡烛送给别人。所以,他会过苦日子、珍惜好日子、理解老人家的操心。

方好好愣住,还记得鑫哥的黑历史。当年他坑蒙拐骗卖组装机,害得金潇被人嘲笑。他校运会时又在栏杆外出租手机,要不是金潇站出来,可差点儿因为两百块钱被荀浩然揪去教务处。他看似唯利是图,实则侠肝义胆。

唉,金潇可真是比她识人清。

次日供电恢复了，工作人员见他们竟然在家里装了临时的发电机，一边道歉一边夸他们。程一鑫这般厚脸皮的人都不好意思了，说这是小事一桩。虽然发生了小插曲，但他们仍然玩得很尽兴。几天后，方好好和他们告别时，顶着一夜未眠导致的黑眼圈，似乎有什么话要说。程一鑫给闺密两人留了空间。

两人上车时，金潇的唇角有笑意，她心情愉悦。偏偏某人不主动地撩她，一改话唠的本色，一路哼歌。

她克制不住分享欲，说："你不问我好好说了什么？"

程一鑫很淡定地开车，说："她说的肯定不是我的坏话。"

不得不说，程一鑫这人猜得很准，不仅方好好没说他的坏话，他的这番表现还刷了好感。

方好好作为金潇的闺密，真正彻底地认同了他们之间的感情，理解了金潇为什么对看似和她不般配的程一鑫着迷。年少时的喜欢把她伤得很深，她放下过他，怀念过他，兜兜转转，终究还是栽在他的手里。她值得这份爱，他亦值得。

方好好说她想谈恋爱了。

两人在观景台边停下车，打了一会儿雪仗。金潇想到方好好愿意从感情的阴影之中走出来，荀浩然坑害闺密多年给她带来的郁闷就烟消云散了。心情很好，她主动地夸他："你表现得不错。"

程一鑫问她："有什么奖励？"

金潇眉目含笑地说："奖励你个头。"

然而，她还未说完，整个脑袋就被他揽进怀里，鼻尖轻轻地撞在他的喉结上。她"哒"了一声，有些发蒙，意识到言语间又被程一鑫钻了空子，把玩过雪的冰凉的手伸进他的领口里，以示抗议。程一鑫却不放手，仗着身高的优势，紧紧地按住她的脑袋，揉了揉她柔顺的长发，还贱兮兮地捏了一把她的脸蛋儿："啧啧，你说好了要奖励我，还想着逃跑？"

金潇一脸疑惑。

"再靠近些。"

法国，千银的摄影棚内，鼓风机吹着一对正在拍照的男女。

两人合力捧着一部最新的千银手机。男人高大俊朗，举手投足间都透露着贵气和时尚的气息；女人明艳大方，姣好的身材在聚光灯的照射之下毫无瑕疵。

摄影师忍不住嘀咕："他俩不当模特可惜了。"

助理笑了笑，说："人家也没少走红毯。"

那是自然，除了年度一次的新品发布会，近两年各色的慈善晚宴、科技类的颁奖之夜和并购会上都不乏伍迪携新女友出席的身影。有民间的消息说，这位太子爷频频地出镜是为了报复他念念不忘的前女友，让远隔重洋的千银公主金潇后悔。

摄影师继续提示道："对，搭着他的肩。"

他"啧啧"地说："绝配。"

今年，千银手机的前任代言人签的合约到期了，公司决定不再续约，为了节约成本大胆地采用了内部解决的方案，由WOOD太子伍迪和千银公主金潇亲自出任新款手机的代言人，网友的呼声甚高。此次拍摄的地点在千银的法国分部，摄影师却是美国人，他们全程用英语交流。

程一鑫原本坐在那儿伸着脖子偷瞄他们，最后实在忍不住，凑到离摄影师不远的地方。大学的生涯令他今非昔比，英语的水平突飞猛进。他听罢脸色微微地发黑，插话道："喂，我听得懂。"

摄影师其实早就注意到了旁边的这位帅哥。程一鑫和聚光灯下的两人比起颜值来丝毫不落下风，五官俊美，符合摄影师眼中的黄金比例。摄影师很想把程一鑫收录进他拍摄的"亚洲一百张男子面孔"的作品集里，礼貌地问道："先生，你方便留一下联系方式吗？我想邀请你做我的模特。而你的妻子，放心，我一定将她拍得很美。"

金潇白他一眼。

程一鑫的占有欲被强行地抑制住，他回到座位上仍心有不甘，一双晶亮的眸子里透出委屈之色。他把双手虚叠在身前拱了四下,成功地把金潇逗笑了。

她嘀咕一声"幼稚"。

伍迪疑惑地道："什么意思？"

金潇咳了一声，说："君子一言，驷马难追，他之前答应过我对我拍广告这件事不生气的。"

伍迪："……"

他是知道这个成语的，但是金潇用文化差异来虐他是不是太过分了？程一鑫这样做明明很有心机，金潇是怎么觉得他幼稚的？她该洗洗眼睛了，免得在谈判场上被别人坑，影响了千银未来的发展。

室内的拍摄结束了，程一鑫回过神来，仗着腿长，赶紧抢在金潇的助理过去前及时递上矿泉水，又替她擦了擦额边的汗珠。这是程一鑫第一次出国，感受到外国人确实倡导低碳环保，诚不欺人。正是酷暑的天气，这里没有空调，热得人汗流浃背，他不懂伍迪穿着西装如何能做到云淡风轻。

摄影师再拍摄的时候，程一鑫学乖了，紧抿薄唇，不再探头探脑，但是谁都看得出他的心依然在为金潇和前男友的"亲密合作"而紧张——他像一个有情绪的孩子。果然，拍摄刚结束，他便凑过来。

伍迪"啧"了一声，说："小题大做。"

若是以前，他是做不出这般不优雅的举止的。奈何程一鑫这人太喜欢在网上冲浪，偶尔还给他科普一些国内的网络词汇，美其名曰请他一起冲浪。一来二去，伍迪也对他生出一些惺惺相惜、亦敌亦友的认同感。

程一鑫叹了一口气，说："你已经是一个成熟的伍迪了。"

谁不成熟了？伍迪蹙眉，问："什么意思？"

金潇瞥了一眼，自己拿着矿泉水，而伍迪两手空空。他一向不爱带助理，无人给他递水。金潇说："他可能是说，你要学会自己喝水。"

伍迪："……"

程一鑫打了一个响指表示赞同："不过，我可以请你喝酒。"

伍迪拿起手帕，擦拭鬓边几乎不存在的汗。他仍把公子哥的发型保持得很好，看了一眼手表，认真地思考片刻，说："今天不喝酒，改天吧。"

"下周末。"程一鑫追问，"你想喝什么酒？"

伍迪瞥了一眼金潇。她难道没跟程一鑫说过他继承了一座酒庄吗？无论他们喝什么酒，都没必要让程一鑫破费。程一鑫白手起家不容易，从一无所有走到了今天。所谓"既有品位，又懂人心"，上位者亦懂民情，伍迪把贵族的风范展现得淋漓尽致，说："你有什么酒？我奉陪便是。"

程一鑫的委屈巴巴和隐隐的期待感消失了，这一次，伍迪在他的身上看不到任何幼稚之色，他郑重其事地道："喜酒。"

眼皮跳了跳，伍迪学以致用，说："我真的会谢。"

工作人员收拾着摄影设备，发出轻微的声响，他们这边却安静下来。伍迪渐渐地觉得程一鑫并没有开玩笑，心头隐痛，语气低沉地问："你是认真的？你们打算这次在巴黎结婚？"

"是。"

次日他们要拍摄外景,结束后,三人在塞纳河畔聊天。铁塔在河里投下巨大的倒影,来来往往的船只经过后,倒影被搅碎又恢复如初,波光粼粼。

人间聚散终有时。

伍迪拿出玻璃盒,对金潇说:"我很久以前做了这个东西,想把它送给你。"

里面是一个纯手工打造的埃菲尔铁塔模型,它有着细腻又复古的金属质感,令人爱不释手、赞叹不已。金潇的眼底露出惊讶之色,她知道伍迪热爱做手工,但只为自己做。他挚爱车船,痴迷建筑。构思作品之前,他会先考虑摆放作品的位置,将收藏室里的东西归纳得错落有致,拿走任何一件作品都会破坏美感。换句话来说,他从不把作品送给别人。

伍迪打消了她的疑惑,说:"别看我,这确实是送给你的。"他轻轻地移开目光,终究难掩一抹苦笑,说,"你们的婚礼,我就不去了,你就把这个东西当作我送的新婚贺礼吧。金潇,或许以后你很少有机会再来巴黎了,留个纪念吧。"

金潇终于收下他的礼物,说:"谢谢。"

她瞥了一眼程一鑫。他低头看看埃菲尔铁塔的模型,又仰头看实物,眼底流露出惊艳之色。金潇语气轻松地道:"我会再来的,不过,他会陪我一起过来。"

程一鑫终于舍得从铁塔上挪开目光,半开玩笑地说:"你千万不要想着可以单独把她骗回来。"

"以前我读泰戈尔的诗,或许被骗了。"伍迪片刻后释然地笑了笑,说,"他说'爱情是不主张占有,却给予自由'。如果我有他的占有欲,未必会输。"

程一鑫回应他:"别以为我不知道你在笑话我。你又在说我不成熟,说我小气、爱吃醋。"

话已出口,伍迪索性坦坦荡荡地说:"程一鑫,你错了。我不是在笑话你,是在忌妒你。"

可惜,他有世代相承的贵族气质,牢记爷爷爱上女佣的教训。上流社会的规则怎么允许他被爱情冲昏了头脑,流露出情难自禁的占有欲?程一鑫理解他,在某种程度上还同情他。程一鑫更想说,如果自己当年不受物质条件所困,岂会放金潇走,给了伍迪可乘之机?

他最擅长四两拨千斤，说："哥没读过什么书。关于爱情，我就知道一句'我爱你'。"

伍迪点头，最后说了一句："新婚快乐。"

在巴黎，爱情是可以触摸的。他们趁着这次暑假的时间，在欧洲的各国游玩了一遍，顺便拍婚纱照。举办婚礼的前一天的下午，他们才赶回了巴黎，金潇带他去了蒙马特高地的爱墙。爱墙深蓝似海，一望无际，墙壁上写满了上百种语言的'我爱你'，有中文、英文、法语、西语、意大利语……甚至还有象形文字。在每一寸墙壁上，人们伸手触摸，便会触摸到爱情。

金潇站在那儿，指了指繁体中文的"我爱你"，说："你用那句话骗骗伍迪还行，但骗不了我。留学的时候，我来过这里，看别的情侣你侬我侬。见他们在墙下互相示爱，我就在想，咱们从来没有对彼此说过'我爱你'，是不是当年太幼稚、太草率了？谁都不懂爱情，故而轻易地放弃感情。"

程一鑫可以想象出来，当时金潇就坐在茵茵的青草上，迷惘地抱着膝。她如此诚挚，如此哀伤，不该被他伤害。他不是不懂得失去她有多痛苦，不是不懂爱情。他吊儿郎当，却只爱过她一个人。他轻声道："不是这样的。"

金潇轻笑，说："后来，我知道了。如果那不是爱情，为什么我那么恨你？我时常半夜失眠，还要发微博骂你，第二天醒来时又把微博删掉。"

"比如，你说'祝我再也碰不到你'？"程一鑫当然干过许多关注她微博的事情，说，"你的心好狠，我可是天天盼望着能再见你一面，后来也就不期盼了，因为我们本来就是两个世界里的人。"

金潇摇头，说："现在，我们是在一个世界里了。"

"晚安妹妹，其实，你对我说过'爱'。"

"什么时候？"

"比如你说'程一鑫死直男''程一鑫大笨蛋'，这是你的专属语言，我会把它们翻译成'我爱你'。"

"才不是呢。"金潇很羞恼，被他专注地凝望着，又改口道，"就算是吧。

"程一鑫，你呢？你有多爱我？"

"比昨天多一点儿，比明天少一点儿，比你爱我多一点儿，和我爱你恰好一样。"

而且，宇宙瞬息万变，此间银河流转，漫天星辰闪烁。

我永远爱你。